ヴィクター・H・メア
Victor H. Mair
サンピン・チェン
Sanping Chen
フランシス・ウッド
Frances Wood
大間知 知子 訳
Tomoko Omachi

96人の人物で知る

中国の歴史

原書房

96人の人物で知る

中国の歴史

96人の人物で知る

中国の歴史

华夏人生

CHINESE LIVES

ヴィクター・H・メア
Victor H. Mair
サンピン・チェン
Sanping Chen
フランシス・ウッド
Frances Wood
大間知 知子 訳
Tomoko Omachi

原書房

扉裏：玄宗皇帝の寵姫、楊貴妃の肖像（伝記41）

96人の人物で知る中国の歴史◆目次

明から中華人民共和国まで　一三六八—現代 175

はじめに 中国の歴史と民族

ヴィクター・H・メア

中国は世界一人口の多い国である。そしていまある国々のなかでもっとも長い歴史を誇る国でもある。このふたつの理由だけでも、この国を代表する人物を選んで短い評伝を書くのは至難の業だ。選ぶのがむずかしい理由はほかにもある。ひとつはこれまで中国で活躍した人々の地位や仕事の複雑さと多彩さである。軍人、政治指導者、学者、画家、音楽家、俳優、職人、科学者、医者、文学者。あげればきりがないほどだ。その上、それぞれの分野で傑出した人々の数があまりに多いので、候補者を選ぶだけでたちまち数千人を超えてしまう。たとえば文学者はどうだろう。大きく分けても、詩人、随筆家、長編作家、短編作家、戯曲家などがいる。さらに詩人は抒情詩、叙事詩、哀歌、物語詩など、多種多様なジャンルのどれを得意とするかによって、さまざまなタイプに分けられる。

こうした多様性にくわえて、中国人には地域や民族による明確な違いがある。北部と南部の出身者は、身体的特徴や気質、習慣も違うし、話す言葉も異なっている。中国が「均質国家」だと考える人がいるとしたら、それは大きな思い違いだ。

本書に収録した伝記を書くにあたって、わたしたちはまず、できるだけ多様なタイプの人物をすくなくとも

ロシア
ロシア
黒竜江
モンゴル
吉林
内蒙古自治区
新疆ウイグル自治区
日本海
遼寧
朝鮮民主主義人民共和国
甘粛
北京
寧夏回族自治区
黄河
天津
河北
大韓民国
山西
青海
山東
黄海
日本
江蘇
陝西
河南
安徽
上海
ベット自治区
四川
重慶
長江
湖北
重慶
浙江
ブータン
インド
湖南
江西
東シナ海
福建
貴州
ングラデシュ
台湾
雲南
広西チワン族自治区
広東
ミャンマー
香港
澳門（マカオ）
ベトナム
N
ラオス
南シナ海
ベンガル湾
海南
タイ
500km
300マイル

現在の中国の省

ひとりは選ぶように心がけた。また、さまざまな地域や民族がふくまれるように、そして特定の時代や男女のバランスが偏らないようにしたかった（残念ながら、歴史に登場する偉人には、後世に名を残した女性よりも男性の割合がはるかに多い）。

こうした厳しい選考をへて、残ったのはどんな人々だろうか？　最初の、そしてもっとも古い時代の人物として、わたしたちがほとんど知らない女性を紹介できるのはうれしいかぎりだ。名前を婦好《フーハオ》といい、殷王朝二二代の王の妃で、女性ながら軍人としても活躍した。婦好についてこれほど詳しいことがわかっているのは、墳墓が盗掘されずに残っていたからだ。中国の考古学では、これはとてもめずらしいことである。

この高貴な女性の生涯はかなり詳しく伝えられているが、それとは対照的に、名前すら明らかでないすてられた妻の物語もある。わかっているのは、この女性の夫がよそ者の「旅商人」だったということだけだ。彼女の人生は『詩経』に綴られた断片的な記録をつなぎあわせて知ることしかできない。それでもなお、よそ者の妻の物語は心をゆさぶり、古代の女性の地位や感情について多くを語ってくれる。

とくに強い影響をもたらした古代の人物の名をあげるとしたら、とりわけ名高い思想家をそこにふくめることができるだろう。とくに戦国時代（前四七五—二二一）の思想家は、現代まで続く中国思想の基本パターンを確立したことで知られている。なかでも「最初の聖人」とよばれる孔子《コンズー》は、中国人の道徳や礼儀に絶大な影響を残した。階層的な秩序を重んじ、家族主義を説いた孔子とは大きく異なり、墨子《モンズー》はあらゆる人間への普遍的な愛を強調した。商鞅《シャンヤン》は法を重視する思想の基礎を築き、孫臏《スンビン》は戦略の基本を説いた。しかし、著者お気に入りの思

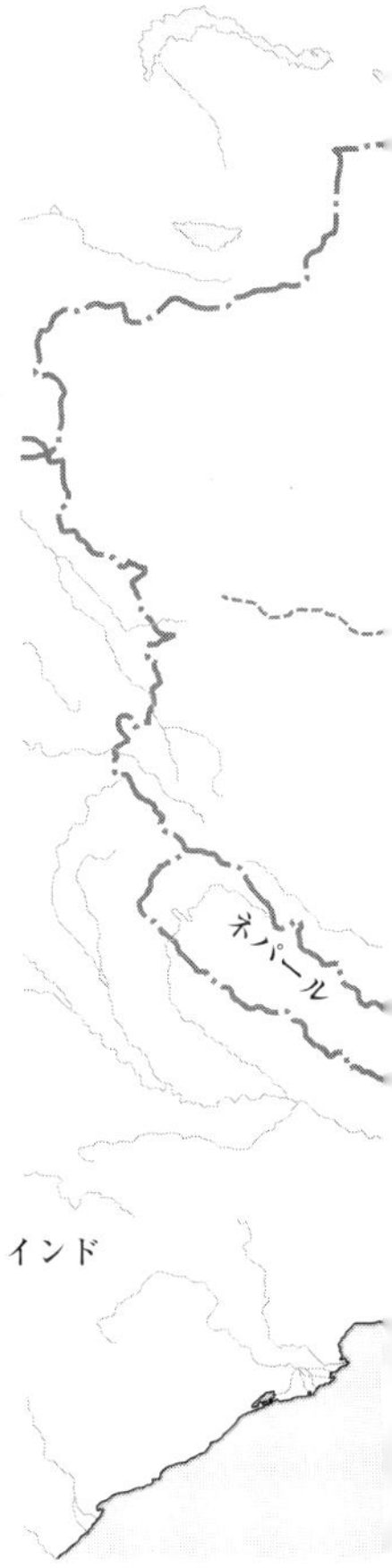

想家は荘子《チュアンズー》である。荘子は理路整然とした哲学者というよりも、ちゃめっ気のある想像力豊かな文筆家とよぶのがふさわしい。

中国初の皇帝である始皇帝《シーファンディ》は、法による支配を重んじる法家思想に強い影響を受けた。始皇帝は中国をはじめて統一し、国号を秦とした。中国を英語でチャイナというのは、この秦という国名に由来するのである。前二二一年に天下統一をなしとげると、始皇帝はみずから皇帝と称し、以後二〇〇〇年以上も続く官僚主義的な帝国の基礎を築いた。特筆に値するもうひとりの支配者に漢の武帝《ウーディ》がいる。現代の中国に暮らす人々が漢民族とよばれるのは、この国が漢代に隆盛をきわめたことに由来している。武帝が長年の宿敵である匈奴（フン族）との戦いにそなえ、同盟を求めて西域（ほぼ中央アジアにあたる地域）に偉大な探検家の張騫《チャンチィエン》を派遣したことにより、有名なシルクロードの糸口が開かれた。古代から前漢（ほぼ前二世紀から前一世紀）までの歴史を生き生きとした筆致で描いた中国最初の偉大な歴史家、司馬遷《スーマーチィエン》もこの時代に生きた人である。

漢は帝位を簒奪者王莽《ワンマン》に奪われていったん滅亡し、その前後で前漢と後漢に分けられる。皇帝に即位した王莽は高らかに新《しん》の建国を宣言したが、この王朝は短命に終わった。仏教が中国に浸透しはじめるのは後漢の時代で、仏教は信仰、思想、文学、言語など、実質的にあらゆる人間の営みにはかりしれない影響を残した。仏教の出現に対応して起きたもっとも根本的な変化に、道教がひとつの思想体系から組織的な信仰へと形を変えたことがあげられる。後漢後期に道教の創始者として活躍した人物に、張陵《チャンリン》と張角《チャンジャオ》がいる。彼らの遺産は現代まで脈々と受け継がれている。

二二〇年に後漢が滅ぶと、魏、呉、蜀の三国が台頭して争った。三国時代にまつわる伝承はあふれんばかりの伝説やドラマ、フィクションを生み、三国時代の英雄は現代の漫画やアニメ、ビデオゲームをにぎわしている。数えきれないほどのレストランの店名や、ことわざや詩や絵画が三国時代にちなんで誕生したのはいうまでもない。三国時代の英雄のひとりが偉大な将軍の曹操《ツァオツァオ》であり、そのライバルとなったのが、数々の戦いを謀略と賢

宮殿を出る前漢の武帝を描いた17世紀の絵画

明な戦術で勝ち抜いた諸葛亮《ヂュグヹァリィアン》だ。

帝国は数世紀のあいだ分裂したままだったが、むしろそのおかげで評論や深遠な哲学がさかんになり、絵画や彫刻が飛躍的に進歩し、芸術や科学に大きな発展が生まれた。中国が長いあいだ南北に分裂していたこの時期に、王羲之《ワンシーヂー》（中国でもっとも名高い書家）や鳩摩羅什《ジウマームウォシエン》（インド人と西域のクチャ人のあいだに生まれた高僧で、仏典の漢訳で知られる）、陶淵明《タオユエンミン》（田園生活を歌った中国を代表する詩人・随筆家）らが活躍し、後世の知的、芸術的発展の基礎を作った。

帝国が分裂して四世紀がすぎ、五八一年になってようやく隋の楊堅《ヤンジイエン》［文帝として即位］によって中国は再統一されたが、この帝国は短命に終わった。隋の後に誕生した唐は繁栄し、中国文化の頂点をきわめたと一般に評価されている。唐王朝（六一八—九〇七）は中国史のなかでもっとも国際色が豊かで、皇帝一族にさえ中国人ではない北のステップ地帯出身の遊牧民族の血が濃く流れている。二代皇帝の太宗《タイゾン》は数々の重要な戦いに勝利し、しっかりした政治制度と文化的基盤の上に帝国を安定させた。華々しい名をのこしたもうひとりの唐の支配者が、権謀術数にたけた則天武后《ゼェアティエンウーホウ》だ。後宮からのし上がったこの女性は、中国史上唯一の女帝となった。多民族が入り乱れる唐の複雑さは、唐の将軍としてもっとも名高い高仙芝《ガオシィエンヂー》が高句麗出身だったことからもうかがえる。高仙芝は世界史のなかでもっとも重要な戦闘のひとつであるタラス河畔の戦い（七五一）で唐軍を率いてイスラム軍と戦い、大敗を喫した。また、軍の司令官でありながら謀反をくわだて、唐を滅亡寸前まで追いつめた安禄山《アンルーシャン》はソグド人と突厥人の混血である。

チンギス・カンはモンゴル族の騎馬兵を率いてユーラシア大陸の大部分を支配下に入れ、世界史にゆるぎない足跡を残した。そして孫のクビライ・カアンは帝国の版図を中国史上最大に広げ、北京をならぶもののない首都とした。モンゴル族が建てた帝国の元は一世紀たらずで滅び、一三六八年に漢民族の王朝である明が建国された。

イスラム教徒で宦官の鄭和《ヂォンフヹァ》が艦隊司令官として船団を指揮し、はるばる東アフリカ海岸まで航海したのは明代である（鄭和がアメリカ大陸まで到達していたという説は眉唾ものだ）。しかし、この国はやがて、もっと内向きな風潮におおわれていく。それを示すかのように軍事政策は消極的になり、禅に似た哲学的態度に惹かれる王陽明《ワンヤンミン》のような思想家が登場した。

一七世紀になると明が滅び、満州人の王朝である清が誕生するが、その過渡期に社会は大いに乱れた。血に飢えた張献忠《ヂャンシイエンヂョン》が大虐殺を行ない、無頼の徒であった宦官の魏忠賢《ウェイヂョンシイエン》が私腹を肥やし、明に反旗をひるがえした呉三桂《ウーサングゥイ》が歴史の転換点を作った。しかし、ひとたび清が盤石の支配体制を確立すると、この王朝は漢民族も異民族もふくめて中国を支配したすべての王朝のなかでもっとも繁栄し、もっとも長いあいだ命脈を保った。モンゴル族と同様に満州族も北方の民族であり、チベット、新疆（中央アジア東部）、モンゴル、そして南部の広大な地域を服属させて帝国の版図を広げた。康熙帝《カンシーディ》や乾隆帝《チィエンロンディ》などの皇帝は、きわめて長い治世を謳歌した。

清代には絵画や文学が花開いた。そのうちふたりの名前をあげるとすれば、数百編の怪異譚をおさめた『聊斎志異《りょうさいしい》』の著者、蒲松齢《プーソンリン》と、驚くほど数奇な人生を送った女流詩人の汪端《ワンドゥァン》がいる。

過去の王朝がそうだったように、内紛と外圧によって清はついに崩壊の運命をたどった。林則徐《リンゼァシュ》のような実直な官僚が懸命に手をつくしたにもかかわらず、アヘン戦争によって中国は弱体化し、同じ頃（一九世紀なかば）、イエス・キリストの弟と称する狂信的な洪秀全《ホンシウチュエン》が組織した太平天国の乱によって中国は大混乱におちいった。帝国の支配権が西太后《シータイホウ》の手にわたっても、国情はおちつかなかった。西太后の数ある悪行のひとつとして、海軍予算を横取りして作らせた悪名高い大理石の船がいまも残っている。

一九一一年に清は音を立ててくずれるように滅び、官吏登用試験の科挙や官僚制度など、中国を二〇〇〇年以上ものあいだ統治してきた政治制度はことごとく失われた。孫文《スンウェン》の国民革命は中国の社会と文化に怒涛の変化をひき起こし、魯迅《ルーシュン》や胡適《フーシー》のような知識人が、一世紀前には夢想もしなかったような考えを書いたり発言したりするようになった。一九四九年、ついに毛沢東《マオゼァドン》が中華人民共和国を樹立すると、それから数十年も中国は竹

「毛沢東思想万歳！」と書かれたポスター（1969年）。
労働者、農民、学生らが『毛沢東語録』を掲げている。

のカーテン［東アジアにおける共産主義陣営と反共産主義陣営との境界線］の内側にこもった。しかし、文化大革命が吹き荒れた暗黒の日々に、いずれは鄧小平《ドンシアオピン》のような指導者が現われて、教条主義的な共産主義から重商主義的資本主義へと中国の進路を転換するとだれに想像できただろう？　中国で進む改革の速度はまさに驚異的で、今後の数十年間に何が起きるか予測すらできない。しかしひとつだけ確かなことがある。二一世紀の中国がどれほどの発展をとげたとしても、それはこれまでに述べてきた人々の足跡の上に成り立っているということだ。中国を作った人々の歩んだ道を、みなさんも本書でたどっていただければ幸いである。

殷から漢まで

前一六世紀頃―後二二〇

中国では歴史上の時代区分は文字で書かれた記録にもとづいている。支配者の名前や出来事の日付を正確な記録に残した最初の王朝は殷（前一六世紀頃―前一〇四五頃）だ。殷の支配領域は長江（揚子江）流域のごく狭い範囲で、今日の中国に相当する広大な土地には多数の異なる都市や文化が点在していた。殷は西方から攻め入った周に滅ぼされた。周の末期に中国は「戦国の七雄」が互いに争う戦国時代になったが、最後に秦が統一を果たした。

秦の王は、北はモンゴル、南は広東省、西は四川省まで、現代の「中国」のほぼ全土を支配し、始皇帝と称した。始皇帝は帝国を統一すると、国ごとにばらばらださまざまな制度を共通化し、厳格な法律や規則にもとづく中央集権制を敷いた。しかし、この帝国は彼の死後まもなく滅亡する。漢王朝は秦を滅ぼしたが、秦の官僚制度を多くの点でそのまま引き継いだ。漢代には中国の影響力が西は中央アジアまで広がり、現在の甘粛省にあたる地域に守備隊が駐屯して、万里の長城の西の端や、防衛線として配置した砦の警護にあたった。

殷（前1600頃-1045頃）
周：西周　前1045頃-771
　　東周　前770-256
春秋時代　前770-476
戦国時代　前475-221

秦　前221-206
漢　前206-後220
前漢　前206-後9
新　9-23
後漢　25-220

殷から漢までの中国（参考のため現在の国境が薄く表示されている）

1　婦好《フーハオ》（前一三世紀末）

殷の女将軍

婦好は殷の武丁の数ある妃のひとりだった。しかしほかの女性たちと違って、婦好は女だてらにたびたび軍を率いて戦った。婦好の活躍は中国のもっとも古い記録に残り、婦好の墓から出土した儀式用の武器も、婦好の軍人としての働きを証明している。

殷（前一六〇〇頃―一〇四五頃）は、王朝自身が残した記録によって存在が確認できる中国最初の国家である。一世紀あまり前まで、そうした記録は時代があやふやで数も少ない青銅器にきざまれた銘を調べるしかなかった。状況が大きく変わったのは一八九九年のことだ。ふたりの中国人学者が昔から薬の材料に用いられていた「龍骨」に奇妙な模様がきざまれているのに気づき、知られているなかでもっとも古い漢字で書かれた占いの記録であることを発見した。その後、こうした「甲骨」は十万点以上も見つかっている。その多くは考古学的発掘によるもので、たいてい亀の甲羅や牛骨が用いられている。

王の妻である婦好の名は数百点の甲骨から読みとれる。一九七六年に、現在の河南省で殷後期の王都から未盗掘の婦好の墓が発見された。婦好の名をきざんだ甲骨とともに墓から出土した考古学的な遺物によって、長いあいだ忘れられていたこの王妃の生涯が明らかになった。

武丁は前一三世紀後半の五九年間王位にあったと考えられている。婦好が数千人の兵を率いて数々の遠征や戦闘に参加したことは、数えきれないほどの甲骨に記されている。ひとつの遠征には、当時としてはもっとも多数の兵士が動員された。副葬品として納められた数々の武器のなかに二丁の青銅製の斧がある。両方とも婦好の名がきざまれ、ひとつは九キロ、もうひとつは八・五キロの重さがある。これらは儀式用の斧で、殉死者の首をはねるために使われたのかもしれない。婦好墓からはたくさんのヒスイが発見されたことも知られている。

甲骨に残された占いから、婦好が政治的な役割を担う女性だったのは明らかだ。また、婦好の懐妊についての占いなど、健康にかんする記録も多く、婦好は長わずらいののちに亡くなったことがわかっている。

婦好の存在は数千年間忘れさられていた。しかし、このたぐいまれな王妃の「好」という名前は、「よい」という意味を表す中国語としてはるか昔から受け継がれてきた。それこそは殷代のこの高貴な女性の遺産である。

2　周公《ヂョウゴン》（活躍期　前一〇四二）

理想的官僚

西から勢力を拡大した周族の武王は殷の大軍を撃破し、殷の都を攻略して最後の殷王を殺害した。それは前一〇四五年頃とされているが、これには諸説あって、いまだに意見が一致していない。ともあれこうして成立した周王朝は、殷の領域の西に起源をもつ一族［もとは遊牧民族だったと考えられている］だったので、中国の歴史家からはしばしば「蛮族」（異民族）と称されている。周は殷から多くの高度な文化、とくに発達した文字や青銅器の鋳造などを学んだが、周がもたらした重要な改革や発明も多かった。周が崇拝した「天」は普遍的な至高の神となり、新たに支配者となった周王は、「中国」を支配する「天命」を受けた「天子」と称した。

周王朝を築いた最初の王である武王は、殷の支配地域の征服に向かって最初の一歩をふみだしたところで、わずか数年後に亡くなってしまった。武王の息子はまだ統治するには幼すぎたので、叔父にあたる周公が摂政として国政を担うことになった。周公の立場は事実上の王であり、実際に王位についたという説もある。殷の残存勢力と周公の兄弟が手を結んで反乱を起こすと、周公はこれを鎮圧し、さらに周辺の国々を軍事的に征服した。周公は諸侯を各地に派遣してその土地を治めさせるとともに、現地の習慣にも適応しながら、中国でもっとも長く続いた王朝［西周・東周を合わせておよそ八〇〇年］の安定のために力をつくした。現在の洛陽にあたる東都の造営を指揮し、周の封建制の確立に中心的役割を果たしたのも周公である。天命は支配者のふるまいにもとづいてあたえられる（支配者が不道徳や無能な場合は天命が失われる）という考えを強調することによって、周公は殷王のように人知を超えた神の力に頼るのではなく、統治に論理性の要素をとりいれた。

周公の名声がこれほど長いあいだ伝えられてきたのは、その業績の歴史的意義の大きさゆえである。とくに武王の息子で、周公

殷代の青銅器

にとっては甥にあたる正当な王位継承者に政権を返したことが高く評価されている。それによって長子相続による王位の直系継承の原則が確立したからだ。孔子（伝記4）はつねに周公をたたえ、周公の名は「よき官僚」の最たる例として語り継がれている。

3　よそ者の妻（前七世紀頃）

すてられた妻の物語

この女性はおよそ二五〇〇年以上前に魏（現代の河南省付近）で作られた民謡に歌われている。古代には、この地域は男女が自由に恋愛を謳歌する風習で知られていた。しかしこのもの悲しい歌を見れば、そうした恋物語のすべてがハッピーエンドでなかったのは明らかだ。すてられた妻の嘆きは、いつの時代も永遠のテーマなのである。

『詩経』は前一〇世紀から前七世紀にかけて作られた古い詩を集めたもので、儒教のもっとも重要な経典のひとつであり、中国の伝統的な教育制度では必読書とされた。昔から『詩経』は孔子（伝記4）自身が編纂したと考えられてきた（この説には疑いもある）。『詩経』のなかの「氓《ぼう》」［よそ者の意味］という詩を見てみよう。

「氓」

あるよそものが　ニコニコと、たんものかついで　絲買いに。絲を買うとは　うわべだけ、まことはわたしを　連れるため。――やさしいことばに　ついだまされて――、きみのあと追い　淇をわたり、頓丘まで

も　見送った。——そこで男に　言うことは——「わたしが返事を　のばすのは、まだ仲人が　ないためよ、どうぞあなたは　怒らずに、しばし秋まで　お待ちなさい」

あの人もしやと　忘れかね、高い塀まで　よじのぼり、復関どこかと　みはるかす。なんぼ待っても主は来ぬ。さてだまされたと　涙ポロポロ。——それでもやっと　逢いに来た。きげんなおして　聞いて見た——「きみが占い　何と出た、『吉』と出たなら　しあわせよ、あなた車で　迎えてたもれ、わたしゃおたから　載せてゆく」

桑の葉っぱも　秋までは、その葉の色さえ　つややかなる。用心しなよ　鳩の子よ、あの桑の実は食うでない、桑の実食えば、酔いしれる、気をつけなされ　おとめごよ。男のようには　あそべない　男のあそぶは　ゆるされる。おとめのあそびは　ゆるせないもの。

秋ともなれば　桑の葉も、色香もうせて　散りそめる。昔とついだ　あのころは、食うや食わずの　くらしむき。わたしゃそれでも　淇の川を、幌をぬらして　渡ったけ。女ごころは　たがわぬも、男ごころはつれなくて、うつろい易い　秋の空。

三とせがあいだ　つれそうて、ともに苦労を　してきたが、朝は早うから　夜なかまで、つゆおこたらずつとめたに、くらし（生活）の立つよに　なったいま、こんなてあらな　しうちとは。わけをしらない　はらからは、笑ってるだけ　とりあわぬ。ただひとりして　身の上を　たれにもいわず　なげくだけ。

友白髪とこそ　ねがったに、このとしにして　怨ませるとは。気ままながれを　止めるとて　かの淇の川には　岸がある。さわ（沢）の水にも　つつみがある。見そめたばかしの　あのころは、たがいに楽しくすごしたに。まごころこめて　誓ったに。そんな昔は　わすれてか。あのころはもう　返らない。あきらめましょう　もうこれまで。〔境武男『詩経全釈』、汲古書院〕

4

孔子《コンズー》（前五五一／二―四七九）

思想家

孔子は前五五一年か五五二年に生まれた。周に敗れた殷王の遺児が領地をあたえられて建てた宋という国があって、孔子の家はその君主の流れをくんでいる。孔子の祖先は周公（伝記2）の息子が建てた魯国に移住した。孔子は母のひとり息子であり、父にとっては次男として生まれた。父は勇猛な軍人として知られていたが、それ以外の点では平凡な人物だった。孔子が幼いうちに父が亡くなると、母は孔子をつれて生まれ故郷に帰った。

孔子は君子に欠かせない実用的な能力だけでなく、高い教養や形而上学的な思考も学んだ。教師としての孔子の評判は高く、孔子は初期の周王朝の（理想化された）政治的秩序、すなわち慈悲深い天子がすべての諸侯を支配する政治の復活を基本的な政治的信念として掲げた。

五〇歳になる頃、孔子はようやく母国の魯で、ある都市の長官に任命される。孔子にとって初の重要な官職である。続いて土木担当の副大臣になり、さらに司法大臣になって、最後には宰相代理にまで上りつめた。孔子は祖国の魯と、はるかに強力な斉との二国間の首脳会談で重要な外交上の勝利をおさめたといわれている。

孔子は自分の政治思想を実現させる手段として、魯の君主の権威を高め、世襲の大臣やその有力な支持者の力を削ごうと画策した。しかし、この思惑は、真の権力をにぎっている彼らとのあいだに軋轢を生んだ。前四九七年に孔子は魯を去らなければならなくなった。

魯を離れて十数年間、孔子はいくつもの国に逗留したが、時代錯誤的な孔子の政治理論を学ぼうとする国はどこにもなかった。弟子のひとりが魯で高官の地位につくと、孔子は前四八四年にふたたび祖国に招き入れられた。このとき孔子は六七歳。すでに老境に入った孔子は、元役人という立場を生かしながら、人生のなかでたったひ

道教の始祖と伝えられる老子と、仏教の聖者（阿羅漢）と語りあう孔子の想像図。
ディン・ユー画。

とつ人より抜きんでた仕事に生涯最後の数年を捧げた。教育である。言い伝えによれば、孔子はこの時期に、のちに儒教の経書となる古典的書物を編纂したという。わが子とふたりの最愛の弟子を亡くし、自分の政治思想をどの国にも採用させることができないまま、孔子は前四七九年に世を去った。

孔子の人生は成功とはいえないかもしれない。しかし、孔子のものとされる教えの数々は、弟子の回想という形で『論語』にまとめられ、二〇〇〇年以上も中国の政治と社会を律する力となり、東アジアの社会に深い影響をあたえた。孔子は死後の世界や鬼神といった理性で説明できないものごとをほとんど語らず、どうすれば社会をよりよくできるかを考え、徳にもとづく政治を説いた。孔子は過去のある時代を理想として追い求めた。それは世の中がひとりの「すぐれた君主」のもとで統率され、君主が臣民に思いやりをもって接すれば、天がそれに報いてくれると考えられていた時代だ。君主が道をはずれたふるまいをすれば、天命は失われる。孔子は厳格な社会の階層性を重視し、「君主は君主らしく、家臣は家臣らしく、父は父らしく、子は子らしく」［佐久協『一気に通読できる完訳「論語」』、祥伝社新書］、それぞれの本分をつくさなければならないと述べた。すべての人が自分の場所をわきまえていれば（当然、女性は社会的階層のいちばん下である）争いは起こらず、社会は安定するからだ。

孔子の書物として五経が残されている。五経は孔子自身の手になるものと伝えられてきたが、これは誤りだ。五経とは『詩経』（周代の初期までさかのぼる三〇五編もの詩を集めたもの）、『書経』（周代初期をはじめとする古代の歴史書）、『易経』、『春秋』（魯国の前七二二―前四八一年の事件を年代記的に記述したもの）、『礼経』（儀礼にかんする昔の記録を蒐集したもの）で、これらの内容を補足するものとして、弟子がまとめた孔子の言行録である『論語』がある。昔の中国ではこれらの経典や思想を基本に、官吏採用試験である科挙への合格をめざして生徒を教育した。こうして孔子の教えである「儒教」は帝国全体の統治の土台を支えるものとなり、一九〇五年に科挙が廃止されるまでそれは変わらなかった。

儒教は驚くほど長い時代を超えて受け継がれ、いまも根強く残る大きな影響をもたらした。おそらく支配する側もされる側も、孔子の教えを必要とし、好ましく思っていたからだろう。支配者にとって、儒教は社会秩序、とりわけ君主へのゆるぎない忠誠を説く聖人の教えにほかならない。現代中国の指導者が、孔子の理想である「調和のとれた社会」の教えをふたたび奨励しはじめたのは不思議でもなんでもない。支配される側にとって、儒教は忍耐強いひとりの教師が説いた思いやりや人間愛、合理的思考である。だれにでも喜んで教えを広めようとした孔子の教育への献身が、東アジアに文明が花開いた理由のひとつであることは疑いようもない。中国ではいまでも九月一〇日の「教師の日」に孔子に敬意を表している。孔子の末裔は現在も台湾に健在だ。

5　墨子《モンズー》（活躍期前四八〇頃—三九〇頃）
思想家

墨子（子は先生という意味）は前四八〇頃—三九〇年頃に活躍した思想家で、平等や反戦を唱えたことで知られている。墨子の生涯についてわかっていることは少ないが、その哲学は『墨子』という本にまとめられている。この本は孔子の書と同様に、長い年月をかけて生徒や弟子たちがまとめたものだ。墨子の思想は前四世紀と三世紀にはとても人気があったが、その後はほとんど影響力をもたなかった。

孔子（伝記4）と同じく、墨子もおそらく魯国（現在の山東省）の人だが、孔子と違って墨子は身分の低い職人だった。しかし墨子は教育を受け、規律の整った弟子たちの集団を作り、彼らとともに各地に教え説いてまわった。

墨子は、共通善のためにつくすことで平等な社会を実現させる必要があること、武力によらずに世の中を安定させるべきだという反戦思想、そして博愛を教えの中心に置いた。そこからさらに政府の出費の削減、有能な人材の活用、質素な埋葬などの教えが導かれた。墨子は功利主義者だったともいわれる。孔子が君子のたしなみとして重視した音楽を墨子は拒絶した。音楽は庶民の物質的豊かさにはなんの役にも立たないからだ。庶民を苦しめる三つの大きな不幸を、墨子はこのように語った。「飢えた者は食べ物をもたず、裸の者は着る服をもたず、使役人は休む時間がない」

墨子の弟子の多くは、大工、鍛冶屋、修理工、石工など、職人として働く人々だったと考えられている。人間はたゆまぬ努力を通じて物を作り、事をなすことができるという墨子の信念は、弟子たちのこうした仕事によっていっそう力を得たのだろう。墨子の平和主義は、不当な侵略を防ぐために積極的な守りを固めるという毅然とした面によってバランスがとれている。

墨子が亡くなってしばらくたってから流布した逸話がある。それによると、前四四二年、建築・工芸の名手として知られた魯班《ルーバン》（中国の民間信仰では工匠の始祖として崇められている）が、楚に依頼されて宋を攻撃するための攻城ばしごなどの武器を作った。墨子はこの戦いをやめさせるために、楚までの遠い道のりを、一〇日間昼も夜も休みなく歩きつづけたという。

墨子はまず魯班に会い、金塊とひきかえにひとりの男を殺してほしいと申し出た。魯班はそんな不道徳なことはできないと断わった。すると墨子は魯班を偽善者と非難し、何千人という罪もない民を殺害する侵略戦争に手を貸しているではないかと言った。返答に窮した魯班は、決めるのは楚の王だと答えた。すでに侵攻がはじまっていたにもかかわらず、墨子は王との面会を求め、魯班と模擬戦をしようと提案する。

模擬戦で墨子は自分の帯を都を囲む市壁に見立てて卓上に置き、小さな木片を武器のかわりにした。墨子は魯班が用いた九つの異なる城攻め道具をうまくしのいでみせた。すると魯班は、まだ打つ手はあると言った。それは目の前にいる平和主義者を殺すことだ。

ここで墨子は自分の三〇〇人の弟子たちがすでに宋の救援に向かったと明かした。これを聞いた楚の王は、ついに侵略をあきらめたという。この逸話は、墨子が戦争を防ぐためにどれほど心血をそそいだかを表している。

6 商鞅《シャンヤン》（前三九〇頃—三三八）
官僚・改革者

商鞅は戦国時代に入ってまもない前三九〇年頃、現在の河南省と山東省にまたがる小さな衛という国に生まれた。

戦国時代には周の「伝統的」封建制が修復不能なまでに崩壊し、鉄器の使用が広まり、商業が発達し、土地の私的所有がゆるやかに進んだ。古い政治秩序が求心力を失い、諸国は覇権を求めてますます争うようになった。争っていた諸国のひとつが秦である。西に位置する秦は、しばしば半蛮族の国とみなされてきた。おそらく秦の王は「外国」の有能な人材を集めようとしたのだろう。商鞅は王の求めに応じて、前三六一年に秦におもむいた。商鞅と秦の王の孝公は、「富国強兵」をいかに進めるかを語りあった。商鞅と秦の保守的な貴族は、秦の宮廷で改革の利点と必要性について意見を戦わせた。孝公は商鞅の提言した法家《ほうか》［厳格な法による統治を重んじる学派］にもとづく改革を試みた。するといちじるしい成果が見られたので、商鞅は法と政治の徹底した改革を進めるため、秦の爵位を得て大臣として正式に登用された。

商鞅の改革の中心は次のようなものだ。民を数軒単位で一組として編成し、このなかで罪を犯す者があれば連

現代になって製作された商鞅の像

帯責任を負わせ、告発を奨励した。軍功のあった者は平民であっても爵位をあたえ、貴族でも手柄がなければ爵位を剥奪する新しい貴族制を整えた。そして農業を拡大し、商業を軽視した。

法家思想にもとづく商鞅の改革によって秦の国力は急速に高まった。前三五四年、秦は魏と戦って大きな勝利をあげた。その後、商鞅は宰相に出世し、行政権と軍事権の両方を手中にした。

商鞅は前三五〇年にさらなる改革を提唱した。土地の売買を可能にする政策の実施、郡県制を敷き、貴族に替えて俸給で雇われた長官を置く行政改革、度量衡の統一。これらの改革によって秦の経済と行政上の効率は大幅に向上したが、既得権を奪われた人々、とくに古い貴族階級から激しい反発を受けた。

秦の孝公は前三三八年に亡くなり、太子が即位した。太子のふたりの後見人は商鞅の改革に反対したために罰せられた過去があった（ひとりは鼻削ぎの刑を受け、もうひとりは顔面に入れ墨を入れられた）。君主が交代したことで、身の危険を感じた商鞅は国外に脱出しようとした。しかし正式な旅券をもたない者を宿泊させてはならないという法により、その計画は果たせなかった。商鞅は自分で定めた法に足をすくわれたわけである。商鞅は兵を率いて反乱を試みるが、捕らえられて処刑され、一族はすべて滅ぼされた。しかし商鞅の改革はその後も秦で受け継がれ、ついには中国の統一者、秦の始皇帝を生み出すのである。

7　孫臏《スンビン》（前四世紀初期―）
兵法理論家

司馬遷（伝記15）によれば、孫臏は現代の山東省にあった斉の国で前四世紀初めに生まれた。正確な生没年や本名は知られていないが、兵法書『孫子』の著者として知られる孫子［孫子は孫武の尊称］の子孫だといわれている。長らく孫臏は『孫子』の共著者だと考えられてきたが、一九七二年に考古学者が孫臏によって書かれたもうひとつの兵法書を発掘した。中国文化では、将軍や狡猾な戦術家、山賊といった伝説的な武人の物語とならんで、『孫子』は特別な敬意をはらわれている。

祖先といわれる孫子と同様に、孫臏も戦術や戦法を学んだ。学友に龐涓《パンジュエン》という男がいた。戦争がたえまなく続く戦国時代には、軍事的才能のある人材はひっぱりだこだった。龐涓は当時最大の勢力を誇っていた魏に職を得て、魏軍の総大将に出世した。

龐涓は孫臏の才能をねたんでいたが、それを隠してかつての学友孫臏を魏に招いた。ところが魏に到着するやいなや孫臏は陰謀の疑いをかけられ、罪を着せられて両足の膝蓋骨を切除され、顔に入れ墨をされる刑を受けた。臏とは膝蓋骨を切除する刑を意味する言葉で、それ以来、孫臏が彼の通称になった。

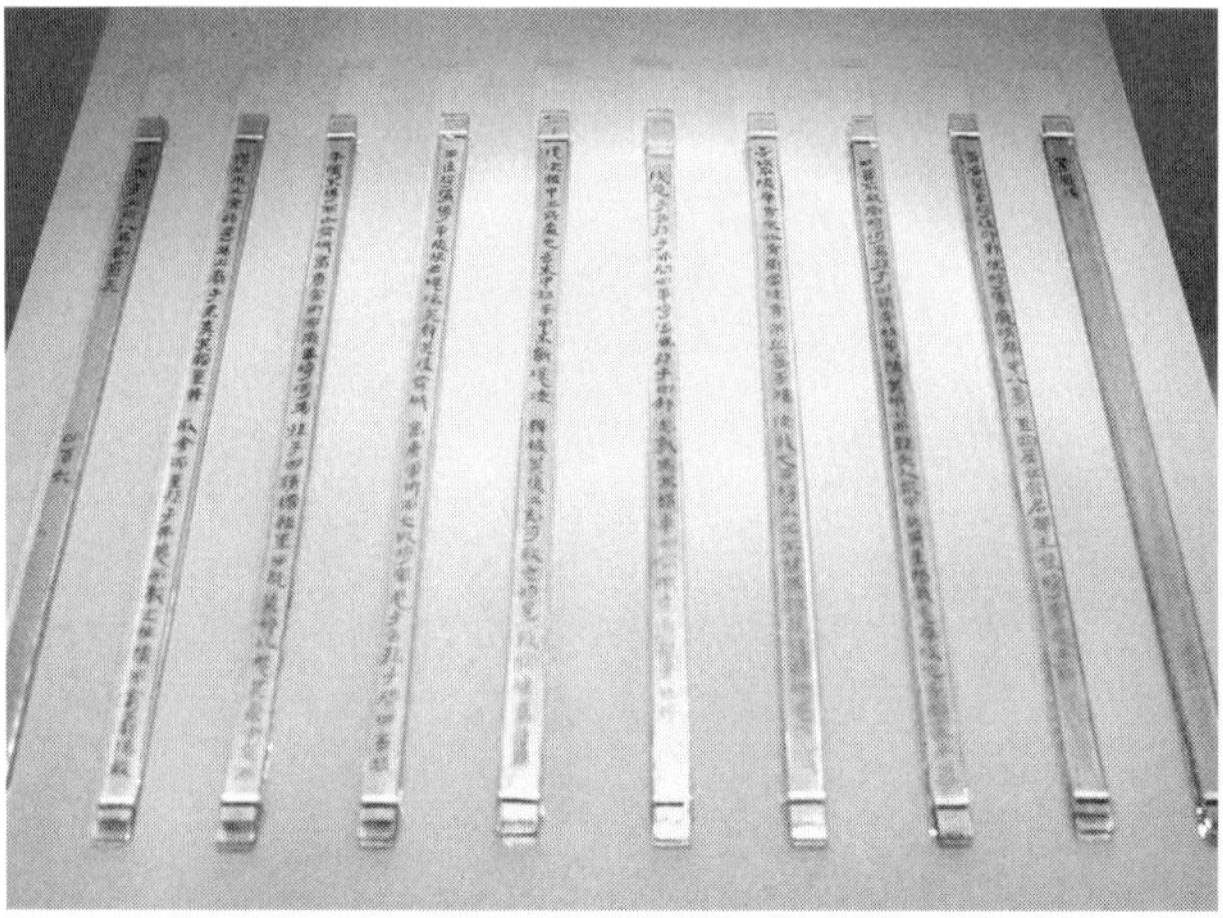

短冊型に削られた竹の札に書かれた『孫臏兵法』

孫臏はやっとの思いで魏を脱出し、斉の将軍田忌《ティエンジー》に雇われた。孫臏は田忌と王が競馬で三頭の馬を競わせるとき、田忌に単純だが鮮やかな策を伝授して大金を勝ちとらせた。王の三頭の馬がすべて駿馬なのを見て、孫臏は田忌の三番目によい馬を王のいちばんすぐれた馬と、田忌の二番目の馬を王の三番目の馬と、田忌のいちばん優秀な馬を王の二番目の馬と競わせるように勧めた。そうすれば二勝一敗で田忌の勝ち越しになるからだ。

　孫臏の初勝利は、前三五四年に龐涓率いる魏軍が趙の国の首都を包囲したときに訪れた。趙から救援を求められ、前三五三年に斉の王が援軍を送ると、孫臏は兵を趙ではなく、直接魏に向かわせた。これが「囲魏趙救」［「魏を囲んで趙を救う」という意味で、敵を集中させず、分散させて疲れさせてから撃破する戦術」という故事の由来である。

　さらに、孫臏は趙の首都の包囲を続ける魏軍をあざむくため、無能をよそおってわざと小さな負けをいくつか重ねた。そこへ斉の精鋭部隊が疾風のように魏に進軍してくるという知らせがもたらされた。龐涓はあわてて軍を率いて魏に戻り、孫臏の奇襲攻撃を受けて大敗を喫した。

　数年後、かつての学友龐涓とふたたび激突することになった孫臏は、斉軍は弱いと見せかけて意表をつく作戦をとった。孫臏は遠征中の斉軍の向きを変えて撤退するふりをし、兵士に命じて野営地で煮炊きする火を数名ごとに共有させ、敵から見える火の数を毎晩少しずつ減らしていった。龐涓は野営地のたき火を数えて敵の戦力を推定し、たき火の数が三日間で一〇万から三万に減ったのを見て、斉の兵士はあいついで脱走しているにちがいないと判断した。

こうして前三四三―前三四二年のある冬の夜、孫臏はあらかじめ罠をしかけ、馬陵《ばりょう》という土地の山間部の狭い道に軽装備の魏軍を誘いこんだ。重い荷車がならべられて魏の進軍をさまたげ、地面に刺さった鉄の杭が馬の歩みを止めた。そこへ何万本もの矢が雨のように降りそそいだ。撤退すらできない状況で、龐涓は「とうとうやつに名を上げさせてしまった！」と叫んで自害した。

8　荘子《ヂュゥアンズー》（前四世紀―三世紀）

道家の思想家

荘子は道家思想の始祖のひとりで、周に征服された殷の一族の子孫が封土をあたえられて建てた宋の国の出身である。荘子は前四世紀から前三世紀頃に生きた人で、漆園の名もない管理人だった。荘子の生涯にかんする逸話のほとんどは『荘子』という書物によって伝えられたものだ。これは荘子の著書とされているが、現存する『荘子』には後世のさまざまな学派の思想家が書いた文章がふくまれているようだ。

荘子は終生官職につくことはなかった。ある国の宰相として招かれたとき、荘子は次のように問い返して、その申し出を断わったという。

18世紀にえがかれた荘子と胡蝶の図

おまえさんは郊祭《こうさい》（郊外で天を祭る儀式）につかう犠牲の牛を見たことはないか。あの牛は、数年のあいだ大切に養われ、きれいなぬいとりのある衣裳をきせられて大廟に入れられる。そのときになって、犠牲として殺されるのがいやだからとて、子豚になりたいとのぞんでも、そんなことができるかい。さっさと立ち去ってくれ。そして、わしを汚さないでくれ。わしは、むしろ、きたならしい瀆《みぞ》の中でのうのうと遊んでいたいのだ。国家を保有するもの――諸侯などに拘束されたくはない。
［司馬遷『史記列伝一』、野口定男訳、平凡社］

荘子は君主にへつらう廷臣たちを蔑み、そのひとりに向かってこう言った。

秦王が以前病気になったとき、医者

を招いたことがあった。その医者のうち、はれものをつぶし、できものの膿《うみ》を出したものには車一台をあたえたが、痔《じ》をなめて治療したものには車五台をあたえたということだ。つまり、治療する場所が汚ければ汚いほど、褒美《ほうび》の車も多いというわけだ。お前さんも、きっとその痔をなめたにちがいない。それだけたくさんの車をせしめてきたのだからな。まあ、さっさと帰ってもらおうか。［『荘子Ⅱ』、森三樹三郎訳、中央公論社］

荘子が書いたとされる文章の大きな特徴は、古代中国のほかの思想家には見られない独創的な想像力だ。短い例をひとつあげよう。ここには、孔子や墨子（伝記4、5）の思想においてなによりも重視された絶対的真理を否定する荘子の姿勢が表れている。

いつか荘周《わたし》は、夢のなかで胡蝶《こちょう》になっていた。そのとき私は嬉々として胡蝶そのものであった。ただ楽しいばかりで、心ゆくままに飛びまわっていた。そして自分が荘周《そうしゅう》であることに気づかなかった。ところが、突然目がさめてみると、まぎれもなく荘周そのものであった。いったい荘周が胡蝶の夢を見ていたのか、それとも胡蝶が荘周の夢を見ていたのか、私にはわからない。けれども荘周と胡蝶とでは、たしかに区別があるはずである。それにもかかわらず、その区別がつかないのは、なぜだろうか。

ほかでもない、これが物の変化というものだからである。［『荘子Ⅰ』、森三樹三郎訳、中央公論社］

荘子のもっとも重要な思想は「無為自然」である。荘子はしばしば、道家思想の伝説的な始祖で偉大な思想家の老子とならび称される。それは主としてこのふたりの思想に、無為自然を尊ぶという点で共通するものがあるからだ。しかし、老子と荘子のあいだには本質的な違いがある。老子の思想が共同体全体の幸福への関心を示しているのに対し、荘子はより個人主義的であり、何物にもさまたげられない自由を精神世界に求めている。荘子は儒教思想の中核となっている道徳や社会規範のような、あらゆる「人為的な」教義に反対した。荘子にとってただひとつ真実といえるのは、天地自然の原理、すなわち「道」だ。「道」は自然を成り立たせる力であり、万物の源である。天地自然のなかでひとりの人間がどう生きればいいのかと考えたとき、荘子の答えは「遊」、あるいは「逍遥」とよばれる態度だった。それは現実から解き放たれて、絶対的自由の世界に入ることだ。

9　趙の武霊王《ウーリン》（前二九五年死去）

名高い武人であり中国にズボンをとりいれた人物

前三二五年に趙の国で武霊王が即位したとき、この国は周辺を強力な敵国と荒々しい「蛮族」に囲まれ、少しも油断できない状況にあった。

同時に、東アジアでは戦闘方法に革命的な変化が起きていた。馬が引く戦車は前二〇〇〇年―前一〇〇〇年頃に西アジアや中央アジアから伝わって以来、長いあいだ主力として活躍してきたが、北方の遊牧民族のなかで力を発揮しはじめた騎馬兵にはたちうちできなくなっていた。身軽な遊牧民族の射手は、重々しく武装した貴族が走らせる戦車や、動きの遅い農民の歩兵に比べて、機動性も戦闘能力もすぐれているのは明らかだった。

武霊王は趙にも騎馬兵をとりいれる決意をしたが、文化の違いが障害となって立ちはだかった。当時中国の男性が着用した伝統的なゆったりした衣服は、袖が大きく、スカートのように裾が長くて乗馬にはまったく不向き

騎乗する射手の素焼きの人形

だった。しかし、この服装は中国文化の象徴としてなかば神聖視されていた。たとえば斉の宰相の管仲が「蛮族」を撃退したのをたたえて、孔子（伝記4）は、「管仲がいなければ、われわれは征服されて野蛮人の格好をさせられていただろう」と述べており、伝統的な服装がいかに大事にされていたかがわかる。だから武霊王が「蛮族」の着るズボンをとりいれようとしたとき、上流階級は猛反発した。しかし前三〇七年、武霊王はなにがなんでも趙の軍隊を強化しなければならないと貴族を説得し、ぴったりした短い上着にズボンと長靴という「蛮族」の服装を受け入れさせた。

武霊王の生涯のなかでもうひとつ特筆に値するのは、前二九九年の夏に若い息子に位をゆずって退位したことだ。退位後の武霊王は主父と称し、軍事に力をそそいだ。この退位にはまぎれもなく「蛮族」の匂いがする。ステップ地帯の遊牧民は、しばしば現実の、あるいは儀礼的な王殺しをへて、つねに若く精力にあふれた君主を頂く風習があった。武霊王の退位も、それに似ていなくもない。

しかし、武霊王は新しい王の行動が気に入らず、その兄で、太子にしなかった息子を重用しようとした。その結果、前二九五年に兄弟間の骨肉相食む争いをひき起こしてしまう。兄は情け容赦なく殺されたばかりでなく、若い王の支持者が武霊王の居城を包囲し、兵糧攻めにした。武霊王はスズメの巣をあさって雛や卵を食べるほど追いつめられ、三か月以上も城を囲まれて、じわじわと飢え死んだ。

10 呂不韋《リュブーウェイ》（前二八四頃―二三五）

宰相

秦の丞相〔宰相〕となった呂不韋は、前二八四年頃に中国北部の趙の国の大商人の家に生まれた。彼は父親と次のようなやりとりをして、政治の道に進む決心をしたという。

子「畑を耕したらどれくらい儲かるの？」
父「元手の一〇倍だ」
子「宝玉やヒスイを商えば？」
父「一〇〇倍だ」
子「一国の君主を補佐すれば？」
父「はかりしれない見返りがあるだろう」

呂不韋が豊かな商人から「はかりしれない」権力の持ち主へ転身するチャンスがめぐってきたのは、人質として趙で暮らしていた若い秦の王子を支援したときだ。王子を敵国に送るのは対立する諸国の勢力バランスを保つためで、戦国時代にはめずらしくなかった。呂不韋の生涯について知られていることは、ずっとのちに儒家の歴史家によって書かれたものだ。秦にとって代わった漢の時代に秦を見くだす風潮が広まったので、事実がゆがめられた部分があるのは否めない。呂不韋は自分の愛妾を秦の王子にゆずり、彼女は趙の都の邯鄲《かんたん》で前二五九年に男児を生んだ。生まれた子は秦の王子として政と名づけられたが、じつはこの愛妾はすでに呂不韋の子を身ごもっていて、政は呂不韋の子だという説がある。この子どもこそ、のちに強大な権力をもつ秦の始皇帝（伝記11）に成長するのである。

趙で人質となっていた若い秦の王子を援助したことによって、その王子が前二五〇年に秦の王として即位すると、商人だった呂不韋は宰相に任命され、摂政として王の政治を助けた。丞相となった呂不韋は秦の国政を円滑に進めるだけでなく、帝国の拡大に全力をつくした。前二四七年に一二歳の政が秦の王位につくと、秦の国力はいっそう高まった。摂政の呂不韋の功に報いるため、彼は仲父《ちゅうほ》（父に次ぐ人）という尊称を授けられた。仲父とよばれるのは、父のような人物としてうやまわれている証である。

人質の王子を支援するという先見の明のある投資の見返りとして、かつて商人だった呂不韋は莫大な財産を手に入れ、一〇万戸の領地をあたえられて一万人の召使を所有した。また、才能や技能にすぐれた三〇〇〇人の食客《しょっかく》［客の待遇でかかえておく人］を置いた。彼らは呂不韋を技術や学術面で支え、『呂氏春秋』の完成に貢献した。この書は過去のさまざまな思想家の説を広くとりいれ、政治理論や哲学を百科事典のように網羅した大著だ。

前二三六年、秦の王［のちに始皇帝と称する］は太后である母と宦官をよそおった若い男（呂不韋が太后の暮らす後宮に引き入れたといわれる）の不義密通の噂を聞きつけた。王は太后を軟禁し、にせの宦官と、太后が生んだふたりの異父弟を処刑した。呂不韋も連座させられたが、若い王は急いで呂不韋を処罰するようなことはせず、はじめはただ領地に蟄居させるにとどめた。十数年間にわたって絶大な権力をふるった呂不韋のもとには、なおも使者や高官が引きもきらずつめかけた。業を煮やした王は前二三五年に呂不韋に厳しい手紙を送り、彼とその一族に、秦が征服したばかりの辺境地（現在の四川省）への追放を命じた。この伝説的な投資の天才は、さらに過酷な処罰を受けるのを覚悟して、毒を飲んで自害した。

11 秦の始皇帝《シーファンディ》（前二五九―二一〇）

中国最初の皇帝

一九七四年に、始皇帝の墳墓を守るように埋められた兵馬俑が発見された。この発見は世界を驚愕させ、秦王朝の初代皇帝、始皇帝の名は一躍世界に知れわたった。しかし始皇帝の生涯は、彼の死後一世紀以上たってから司馬遷（伝記15）が書いた『史記』によって伝えられたものが大半を占めている。秦を滅亡させた漢代に書かれたものなので、始皇帝に対する見方もかなり歪曲されていると考えなければならない。

秦王の政は前二五九年に、隣国の趙の都で人質となっていた秦の王子を父として生まれた。幼少期の政の運命はつねに不安定だった。秦の軍勢が攻撃をしかけてくると、趙の宮廷はそのたびに敵国の人質とその家族を殺すとおどしたからだ。前二五八年に政の父は秦に戻ることができたが、妻と息子はとらわれの身のまま残された。前二五一年に政の祖父が秦の王位につき、政の父が正式に太子に指名されて、ようやく幼い政は生まれてはじめて秦の地をふむことができた。

前二五〇年に政の父が秦の王位を継いだが、この王の治世はわずか三年しか続かなかった。この三年のあいだ

始皇帝の巨大な陵墓に埋められていた青銅製の馬車。実物の半分の大きさがある。

に、強力な秦軍は他国への侵攻を続けた。前二四七年に父王が崩御すると、まだ若い政が王権と急激に拡大する王国の両方を引き継いだ。

政はみずから軍を率いて遠征することはなかったが、秦の拡大に政が果たした役割は大きい。征服への意欲にくわえて、政は世襲の貴族制ではなく実力主義を支持した。そして国外から才能のある人物を熱心に探して雇い入れた。たとえば政がもっとも重用した戦略家で、長いあいだ丞相の地位にあった李斯《リースー》は、秦の仇敵である楚の国の人だ。有能な大臣と将軍という無敵のコンビが手を組んだ結果、秦は次々とほかの国々を滅ぼし、その領土を併合した。文化の発達した斉は最後まで残ったが、ついには秦に飲みこまれた。前二二一年、政は秦の支配のもとに中国を統一した。

政は古代の神話的な支配者をさす三皇五帝という言葉から二文字をとって、新しく「皇帝」という称号を作った。そして政は初代皇帝を意味する始皇帝を名のり、皇帝の称号を子々孫々に受け継がせるように命じた。

今日中国として知られる統一国家が誕生し、現代まで存在しつづけることができた背景には、きわめて中央集権的な行政制度を完成させた始皇帝の熱意がある。彼は官僚制を全土に行きわたらせ、すべての郡と県を宮廷が直接支配するようにした。こうして中国の封建制はほとんど消滅した。それと同じくらい重要なのが度量衡と貨幣の統一、そしていちばん大切なのは文字の統一である。標準的な文字の制定が、中国を単一国家として保つうえでもっとも強力な要素だったといっても過言ではないだろう。

思想面では、始皇帝はおもに法家（伝記6商鞅参照）の教えに従った。法家は人民を広範囲に張りめぐらせた法や条例、規則の網で支配しようとする学派だ。近年になって、これらの法や規則の一部の解釈や適用例が書かれた秦の書物が発見され、非常に明晰な内容と厳罰をともなう法哲学が明らかになった。たとえば、少量の桑の葉を盗んだ者は三〇日の懲役。五人以上の集団で共謀して押しこみを働いた場合は、たとえわずかな金額でも左足つま先切断の刑だった。

統一と標準化は、形あるものから精神的なものまでおよんだ。始皇帝は臣下の行動、道徳、そして思想を統一しようとした。何世紀も続いた分裂の時代にさまざまな学説が花開いていたために、思想の統一は並大抵のことではなかった。秦では長いあいだ法家が力をもっていたこともあり、思想の統一に手こずった始皇帝はしだいに儒家に対する反感を強め、のちに知識人に対する広範囲な弾圧をおしすすめる。弾圧が頂点に達したのが前二一三―二一二年である。始皇帝は法令によって、医薬、占い、農業技術以外のすべての本の私有を禁止した（皇帝は帝国所有の図書館に歴史書や思想書を保管していた）。始皇帝が数百人の儒学者を生き埋めにしたという話は有名だが、おそらく始皇帝を誹謗中傷するために、後からでっちあげられた可能性が高い。

始皇帝は大規模な建設計画をいくつも実行した。各地に建てられた城壁を連結して万里の長城を作り上げ、数千キロも続く幹線道路、運河、巨大な宮殿、そしてもちろん自分のための巨大な陵墓を建造した。推定によれば、秦の人口全体の一五パーセントがつねに労働者か兵士として動員されていたという。国家へのこうした奉仕は人民に大きな負担をあたえた。始皇帝を暗殺しようというくわだてがすくなくとも三回はあったというが、むりもない話だ。

始皇帝は広大な帝国の領地を五回にわたって巡幸し、山上と海岸に自分の業績をたたえる文をきざんだ石碑を立てた。前二一〇年の夏、始皇帝は最後の巡幸の途中で病に倒れ、かつての趙の、自分が生まれた土地の近くで息を引きとった。錬金術に頼って不老不死を手に入れようとした皇帝は、こうして最期を迎えた。始皇帝の旅先の死は秘密にされ、遺体の腐臭を隠すために皇帝の馬車に臭い干し魚が積みこまれた。巡幸に同行していた末子の胡亥にとって、これはずるがしこい宦官と共謀して帝位を奪うチャンスだった。胡亥と宦官のふたり組は、わずか四年たらずで強大な秦王朝の崩壊をまのあたりにすることになる。

儒家は過去の政治や文化をしばしば神聖視し、感傷的に懐古した。始皇帝はそうした儒家の思想と過去への愛着を根絶やしにしようと執念を燃やしたが、結局は秦にとって代わった漢王朝と儒家によって始皇帝の統治は悪評にさらされた。しかし、秦から二〇〇〇年たったいまも残る中国という国の形を作り上げたのは始皇帝だ。英語で中国をチャイナとよぶのも、秦という国名に由来している。秦につづく漢とそれ以後の王朝は、始皇帝を暴君とよんで非難しながらも、始皇帝が作り上げた中央集権体制を基本的な点で受け継ぎ、始皇帝が確立した広大な領土の統一を維持しようと努めた。始皇帝の遺産に欠けているのは文学的な功績である。秦を倒したふたりの反乱軍指導者（伝記12を参照）がそろって胸を打つ詩を残しているのとは対照的だ。

12 項羽《シィアンユー》（前二三二―二〇二）

秦に対抗した反乱軍指導者

秦の二代皇帝に対する反乱を指揮した項羽（本名は項籍）は、前二三二年に南方の楚という王国の軍人一家に生まれた。それからまもなく楚は秦に征服される。しかし南方独特の文化と豊かな資源をもつ楚は、征服者である秦への抵抗を続けていた。秦の二代皇帝が即位した年（前二〇九年）の秋、楚の平凡な農民だった陳勝《チェンシォン》が秦に対する最初の反乱を起こし、国号を張楚《ちょうそ》として建国した。

項羽は、長江河口地域に位置する現在の江蘇省で、無頼の生活を送っていた叔父の項梁に育てられた。この叔父は甥の項羽に兵法を教えた。南方を巡幸する始皇帝（伝記11）を観察した項羽は、「この人物ならば倒して首を挿げ替えられる」と言い放ったという。叔父と甥のふたり組は少しずつ支持者を集めた。彼らは秦への反乱をよびかけた陳勝に呼応した楚の有力者をまとめ、しだいに勢力を拡大した。

項梁は旧楚の王の子孫を新王として立て、秦に抵抗するゆるやかな連合軍を組織した。そのなかのひとりが劉邦《リィウバン》である。彼もまた旧楚出身で、平民だが野心にあふれ、勇名をはせていた。項梁が秦の将軍の奇襲を受けて戦死すると、項羽が反乱軍の指揮を引き継いだ。

前二〇七―二〇六年の冬、項羽は反秦連合軍を率いて北上した。漳河《しょうが》（黄河の支流）を渡ったのち、項羽は船をすべて焼きはらった。もう退却はできないと兵士に覚悟させたのである。項羽は冷徹で非情な男だった。項羽が秦の大軍と対峙している間に、劉邦は小規模な軍勢を率いて秦に侵入し、都を制圧した。二代皇帝は内紛によってすでに殺され、そのいとこが秦の君主となっていたが、この冬、その最後の秦王［すでに秦に帝国としての実態がないため、皇帝とはよばれない］が降伏した。

項羽の肖像

劉邦に遅れて秦に入った項羽は、自分の指揮下にある大軍を劉邦軍にさしむけ、総攻撃をかける準備を整えた。あらかじめ警告を受けた劉邦は、項羽に和睦と弁明を申し入れた。前二〇六年の初め、秦の宮殿を焼きはらい、最後の秦王を殺害した項羽は、秦の領地の大半を支配し、劉邦には漢江上流の盆地と辺鄙な四川省をあたえた。劉邦はただちに勢力を東に向かって拡大し、関中「戦国時代の秦の領地」に進出した。項羽はいくつかの重要な戦いで勝利を治めたが、項羽と劉邦の争いはしだいに劉邦側に有利に傾きはじめた。

前二〇三年、項羽は劉邦と雌雄を決するために一騎打ちを申し入れて拒否された。項羽は和平を提案し、鴻溝《こうこう》運河を境に天下を二分することに決めた。劉邦はこの協定に同意し、捕らわれていた父と妻をぶじにとりもどすことができた。

しかし、ほとんどその直後に劉邦はこの平和協定を破り、戦いを再開した。前二〇二年、劉邦は項羽を垓下《がいか》という土地で包囲した。

ある夜、項羽は周囲を囲む劉邦軍からわき上がる楚の歌を聞いて、祖国の楚が完全に劉邦の手に落ちたと思いこんだ。項羽は悲嘆にくれ、愛妾の虞美人に悲哀に満ちた詩を聞かせた。

わがカ　山を引き抜き　意気は天下を包みこむ
だが　時は不利　愛馬はすすまぬ
愛馬がすすまぬ　どうしたものか
虞美人よ　そなたを　何としたものか　〔一海知義『史記』、平凡社〕

虞美人に別れを告げ、項羽は夜明け前に八〇〇騎の騎兵をつれて敵の囲みを破った。項羽は淮河《わいが》を渡ったところで、敵兵に追いつかれ、生きのびることができたのはわずか一〇〇人の兵のみだった。項羽は勇ましく戦って長江の北岸にたどり着く。そこから川を渡れば項羽の郷里に逃げこめたかもしれない。しかし多くの兵を失って、おめおめと生き残る気はなく、項羽は長江の岸辺で自刃した。項羽を討った者に恩賞があたえられることになっていたので、劉邦軍の数十人の兵士は恩賞ほしさに項羽の遺体を奪いあい、引き裂いて、仲間同士で殺しあった。
楚のふたりの若者、項羽と劉邦が争ったこの戦いで、劉邦は勝者となって漢王朝を建てた。

13 漢の武帝《ウーディ》（前一五六―八七）

領土を拡大した中国の皇帝

中国の領土を拡大したことで後世に名を残した武帝は、前一四〇年に一六歳で即位して漢の七代皇帝になった。武帝の父と祖父は政府の出費を倹約し、課税を低く抑えて、自由放任主義の経済政策をとったことで知られている。土地に課せられる租税は、はじめは収穫量の六・七パーセントだったが、それが三・三パーセントまで軽減され、廃止された時期もひんぱんにあった。そのおかげで人口は急速に増え、かつてない繁栄がもたらされた。当然、こうした国内政策は対外関係、言い換えれば周辺諸国との関係が安定していなければ不可能だ。とくに北の強力な遊牧国家、匈奴との関係は重要だった。こうした政策はすべて、精力的な若い武帝の時代に変革されることになる。前一三五年、道家思想に傾倒していた祖母の竇《ドウ》太皇太后［五代皇帝の文帝皇后］が亡くなると、武帝は本格的に改革に着手した。

年若い皇帝は儒教を奨励しはじめた。以後、儒教は二〇〇〇年ものあいだ、東アジアの主要な思想として定着することになる。また、武帝は軍国主義と拡大主義を特徴とする「対外政策」をとり、北方の遊牧民の帝国である匈奴にきわめて積極的に立ち向かった。

即位まもなくから武帝は軍事や外交に才能のある者を熱心に招集した。父と祖父の代に蓄積した豊かな財政を頼りに、武帝は匈奴に遠征をくりかえした。とくに前一二一年と前一一九年には大きな成果を上げている。漢との戦いによって、かつておそるべき力を誇った遊牧民族は大打撃を受け、「ゴビ砂漠より南に王庭（匈奴の本拠地）なし」と昔の歴史書にあるように、匈奴はゴビ砂漠のはるか北に逃げさった。漢は北方の防衛のために大規模な軍事設備を建設した。この頃延長された万里の長城は、要所に監視塔が建てられ、歩哨の詰め所があり、現在のモンゴルまで入りこんでいた。

いっぽう、武帝は中央アジアにおける漢の勢力を確固たるものにするために軍事力と外交を駆使し、シルクロード沿いの商人の往来を格段にやりやすくした。北部と北西部に向かって領域を拡大するいっぽうで、武帝は中国東北部と朝鮮半島にも兵を送り、その地域に四郡を置いた。

南方への進出もめざましかった。長江の南に広がる広大な土地は、当時大部分が異民族の国家になっていた。武帝は将軍と兵を南方に派遣して定住させ、現在の広州市とベトナム北部までを征服し、拡大する帝国に組み入れた。

武帝は出費のかさむ軍事遠征を財政面で支えるため、製鉄と塩の販売を国の支配下に置いた。また、父の代から世襲の諸侯王［劉邦の功臣や一族で王位と封土をあたえられた者］の国や封土［功臣に褒章としてあたえられた領地］を完全に中央政府の支配下に置く中央集権化が徐々に進められてきたが、武帝はこれを完成させた。

武帝は皇后だったいとこを離縁し、身分の低い歌姫を皇后にしたといわれている。この皇后の弟や甥は匈奴との戦争で将軍として活躍した。また、武帝の妃のひとりの兄は、「天馬」とよばれる伝説的な名馬を大宛《だいえん》（フェルガナ）から手に入れるために、莫大な費用をかけた中央アジアへの軍事遠征に派遣された。

武帝は（前九一年に皇太子が関与を疑われた謀反事件の後で）寵姫が生んだ幼い息子を皇太子に立て、その母を（政治の実権をにぎるのをおそれて）殺害するという冷酷な手段をとって、皇位の平和的な継承を確実にした。現世の権力をもっと拡大したいと願った秦の始皇帝（伝記11）など昔の支配者たちと同様に、武帝は不老不死や呪術に夢中になった。道教の神秘主義、錬金術や占星術と結びつけられることの多い不老不死の霊薬や仙人を求めて、武帝は宮殿に高い建造物を作り、山上や海岸にひんぱんに出かけた。征服によって漢代最大の領土を獲得したことで知られている漢の七代皇帝は、その武勲をたたえて死後に武帝という称号を贈られた。武帝の遺産のひとつは、たとえ一部の地域であっても、中央アジアに現在まで続く根強い中国の影響を残したことだ。

14 張騫《ヂャンチィエン》（?―前一一四）

中央アジア以西への探検家

前三世紀以降、遊牧民の匈奴が築いた帝国がステップ地帯と中央アジアを支配し、中国の西への拡大をはばんでいた。この状況を打開したのは意気さかんな漢の武帝（伝記13）と、武帝が派遣した探検家で外交官の張騫である。

張騫は前二世紀なかばに生まれた。当時の漢の中心地であった現在の陝西省の人で、皇帝の侍者として位の低い官職についた。漢は北西部で遊牧民の匈奴の攻撃を受けていたため、武帝は月氏と同盟しようと考えた。月氏はかつて中国の北西にいた遊牧民で、匈奴によってその地を追われた恨みがあるからだ。月氏は古代インド・ヨーロッパ語族に属するトカラ語を話す民族だと考えられ、匈奴の攻撃をのがれて数十年前に西方に移住していた。張騫は志願して月氏への使節団を率いることになった。

百人あまりの人員からなる外交使節団は、漢で奴隷となっていた匈奴の堂邑父《タンイーフー》を案内役として、前一三九年に漢の都の長安を出発した。張騫一行は途中で匈奴に捕らえられ、十数年間も抑留された。張騫は匈奴で妻をめとり、子をもうけた。張騫はようやく数名の部下と案内役とともに脱出してタリム川に沿ってトゥルファン盆地を通過し、パミール高原を越えてフェルガナ盆地にある大宛国にたどり着く。厳しい地形と果てしない距離を越える途方もない旅だった。大宛国の王は、張騫一行がサマルカンドを経由して本来の目的地であるアフガニスタン北部の大月氏国に向かう旅に力を貸した。

かつて遊牧民だった月氏は、バクトリアを征服して豊かな定住生活を送っており、対匈奴同盟にくわわる意思はなかった。しかし張騫はインドや中央アジアより西の「西域《さいいき》」とよばれる地域にかんする重要な情報を得るこ

西域への旅に出る前に武帝に別れを告げる張騫。洞窟に描かれた壁画。

とができた。また、張騫は現地の市場で、現在の四川省（中国南西部）で生産された品物が売られているのを見て目をみはった。

バクトリアで一年ほどすごしてから、張騫はできるかぎり南のルートをとって帰国の途についた。帰途にふたたび匈奴に捕らえられるが、またもや脱出に成功し、匈奴でできた家族とともに漢の都に帰り着いた。

張騫がもち帰った西域の情報をもとに、武帝は中国の国境を西に拡大するための軍事・外交努力をいっそう進め、いわゆるシルクロードを利用した通商や文化交流、そして南方への進出が急速に進んだ。バクトリアで四川省の産物が売られているのを見たという張騫の報告にもとづいて、四川省をへてインドへいたる南方ルートを発見するための試みがなされたが、これは成功しなかった。しかし、失敗に終わったとはいえ、この試みによって漢の領土は雲南省まで大きく広がることになった。

前一一九年、張騫はさらに大規模な使節団を率いて二度目の中央アジア行きを命じられた。漢が匈奴から奪って支配下に置いた甘粛回廊［河西回廊ともいう。シルクロードの東端にあたり、南北を山脈にはさまれた細長い平地］を通って張騫の部下たちが各地に旅立っていき、はるばるイランのパルティア帝国まで行く者もいた。

張騫自身は前一一五年に漢の都の長安に戻り、その一年後に死亡した。張騫の探検は、ブドウ、アルファルファ、ゴマ、キュウリ、クルミなどの日常的な食べ物を漢に伝えた。これらはすべて漢代に輸入がはじまり、いまでは中国全体に広まっている。

15 司馬遷《スーマーチィエン》（前一四五／一三五頃—九〇以降）

歴史家

司馬遷の父は漢の武帝（伝記13）のもとで国家の文書や歴史をつかさどる太史令という役職につき、中国の歴史書の執筆をはじめた。司馬遷は前一四五年か一三五年に、中国文明発祥の地である黄河流域で誕生したといわれている。学者であり思想家で、儒教を中国の主流の思想にした董仲舒《ドンヂョンシュ》に『春秋』［孔子が編纂にかかわったとされる春秋時代にかんする史書］を、孔子（伝記4）の子孫に『尚書』［中国最古の歴史書］を学んだ。

型どおりの学問を終えた後、司馬遷は大旅行に出発し、広大な漢帝国を広範囲に視察する。とくに長江流域の南部諸地域は、北部の人々にとってはいまだに辺境の地だった。この旅行で史実や伝説をふくめて数多くの史跡をめぐったことが、司馬遷の将来に大きな影響をあたえた。

司馬遷は、皇帝の侍従のなかでもいちばん低い郎中《ろうちゅう》という職につき、武帝のたび重なる巡幸につき従った。

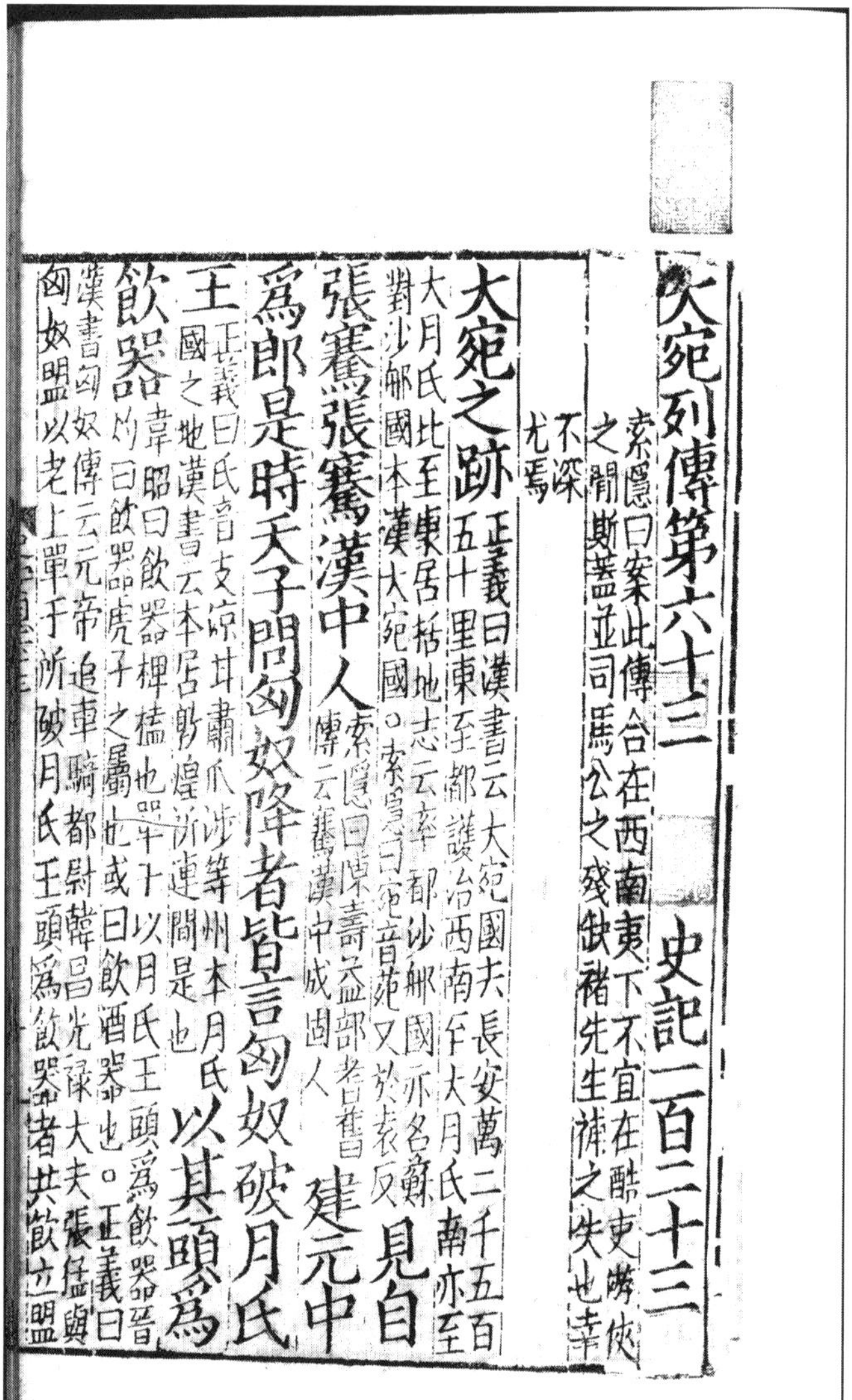
大宛列傳第六十三　史記一百二十三

索隱曰案此傳合在西南夷下不宜在酷吏游俠之間斯蓋並司馬公之殘缺褚先生補之失也幸不深尤焉

大宛之跡正義曰漢書云大宛國去長安萬二千五百五十里東至都護治西南至大月氏南亦至大月氏北至康居括地志云率都沙那國亦名蘇對沙那國本漢大宛國○索隱曰宛音苑又於袁反見自張騫張騫漢中人索隱曰陳壽益部耆舊傳云騫漢中成固人建元中為郎是時天子問匈奴降者皆言匈奴破月氏王正義曰氏音支涼甘肅瓜沙等州本月氏國之地漢書云本居敦煌祁連間是也以其頭為飲器韋昭曰飲器椑榼也單于以月氏王頭為飲器晉灼曰飲器虎子之屬也或曰飲酒器也○正義曰漢書匈奴傳云元帝遣車騎都尉韓昌光祿大夫張猛與匈奴盟以老上單于所破月氏王頭為飲器者共飲血盟

司馬遷の著作『史記』の一部

前一一〇年に、司馬遷の父がまだ書きかけだった史書の完成を息子に託して亡くなった。三年後、司馬遷は父がつとめていた太史令の地位をあたえられた。新しい暦の制定を指揮し、前一〇四年にその暦が採用されると、司馬遷は父が残した歴史書の執筆にとりかかる。父の書きためた原稿だけでなく、宮廷図書館に所蔵された文書もおおいに役立てた。

前九九年、漢は匈奴に大規模な攻撃をしかけた。将軍李陵《リーリン》は、五〇〇〇人の歩兵を率いて敵地の奥まで侵入したが、一〇日以上も戦ったすえに降伏した。司馬遷は李陵を公然と弁護したために逮捕され、死刑を宣告された。この時代には賄賂を贈ればこうした罪には恩赦が得られた。しかし太史令という地位は俸給が低かったので、司馬遷が死刑をまぬがれるには、去勢して宦官になるという屈辱的な刑へ変更を願い出るしかなかった。そのときの心境を司馬遷はこう述べている。「死はだれにでも等しく訪れる。しかしその死は泰山より重いときもあれば、羽より軽いときもある。子孫に何も残せないのなら、その人の死は九牛が一毛を失う程度のものでしかないだろう」。刑を執行される前に自害する人が多いなかで、司馬遷は生きながらえて歴史書を完成させる道を選んだのだ。

宦官に身を落とすという屈辱に耐えて、司馬遷は一心不乱に『史記』の執筆に打ちこんだ。『史記』は古代から司馬遷の時代（彼は前九〇年をすぎてから亡くなった）までの中国の通史である。この作品によって司馬遷は中国における歴史書の父とみなされている。

『史記』は年代記を執筆する際の模範となり、紀伝体［支配者の年代記である「本紀」と臣下の伝記である「列伝」を中心に構成された歴史書］という形式を生んだ。紀伝体はその後のあらゆる王朝が編纂した歴史書に採用されている。『史記』はいまでも中国古代史の主要な情報源である。司馬遷はつねに公正で信頼にたる歴史家というわけではなかったが、彼による殷王朝の系図はきわめて正確であることが、殷王朝から数千年後に発掘された甲骨文字との比較で明らかになった。『史記』は文学作品としてもすぐれた価値を認められている。

16 王莽《ワンマン》（前四五—後二三）

帝位を簒奪した皇帝

王莽は前四五年に漢の貴族の家系に生まれる。伯母のひとりは漢の元帝の皇后（元太后）で、その子どもが成帝として即位した。伯母の引き立てで王莽は猛スピードで出世し、前八年に大司馬［軍事の最高位の官職］に就任した。私財を投じて恵まれない者を助け、俊才のほまれ高い者をとり立てたので、王莽は漢でもっとも人気のある官吏となった。彼の謙虚さを物語る次のようなエピソードが伝えられている。王莽の母の病気見舞いに貴族の女性たちが続々と訪れたとき、質素な身なりをした王莽の妻は召使とまちがえられたという。

成帝は前七年に跡継ぎを残さずに崩御した。哀帝が即位すると、その外戚のふたつの氏族は王一族を排斥した。王莽は官職を離れ、自分の領地に戻って目立たない暮らしをしながら機会をうかがった。次男が奴隷を殺してしまったとき、王莽は彼を自殺させ、その公正な態度によって王莽の名声は上がる一方だった。

哀帝は前一年に、ふたたび跡継ぎを残さずに崩御した。哀帝の祖母と母もすでになく、元太后はただちに権力をとりもどし、王莽を中央によびもどした。王莽と元太后はともにはからって、わずか八歳の幼い皇帝［平帝］を立て、王莽が事実上の支配者となった。野心を隠し、権力を確かなものにするために、王莽はなんのためらいもなく自分の長男を殺害した。王莽が貧民の救済や各地での学校建設のために大金を寄贈（ふつうなら官吏の給与や報奨金にまわされる）すると、その評判はますます高まった。

こうした行動によって、王莽は周公（伝記2）に匹敵する聖人として称賛された。その一方で王莽は若い平帝を毒殺し、紀元五年にまだ幼児の皇帝を傀儡として立て、みずから「摂《せつ》皇帝」と称した。そして数々の天のお告げを捏造したあげく、表立った反対はほとんどなく、皇帝に即位して国号を「新」とした。紀元九年のことである。

王莽は古代周王朝の政治制度を自分なりに解釈し、それにしたがって大幅な政治改革を断行した。行政機関の組織変更や改暦にくわえて、すべての土地と奴隷の国有化を宣言し、それらを私的に売買することを禁じた。また、商業や経済行為を政府の厳格な規則と支配下に置き、貨幣制度をたびたび改革した。

王莽は自分の改革に反対する者はだれであろうと厳しい法的処罰を課したので、民衆のあいだに激しい怒りがわき起こった。かつて人望を集めた支配者が、国中で恨まれる君主に転落するのに一〇年もかからなかった。漢の支配を懐かしむ民衆の声がしだいに高まった。

紀元一七年に大規模な農民蜂起が起きた。ばらばらだった反乱者の集まりは、漢王朝の復活という目的で団結し、しだいに強力になった。二三年の秋、王莽の主力軍を打ち破って、反乱軍は都の長安に侵攻した。一〇月六日、王莽は宮殿で殺された。王莽は首をはねられ、頭部は「再興した」後漢王朝によって色を塗られたうえに戦利品として保存されていたが、晋王朝

王莽が鋳造した貨幣

（西晋）時代の二九五年に火事で失われた。帝位を簒奪した王莽は、中国史ではつねに極悪人扱いである。

17 班氏《バン》（紀元一世紀）

歴史家

歴史家としての班氏の元祖は班彪《バンビイヤオ》（三―五四）である。「蛮族」とよばれた匈奴出身の家系でありながら、王莽（伝記16）による帝位簒奪後の漢の復興に貢献した。また、班氏は中国ではじめてひとつの王朝だけの歴史書である『漢書』を編纂して後世に名を残した。その大事業をはじめたのも班彪だ。

司馬遷（伝記15）は古代から彼が生きた時代までの通史である『史記』を執筆した。班彪は司馬遷の仕事を引き継いで、前漢全体の通史を記録したいと願ったが、数十章を起草したところで世を去った。

班彪の長男の班固《バングー》（三二―九二）は、早くからなみはずれた文才を示していた。班彪の友人で弟子でもある王充《ワンチョン》（伝記18）は、班固を「漢の歴史を記録するために生まれた人物」と評している。班彪が亡くなると、班固は太学という国立大学を中退して父の仕事を完成させるために精力をそそいだ。

この史書の編纂は公に認められたものではなかったため、班固は六二年に逮捕されたが、弟の班超《バンチャオ》（三二―一〇二）が都にかけつけて明帝に弁明した。文学好きな明帝は、没収した原稿に目をとおして感銘を受けた。班固は歴史的資料を管轄する部門に正式に任命され、宮廷図書館に所蔵された資料や記録を『漢書』の執筆に役立てることができた。

班超は筆写をして生計を立てていたが、「男たるものは張騫（伝記14）を見習い、異国の地で血わき肉おどる冒険に身を捧げるべきだ」と決意した。身分の低い宮中の書記として短期間つとめた後、班超は対匈奴遠征に参加し、その後は使者として西域諸国（中央アジア）に派遣された。

漢の西域支配は王莽によって漢が中断した時期に失われ、この地域はふたたび匈奴に征服されていた。班超は徐々に中央アジアにおける漢の優位を回復することに成功した。九一年に班超は正式に西域都護［西域を統括する官］に任命される。三年後、西域の五〇数か国が漢の属国となり、漢の宮廷に子息を人質として送るようになった。翌年（九五年）、班超は侯の爵位をあたえられた。九七年には班超が派遣した使節が「西の海」の沿岸に到達した。おそらくペルシア湾のことと思われるが、地中海だった可能性もある。漢代の官吏のみならず、古代の中国人が到達したもっとも西の地点である。

一方、班固は八九年に傑出した将軍の参謀となり、匈奴攻撃の遠征にくわわった。班固は現代のモンゴル領内

班固

のハンガイ山脈に到達し、漢の勝利を記念する碑文を起草した。まもなくこの将軍が皇帝の不興をかったため、班固も逮捕されて九二年に獄死した。

そのとき『漢書』はまだ完成していなかった。ときの皇帝は班固の末の妹の班昭《バンチャオ》に命じてこの偉業を完成させた。

班昭自身もすぐれた学者であり、文筆家だった。夫に早く死なれ、夫の姓にちなんで曹大家《そうたいこ》とよばれた。班彪が執筆を開始してから八〇年近くかけて『漢書』はようやく完成し、漢に続くすべての王朝が作成する歴史書の模範となった。

班昭は貴族の娘や后妃の師範として深く尊敬された。教え子のひとりである鄧皇太后の長い摂政政治期（一〇五―一二一年）には、重要な政治的役割を果たした。班昭の著作は、知られているかぎりでは中国初の女性作家による作品である。班昭のもっとも有名な文章のひとつは『女誡《じょかい》』で、妻は夫をうやまい、家事を大切にすることなど、二〇世紀初めまで受け継がれた女性の正しい生き方の規範を述べている。読み書きができない人が多く、とくに女性はそれがあたりまえだった時代に、班昭が書き残したすぐれた作品はまさに驚異的というほかない。

中央アジアで三〇年以上任務についた後、班超は帰国を願い出たが、漢の宮廷では班超に匹敵する後継者を見つけられなかったので、すぐには許可が下りなかった。班昭が兄のために宮廷とのあいだをとりもったおかげで、班超はようやく一〇二年の夏に漢の都に帰還し、英雄として出迎えられた。班超はその後一か月たらずのうちに六九歳で亡くなった。数十年後、今度は班超の有能な息子の班勇が西域を平定した。

18 王充《ワンチョン》（二七—八九／一〇四）
懐疑主義の思想家

王充は長江河口域にある現在の浙江省紹興市の近くで、二七年に生まれた。当時はまだ「半蛮族」地域とみなされていた中国南部出身者のなかで、はじめての傑出した学者のひとりである。

王充はきわめて聡明な少年で、四四年頃に、一〇代後半で都の洛陽に出て国立大学で学ぶように推薦されたほどだった。師は有名な学者で歴史家の班彪（伝記17）である。貧しい家の出身だったので、王充はたくさんの本を買うことはできなかったし、宮廷図書館を利用することもできなかった。そのため、都の本屋をひんぱんに訪れ、本を何冊も立ち読みして内容を覚えたといわれている。八六—八八年にかけて楊州市の官吏をつとめたのを最後に、その後は仕官しないで残りの生涯のほとんどを教育と執筆のために捧げた。王充は八九年から一〇四年のあいだに亡くなった。数々の著作のなかで『論衡《ろんこう》』だけがほぼ完全な形で残り、思想家としての王充の重要性を明らかにしている。

王充は批判的で懐疑的な立場をとり、孔子（伝記4）をふくむ古代の聖人の伝説に疑問を投げかけ、あらゆる中国の書は「九つの嘘と三つの誇張」を黙認していると断言した。世間に広まり政府も肯定している予言や大衆的な迷信を、王充は論理を使って攻撃した。民衆は幽霊や鬼神を信じているが、そんなものはいない。衣類が人の死

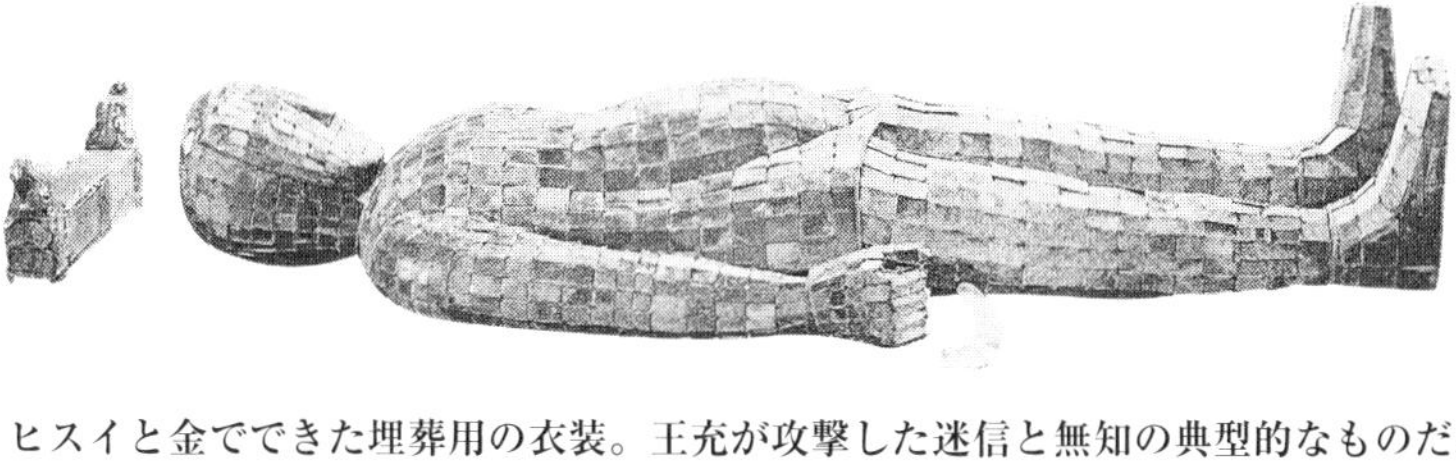

ヒスイと金でできた埋葬用の衣装。王充が攻撃した迷信と無知の典型的なものだ。

後まで残るはずはないから、もし幽霊がいるとしたら裸で現われるしかない。だれがそんな幽霊を想像するだろうか、と王充は言うのだ。

もうひとつの著作である『譏俗《きぞく》』〔風習やしきたりに対する風刺の意味〕は現存しないが、王充はそのなかで、文語体ではなく日常的な口語で書類を書くという画期的な提言をしたと伝えられている。口語体が正式に採用されるようになったのは、それから二〇〇〇年近くたった二〇世紀のことである。

女流詩人の蔡琰《ツァイイエン》（伝記22）の父、蔡邕《ツァイヨン》が中国南部に蟄居しているあいだに『論衡』に出会わなければ、王充の著作は忘れさられていただろう。儒教の忠実な支持者からは異端とみなされたが、中国前近代の非主流派の文筆家の多くが『論衡』に刺激を受けた。道教の思想家である荘子（伝記8）がきわめて自由闊達（かつ創意に富む）であるのと同じように、王充は合理的精神と迷信に対する批判にかけてはならぶものがなかった。

19・20 張陵《ヂャンリン》と張角《ヂャンジャオ》（二世紀）

道教の開祖

社会に大きな影響をあたえた最初の道教の教団は、二世紀なかばに張角が創設した「太平道」である。道教の起源は、なかば伝説的な存在の老子であるといわれている。老子の著書と考えられているのが『老子道徳経』だ。この書は不老不死を得て仙人になるという目的のために、中国の伝統的な民間信仰や神秘主義を融合させたものである。

張角は中国北部に生まれ、カリスマ的宗教指導者となった。張角のおもな教義のひとつは、各々が罪を懺悔し

張陵の肖像（1923年）

て「聖水」を飲めば、病を癒すことができるというものだ。張角は平等主義と救済を唱えた。当時、救済の思想はとくに歓迎された。民衆は重税と自然災害に苦しめられていたからだ。

　張角は三六の支部を設け、それぞれに六〇〇〇人から一万人の信者を統率させる中央集権的な組織を作った。彼らは世俗の権力を打倒するため、一八四年に反乱の計画を立てた。黄色の頭巾をつけた数十万人の反乱者の集団は八つの地域で一斉に蜂起し、ほぼ四世紀の歴史をもつ漢王朝を脅かした。

　張角は一八四年の秋に病死。黄巾の乱はカリスマ的指導者を失った。暴動は鎮圧されたが、漢の中央集権的支配は二度ともとどおりにならなかった。曹操《ツァオツァオ》（伝記

21）は、最初は黄巾の勢力を弾圧し、次には屈服させてから、ようやく華北を統一した。張角は漢の最期をまねいた男といえるだろう。また、張角は政府に対抗するために、民間信仰、言い換えれば「異端の宗教集団」の力を利用するという中国の伝統を作った最初の人物でもある。このパターンは今後の中国史のなかでいく度となくくりかえされることになる。

張角とほぼ同時期に、もうひとりの道教の指導者、張陵（張道陵ともよばれる）がいた。彼が創始した教団は、太平道とは異なる方向に進み、まったく違う運命をたどった。

言い伝えによれば、張陵は三四年に生まれ、一二二年生きて、一五六年に「あふれる光に包まれて生きたまま天に昇った」という。張陵は中国東部で生まれ、四川省に移り、そこで「五斗米道」とよばれる宗教集団を作った。信者は米五斗を寄進する決まりがあったので、この名前がついたのである。

五斗米道の教義は太平道とよく似ていた。この教団は、正直であること、そして罪を告白することを信者に課し、慈善や救済活動に従事した。この集団が拡大したのは、おもに張陵の息子と孫の代になってからだ。孫は二世紀後半に、四川省北部から陝西省西部にまたがる地域で独立した宗教王国を樹立し、二一五年まで勢力を保った。しかし結局は曹操の軍門に下ることを選び、五斗米道はしだいに中国における道教の主流に発展していく。最初の「天師」と崇められた張陵の子孫が代々道教の教主となり、この地位は政府にも認められて礼遇された。第六三代の「天師」は、一九四九年に国民党政府とともに台湾に移住し、一九六九年に亡くなった。千年以上も続いた教主の座は、甥に受け継がれた。

張陵や張角の教義や儀式を融合し、そこに老子や荘子（伝記8）からえりすぐった思想を合わせて、いわゆる道教が発展したのは、この時代（二世紀末から三世紀初め）である。その時代の直前に中国に伝えられた仏教の組織や経典と仏教美術があたえた影響も無視できない。これらを基礎に発展した道教の伝統は、無数に存在する土着の教団や神々を中心とした民間信仰の教義と同列には論じられない。

21 曹操《ツァオツァオ》（一五五—二二〇）

軍師・物語の英雄

曹操は一五五年に生まれた。父は宮廷の有力な宦官の養子で、曹操は恵まれた子ども時代と青年期をすごした。その頃、後漢では宦官や外戚が入り乱れて宮廷の支配権を争い、国力はおとろえていた。曹操は一九歳で仕官した。黄巾の乱（伝記20）の余波がまだ残る一八四年に、曹操は騎都尉《きとい》に任じられ、いくつもの同じような反乱を鎮圧する役目を担った。曹操の軍人としての生涯はこうしてはじまる。

曹操は黄巾賊を青州兵として自分の軍に編入し、中国中心部の重要な地域を手中におさめて国相［諸侯の領地を治める宰相］に任命される。こうして実質的にその地域の独立した軍閥になった。曹操の戦略のすぐれた点は、一九六年に名ばかりの幼年の皇帝［献帝］を保護するという名目で自分の本拠地の許（現在の河南省許昌市）に移し、皇帝の権威を利用したことだ。

曹操は数名の群雄をなんなく制圧した。しかし、二〇〇年に曹操は最大の危機に直面する。名家の出の袁紹《ユエンシャオ》が曹操の一〇倍の兵を率いて立ちはだかったのだ。曹操はみごとな戦略と戦術によって、まず袁紹の物資や食料を破壊し、続いて敵の主力軍を打破した。

二〇八年、曹操は華南を征服するために進撃した。ところが、ここで曹操は唯一の戦術ミスを犯し、数でおとる劉備《リィウベイ》と孫権《スンチュエン》の連合軍に敗北してしまう。敵方には有名な軍師の諸葛亮《チュグヴァリィアン》（伝記23）がいた。これが歴史に残る赤壁の戦いである。この戦いの後、三国がならび立つ形が定まり、三国分立の時代が長く続くことになる。孫権と劉備はそれぞれ呉と蜀を建国し、曹操の息子が魏王朝を創設した。

曹操は華北の大半を制圧することに成功したが、二二〇年の初めに世を去った。息子の曹丕《ツァオピー》が新しい魏王朝の皇帝として正式に即位し、四世紀あまり続いた漢の支配を終わらせた。曹操は死後、魏の武帝の称号を贈られた。

軍事的業績にくわえて、曹操はすぐれた文筆家としても知られ、彼の詩はこの時代のもっとも価値ある文学作品として認められている。曹操の死後、数々の民間伝承や伝説によって、狡猾な戦略で敵を倒す有能な武将のイメージが民衆のあいだに定着した。曹操の伝説をもっとも生き生きと伝えているのは、曹操を「奸雄《かんゆう》」［悪知恵を働かせて英雄になった人物］として描いた一四世紀の有名な小説、『三国志』である。

22 蔡琰《ツァイイエン》（蔡文姫）（一七七年頃―?）

悲運の女流詩人

蔡琰は蔡邕《ツァイヨン》（一三二―一九二年）の娘で、父の蔡邕もまた文芸の才にひいでた悲劇の人物だった。蔡琰は一七七年頃に生まれたが、その直前に父が宮廷の有力な宦官に反抗したため、死刑を宣告されている。実際には刑は北部への一年間の流刑に軽減された。蔡邕はまもなく別の有力な宦官を怒らせてしまい、一八九年にときの皇帝が死ぬまで、みずから長江下流域に引きこもって暮らした。

蔡琰は成長して詩人になった。かつて父の蔡邕が、火のなかからひろいあげた木材ですばらしい竪琴を作ったように、蔡琰もまた音楽の才に恵まれていた。父が弾く竪琴の弦が切れたとき、蔡琰は隣の部屋にいたにもかかわらず、どの弦が切れたか言いあてたという。

一八九年、武将の董卓《ドンヂュオ》が地方長官に任命される。それからまもなく董卓はまだ少年だった皇帝を廃位し、その異母弟を擁立した。漢最後の皇帝である。董卓は以前から蔡邕の才能を高くかっていたので、蔡邕を政府に招聘した。しかし一九二年に董卓が部下に殺されるクーデターが起こり、蔡邕は逮捕されて獄死した。
蔡琰はこの頃に結婚し、すぐに夫に死に別れている。一九四—一九五年、董卓配下の武将たちが董卓暗殺の首謀者に報復するために暴動を起こした。董卓はもともと西域（中央アジア）で力をつけた人物だったので、この反乱には多数の匈奴やチベット族の祖先にあたる羌《きょう》族がくわわり、漢の都は彼らに蹂躙された。混乱のさなか、蔡琰は匈奴軍につれさられた。蔡琰は匈奴の君主の息子の側室にされ、ふたりの男の子を生んだ。
父蔡邕の古い友人だった曹操（伝記21）は、中国北部を平定すると、おそらく二〇八年に蔡邕の親戚を派遣し、身代金を払って蔡琰を「蛮族」の地からとりもどさせた。
蔡琰が捕らわれの身ですごした日々を歌った詩がある。

「悲憤の詩」より
辺荒は華と異なり、人俗は義理少《な》し。／処所に霜雪を生じ、胡風は春夏に起こる。／翩翩《へんぺん》として我が衣に吹き、粛粛《しゅくしゅく》として我が耳に入る。［『後漢書　第9冊　列伝七』、吉川忠夫訓注、岩波書店］
（このあたりの荒れた土地は中国と違って、人々に義理は見られない。あたり一面が霜や雪におおわれ、春も夏も風が吹く。風がわたしの衣に吹きつけ、わたしの耳に吹きこんでくる。）

そして匈奴の君主とのあいだに生まれた息子たちを思い、こう続ける。

己は自ら解免せらるることを得しも、当《まさ》に復《ま》た児子を棄つべし。天属は人の心に綴《つら》なり、別れを念《おも》うに会する期無し。存亡永く乖隔《かいかく》す、之と辞するに忍びず。児は前《すす》んで我が頸《くび》を抱き、我に何《いず》こに之《ゆ》かんと欲するやと問う。「人は言う　母まさに去るべしと、豈《あ》に復《ま》た還る時有らんや。阿母《あぼ》は常に人惻なるに、今何ぞ更

夫と息子たちによりそう蔡琰の図

に滋ならざる。我は尚お未だ人と成らず、奈何《いか》んぞ顧み思わざる」。此れを見て五内《ごだい》崩れ、恍惚《こうこつ》として狂痴《きょうち》を生ず。号泣して手もて撫摩《ぶま》し、発するに当たりて復《ま》た回疑す。［前掲書］

（わたしは解放されることになったものの、またわが子をすてなければならない。血のつながった子のことが心から離れず、別れを思えばふたたび会う機会はない。生きていても死んでいても、永遠に離れ離れになってしまう。この子に別れを告げるのがつらい。子どもは進み出て、わたしの首に抱きつき、お母さんはどこへ行くのと聞く。「お母さんは行ってしまって、もう帰ってこないって聞いたよ。お母さんはいつも優しかったのに、いまはどうしてそんなに冷たいの。わたしはまだ大人になっていないのに、どうして見すてしまうの」。これを見てわたしの五臓は引き裂かれ、何も考えられず、気が変になりそうだった。号泣しながらわが子をなでさすり、出発にあたって、また迷ってしまう。）

帰国後、蔡琰は董祀という役人と再婚した。しかし、夫は法を犯して死刑を宣告されてしまう。凍てつく冬の日、蔡琰は素足のまま、髪をふり乱しながら宮廷にかけつけた。蔡琰の命乞いによって、新しい夫はかろうじて死をまぬがれた。その後の蔡琰の生涯についてはほとんど知られていない。曹操の求めに応じて、蔡琰は父の失われた蔵書四〇〇〇編以上のなかから、およそ四〇〇編ほどを記憶だけを頼りに書き上げたと伝えられている。

三国時代から隋・唐まで

二二〇—九〇七

漢が滅亡すると、中国はまず三人の武将によって分割された。さらにその後はさまざまな地域で短命の王朝が興亡を重ねた。たとえば南京を中心にした地域では、二二二年から五八九年のあいだに六つの王朝が入れ代わり立ち代わり支配した。分裂による世情不安が続くこの時代には、漢代に中国に伝えられた仏教がさかんに信仰されるようになった。五八一年、隋が中国を再統一したが、この王朝は長く続かず、唐がそれにとって代わった。唐はしばしば中国文化の「黄金時代」と考えられている。首都の国際都市長安（この時代の世界最大の都市）には中央アジア全体から商人が訪れ、高価でめずらしい品々をもたらした。分裂の時代には宗教、芸術、音楽、そして文学がかつてない盛り上がりを見せ、近隣や遠方の地域から中国に流れこむ影響によっていっそう豊かさを増した。現代にも通用する文学や美術批評の規範が確立したのもこの時期である。

三国時代：

魏　220–265

蜀　221–263

呉　222–280

西晋　265–316

東晋　317–420　および十六国時代　304–439

南北朝時代：

南朝：宋　420–479

斉　479–502、梁　502–557、陳　557–589

北朝：前秦［十六国］　351–394

後秦［十六国］　384–417

北魏　386–534

北斉　550–577

東魏　534–550

西魏　535–557

北周　557–581

隋　581–618

唐　618–907

三国時代から隋・唐まで、220–907年（参考のため現在の国境が薄く表示されている）

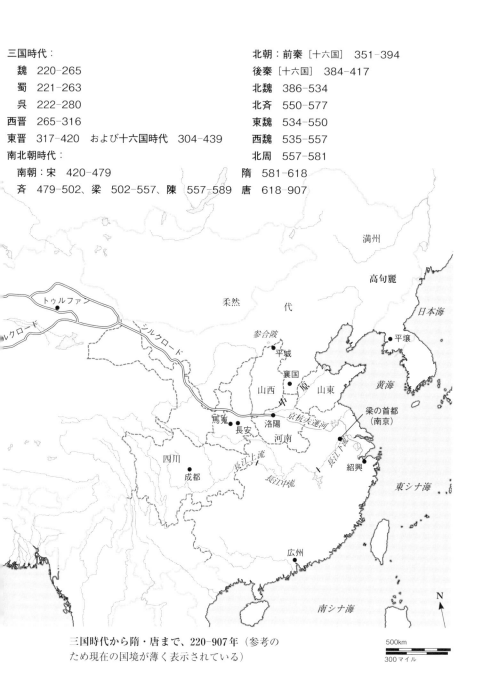

23 諸葛亮《ヂュグヹァリィァン》（一八一—二三四）

伝説的な軍師・名宰相

諸葛亮は一八一年に北部の郷紳の家庭に生まれ、叔父に養育された。二〇七年に軍閥の劉備は諸葛亮のすぐれた才能の噂を聞き、彼の住むわらぶき屋根の家を三度たずねて助力を乞うた。三度目の訪問で諸葛亮はようやく劉備の願いを聞き入れると、中国再統一のための遠大な計画を描いてみせた。劉備が長江の上流域と中流域を確保し、下流域を拠点とする孫権と同盟を結んで華北の曹操（伝記21）に対抗し、機会をとらえて北部を両面からはさみ撃ちにして征服するというプランである。

この戦略はそれから十数年後に実現する三国時代を予見しているが、その道のりは平坦ではなかった。二〇八年、曹操は中国統一の野望をいだき、圧倒的な大軍を率いて南下した。諸葛亮の助言により、孫権・劉備の連合軍は協力して長江の赤壁で曹操軍を倒した。これが有名な赤壁の戦いである。

二一四年、諸葛亮の意見にしたがって、劉備は長江上流域と四川省の広大で肥沃な地域を手中におさめることができた。ところが二一九年に、長江中流域の劉備の支配地域を守っていた将軍関羽《グァンユー》が孫権軍に殺害されてしまった。

曹操の息子の曹丕《ツァオピー》が後漢の名ばかりの皇帝を廃し、二二〇年に新しく魏王朝を創設すると、劉備は漢の正統

性を継承するためと主張し、漢皇帝を名のって即位した。しかし劉備の国は通常、四川省地域の昔の地名にちなんで蜀とよばれる。諸葛亮は蜀の宰相に就任した。

劉備は諸葛亮の反対を押しきって孫権と戦って敗北し、まもなく二二三年に死去した。孫権は新たに呉の建国を宣言した。諸葛亮は無能な劉備の息子を支えながら、蜀で全権をにぎった。諸葛亮は蜀ですぐれた行政手腕を発揮したが、より強大な魏にはかなわないと悟っていた。それでも魏に何度も遠征軍を送り、そのたびに撃退された。二三四年、諸葛亮は最後となった遠征の最中に病没。五三歳だった。

諸葛亮が亡くなってまもなく、彼の名は知略にすぐれた軍師として知られるようになる。たとえば、諸葛亮がほとんど無防備な無人の都市の市壁の上で静かに竪琴を奏でると、敵の大軍は驚きあわて

中国が敵を敗走させた海戦の図

て退却したという話が伝えられている。一輪の手押し車や、部隊が湖や川を渡るためのしかけを考案したのも諸葛亮だといわれている。何世紀ものあいだに、人知を超えた戦の天才という諸葛亮像がふくらんだ。宋代に口語体の大衆文学が流行しはじめると、全知全能の果断な軍師という諸葛亮のイメージが固まった。理想化され、神格化された諸葛亮像を完成させたのは、一四世紀の小説『三国志』である。

24 石崇《シーチョン》（二四九―三〇〇）

退廃的貴族

石崇は二四九年に生まれた。父の石苞《シーバオ》は晋（西晋）の建国に大いに貢献した軍人で、晋王朝を創始した皇帝によって貴族となり、高位高官を得た。石苞は大司馬［軍事をつかさどる省の長官］まで出世している。石崇は特権的な貴族の子弟として生まれ、荊州の長官に任命された。荊州は中国のほぼ中央に位置する（現在の湖北省の長江中流域にあたる）ため、南北および東西間の過渡期の多大な商業を牛耳る立場にあった。石崇はこの地域を通行するすべての商人から金品を搾取し、莫大な富を築き上げる。

石崇の財産には、一〇〇人を超える愛妾、三〇基以上の水車、八〇〇人以上の奴隷と召使、そして膨大な量の貴金属と貨幣、土地、家屋がふくまれていたという。

もうひとりの富豪の貴族、王愷《ワンカイ》とぜいたくを競った話は有名だ。王愷は晋の皇帝の母方の叔父にあたり、甥の皇帝の七光りでぜいたくのし放題だった。王愷が高価な紫色の布地を張りめぐらして二一キロメートルにおよぶ回廊を作ると、石崇はすぐさま手織りの絹織物で二七キロメートルを超える回廊を作って見返した。王愷が皇帝から贈られた高さ三〇センチもある異国の貴重な珊瑚樹を見せびらかすと、石崇はそれをこなごなに壊し、自分がもっているもっと大きくて美しい珊瑚樹ととり換えようと言った。王愷は台所用品を（薄めた）糖蜜で洗わせ、石崇は高級な蜜蝋を燃やして炊事をするというぜいたくぶりだった。

石崇は風雅を好んだ。彼は郊外の山あいに金谷園という庭園を建造すると、二九六年に客を招き、池や噴水や木立に囲まれた美しい東屋《あずまや》や塔、演壇、テラスつきの楼閣のなかで詩を詠む催しをした。詩を作れなかった者は罰として三リットルの葡萄酒を飲まされた。

石崇の私的な後宮に集められた一〇〇人を超える愛妾のなかに、寵愛を一身に集める緑珠という女性がいた。とても美しいベトナム人の娘で、笙を奏でるのが得意だった。石崇はこのたぐいまれな美女を「升《ます》三杯分の真珠」で買いとったという。

石崇は政争にまきこまれ、三〇〇年に宮廷の職を辞した。時流にのった廷臣の孫秀が緑珠をゆずるよう要求したが、石崇は拒絶した。

孫秀は計略を練って石崇を罪におとしいれた。石崇を捕らえるために兵士が金谷園にやってくると、緑珠は塔から身を投げて死んだ。ともに詩作を楽しんだ友人の貴族と石崇はいっしょに刑場に向かった。この友人はかつて金谷園で、「白髪を頂き、われら最期をともにせん」と詩に歌っている。まさに予言どおりになったのである。

25 王衍《ワンイエン》（二五六―三一一）

清談に明けくれた廷臣

初期の西晋（二六五―三一六）は、貴族階級から見ればもっとも充実した時期であり、高尚な議論が尊ばれた哲学の時代だった。しかし儒学者にとってこの時代は暗黒時代であり、暗愚の時代である。儒教道徳と社会的な責任感は片隅に追いやられ、道教がさかんになった。

王衍は二五六年に海に面した現在の山東省で有力な貴族の家庭に生まれ、玄学（存在と無についての形而上学的な思索を重んじる学問）に没頭したことで知られている。子どもの頃、高名な文人が王衍を見てこう言ったという。「一体どのような婦人からあれほどすばらしい子どもが生まれるのだろう！　しかしあの子はそのうち国家に災いをもたらすかもしれん」

裕福な貴族の王衍は、一度も金銭の心配をする必要がなかった。彼は自分がいかに高尚な人間かをひけらかすために、「銭」という言葉をいっさい口にしなかった。彼の妻はお金に汚い人で、なんとかして夫に「銭」と言わせてやろうとたくらみ、ある日夫が寝ている寝台のまわりに銭を積み上げて出られないようにした。王衍は目覚めると、召使の女に「そこにあるものをどけろ」と命じた。「銭」という下賤な言葉は断固使わなかったのである。竹林の七賢（世俗の危険ややっかいごとを避けて竹林に集い、酒を酌みかわして談論を楽しんだといわれる画家や詩人のグループ）のひとりで王衍のいとこにあたる人物に、いまの世に王衍にならぶ者はいるかと皇帝がたずねると、「だれもおりませぬ」という返事が返ってきた。

晋の宮廷は、姻戚関係で結びついた似た者同士の貴族の天下だった。王衍は順調に出世し、黄門侍郎［詔勅の吟味役］から尚書令［政務の実行］、そして大尉［軍事をつかさどる官］にまでなったが、彼は世俗的な問題にまる

「竹林の七賢」の図。北京の頤和園所蔵。

で興味がなく、ひたすら清談［高尚な形而上学的議論］にふけるのを好んだ。西晋はしだいに政治的混乱を深め、崩壊しはじめていたが、王衍は自分の地位を守ることしか考えていなかった。娘を嫁がせた皇太子が奸智にたけた皇后と仲たがいすると、すぐさま娘を皇太子と離婚させた。このあまりに日和見主義的な行為は、王衍の傲慢さをいっそう強く印象づける結果になった。

そうやって保身に走った王衍だったが、「八王の乱」（晋を創始した武帝が二九〇年に崩御後、皇太子、皇后、外戚などのあいだで起こった激しい勢力争い）とそれに続く反乱は、まもなく王衍をまきこまずにおかなかった。王衍は官職からしりぞこうとしたが、軍の最高司令官である元帥として、軍を率いるよう命じられる。三一一年の初夏、一〇万を超える晋の全軍は「蛮族」のリーダーである匈奴系の石勒《シーラ》（伝記26）に殲滅された。王衍もふくめて、皇族や貴族の多くが捕らわれの身となった。

石勒の取り調べを受けた王衍は、自分は政治にはなんの興味もないと主張し、晋の没落の責任を他人になすりつけ、石勒こそ帝位にふさわしいとへつらうように言った。石勒は忠誠心のかけらもないこの日和見主義者を、壁の下敷きにして殺すように命じた。王衍は幼い頃、「いずれ国を滅ぼすであろう」と予言されたという。「清談」にふけるあまり、その予言を現実させてしまった。

26　石勒（シーラ）（二七四—三三三）

奴隷から身を起こして後趙を建てた皇帝

石勒は西晋初期の二七四年に、武郷県（現在の山西省）で異民族の羯《けつ》族の子として生まれた。羯族はかつて遊牧国家の北匈奴に所属したコーカソイド［白色人種］だといわれていた。匈奴をはじめとする遊牧民は、有史時代になってからシルクロードをたどって中央アジアから移住してきた人々とつながりがあると考えられているが、青銅器時代や初期の鉄器時代にはすでに、先史時代のインド・ヨーロッパ語族が中国北部で初期のシナ語派［中国語とほぼ同義］の人々といっしょに暮らしていたことを示す証拠がある。おそらく羯族は先史時代からその地域にいた民族と有史時代の移住者との混血なのだろう。

二九〇年に晋の創始者の皇帝が亡くなり、皇帝の一族が互いに殺しあう「八王の乱」（二九一—三〇六）が起きると、西晋は急速におとろえ、三〇〇年以降になると華北は諸王の挙兵により戦乱状態におちいった。政治が混乱し経済が停滞したこの時期に、民衆は皆生活に苦しんだが、国内の少数異民族ははるかにひどい苦しみを味わった。

三〇二―三〇三年のあいだ、石勒が属していた羯族の氏族からたくさんの人々が地方軍閥に捕らえられ、奴隷として売り飛ばされた。石勒も奴隷にされ、ふたり一組で囚人として首枷をはめられて拘束され、山東省まで送られて漢人の地主に売られた。

石勒はその後自由の身になった。漢人の主人の好意による（中国の記録によれば）とも、石勒の努力のおかげだともいわれている。その後石勒はふたたび晋の兵士に捕らえられるが、逃亡して群盗となった。仲間にはほかにも「蛮族」が混ざっていたのは確かで、彼らはまもなく「石勒十八騎」とよばれる武人の集団を形成して、その後の石勒を支えた。三〇五年に彼らは牧夫の汲桑《ジーサン》に合流して武装集団を作り、「八王の乱」で争った諸王のひとりに名目的に仕えることになった。昔奴隷だった石勒に中国名をあたえたのは汲桑だといわれている。汲桑が晋の将軍に殺害されると、石勒はやむなく劉淵《リィウユエン》の軍にくわわった。劉淵は南匈奴の指導者で、三〇四年に漢王を称した。漢はのちに（前）趙（五胡十六国のひとつ）と名をあらためる。華北に建設された最初の異民族国家である。

石勒はすぐれた将軍であり、軍事的遠征と表面的服従、そして敵を分裂させてから征服するという戦略を巧みに組みあわせて、晋軍の壊滅に大いに貢献した。石勒は自分がたんに私利私欲で動く元「蛮族出身の奴隷」ではなく、先見の明のある指導者たることを証明し、急速に頭角を現した。彼はまもなく有能な漢人の張賓《ヂャンビン》を参謀として採用し、漢人官吏を集めた「君子営」を組織した。

長らく生き別れになっていた石勒の母が三一一年に晋の将軍によって石勒のもとに送りとどけられた。帰順をうながす晋の誘いをことわり、石勒は晋の大軍を撃破し、生粋の「貴公子」王衍《ワンイエン》（伝記25）が率いる晋の貴族を捕らえ、処刑した。そして前趙軍と合流して晋の都洛陽を制圧した。

石勒はしだいに前趙から自立し、三一九年に正式に独立した。石勒は趙王と自称し、襄《じょう》国（現在の河北省邢台市）に宮廷を置いた［この国を後趙とよぶ］。三三〇年になると石勒は事実上の皇帝を示す天王の称号を名のって即位する。そしてついに黄河と淮河にはさまれた地域から晋軍を排除した。

石勒は自分と同じ部族の者を「国人」とよんでもっとも高い地位に置き、都や地方に伝統的な学問（儒学）を学ぶための学校を設置し、三人目、四人目の子どもが生まれた家庭には褒章をあたえて人口増加を奨励した。石勒は字が読めなかったが、中国史を朗読させ、それを聞いて楽しんだ。

中央アジア出身の僧、仏図澄《フォトウチォン》は石勒の軍師として迎えられた。この僧は石勒のかつての君主で前趙の王となった劉曜《リィウイヤォ》（劉淵の後継者）と対決することを石勒に勧めた。石勒は三二八年に決戦を挑み、劉曜を殺した。こうして石勒はまぎれもない華北の支配者となったのである。

石勒は勝利に浮かれることなく、謙虚だった。漢人の廷臣が石勒の歓心をかうために、彼こそ古代の神話的な半神半人の君主以来の名君だとたたえた。すると石勒は答えた。

> わたしが身の程を知らないとでも思っているのか？　神代の君主と比べられてはおそれ多い。もしもわたしが漢の高祖［漢の初代皇帝、劉邦］に会ったなら、喜んで部下となり、配下の名将たちといちばんの手柄を競うだろう。もしも後漢を建国した光武帝に会ったなら、互いに中原の覇権を争うだろうが、どちらが勝つかは最後までわからぬ。君子たるものは天に恥じぬよう公明正大にふるまわねばならぬ。曹操［後漢を滅ぼして魏を建国した］や司馬懿《スーマーイー》（魏の政治の実権をにぎり、晋の実質的な建国者となった）のように、皇帝亡きあと皇后や皇太子から皇位を奪うような恥知らずな行ないをしてはならないのだ。

石勒は権力の絶頂にあった三三三年に死亡した。遊牧民の伝統を守って、遺体の埋葬場所は秘密にされた。石勒の息子が継ぐべき帝位は、甥の石虎《シーフー》に奪われた。僧の仏図澄は石勒に続いて石虎からも保護を受けた。石虎の信仰は、動乱が続く中国の庶民のあいだに「異民族の」信仰（仏教）を広めるうえで重要な役割を果たした。

27 王羲之《ワンシーヂー》（三〇三—三六一頃）
中国最高の書家

王羲之は三〇三年頃、現在の山東省で名門貴族の家柄に生まれ、その後は北部の戦火を避けて長江デルタ［長江河口を中心に、江蘇省南部から浙江省北部にかけて広がる地域］に家族で移住した。王氏は東晋の成立（表向きは西晋の皇族司馬家の復興）に功績があったので、「王と司馬はともに統治する」といわれるほどに信頼され、全員が地位の高い官職についている。そうした家柄と強力なうしろだてによって引き立てられ、王羲之は出世して現在の江西省長官や右軍将軍までつとめた。しかし王羲之は政治にあまり野心がなく、王氏の有力な一員と衝突してから、両親の墓前で二度と晋の官僚にはならないと誓いを立てた。王羲之は清談と道教の「無為自然」を実践して妻をめとったという逸話がある。東晋の有力な大将軍の郗鑒《シージィエン》が王氏のなかから娘婿を選ぶために使者を送ってきた。王氏の青年たちがこぞって気どったふるまいをするなかで、王羲之だけは例外だった。腹を見せながら長椅子に横たわり、特別なことは何もないといわんばかりに軽食をつまんでいたのだ。自然体が評価されて王羲之が婿に選ばれた。

王羲之の名が後世に伝わっているのは、その見事な書のおかげだ。当時の中国の書は、厳格な「隷書」から、束縛が少なく、現代も使われている「楷書」、それに隷書から派生した自由な「行書」と、行書をさらにくずし

庭園のあずまやでガチョウを眺める王羲之。元代の画家、銭選の作。

た「草書」に移行する過渡期にあった。王羲之はこれらの新しい書体をみごとにこなした。言い伝えによれば、王羲之があまりに熱心に書を練習したため、彼が筆と硯を洗った池は真っ黒に染まったという。

三五三年四月二二日に、王羲之は「蘭亭序」をしたためた。これは現代の紹興市郊外の風光明媚な山麓に、四一人の高名な文人が集まってもよおした春の宴を記念したものだ。この宴では余興として葡萄酒を入れた杯を小川に浮かべ、客は目の前を杯が流れていく前に詩を書くように求められた。詩を作れなかった場合は、罰としてその酒を飲む決まりだった。二六人が詩を作り上げ、王羲之は参加者の詩を集めた詩集に哀調あふれる序文を書いた。この序文は中国史に残るもっとも有名な書として知られている。唐の太宗［二代皇帝李世民］（伝記34）はこの作品を愛するあまり、原本を自分の陵墓にいっしょに埋葬するよう命じた（また、太宗が命じて編纂された晋の歴史書『晋書《しんじょ》』に、太宗みずから王羲之の伝記を書いた）という。王羲之の原本はすべて失われ、現代では模写や拓本のみが伝えられている。そのうちもっとも古いものは、唐代初期に作られた。そのひとつは清の乾隆帝（伝記83）が愛蔵したもので、紫禁城の書斎に保管されていた。

王羲之の一族は道教を信仰していた。ある日、王羲之は美しい白いガチョウの群れを見て一羽ほしくなり、長い道教の経典を一巻書き上げてガチョウと交換してもらったという。王羲之の末子もまた、すぐれた書家として知られている。

王羲之は五八歳で世を去ったが、中国の書聖として不滅の名を残した。

28

鳩摩羅什《ジウマームウォシエン》（三四四—四一三頃）

訳経僧

鳩摩羅什は三四四年頃に生まれた。

父の鳩摩羅炎はインドの世襲の宰相の家系といわれ、鳩摩羅という姓は「王子」を意味している。父は僧になるために家をすて、中央アジアに出た。亀茲《きじ》国（現在の新疆ウイグル自治区クチャ県）の王に「国師」として迎えられ、王の妹が鳩摩羅炎に恋をしたので、彼は還俗して結婚した。そして生まれたのが鳩摩羅什である。鳩摩羅什の両親はともに仏教を篤く信仰し、母はついに尼僧になるために夫と別れ、鳩摩羅什をつれてインド北西部のカシミール地方へ行き、そこでおよそ一三年間仏教を学んだ。

鳩摩羅什が一九歳の頃亀茲国に戻ると、すぐれた仏教の師として名声はすぐに周辺諸国に広まった。華北にチベット系民族が建国した前秦の王苻堅《フージィエン》は、三八二年に中央アジアに遠征軍を派遣した。目的のひとつは、鳩摩羅什を前秦の宮廷に迎え入れることだった。前秦が滅ぶと、鳩摩羅什はチベット系の後涼の王に引きとめられ、そこで中国語を学んだ。四〇一年に後涼が別のチベット系の後秦に滅ぼされると、鳩摩羅什は後秦の君主によって首都の長安に迎えらえた。

鳩摩羅什は国費によるはじめての仏典漢訳事業を指揮することになった。鳩摩羅什はインドと中央アジアの血を引き、中国語に堪能で、仏典と教義を完全に理解しているのである。これまで翻訳された仏典に改良をくわえるのに、彼ほどふさわしい人材はいなかっただろう。

鳩摩羅什の像

経典はまず口頭で訳され、次に筆記されて、サンスクリット語の原典と比較された。そして原典に忠実でありながら優雅な中国語になるように、さらに監修が重ねられた。しかし鳩摩羅什は、翻訳というものは「他人を養うために米を咀嚼するようなものだ」と語っている。報われない仕事だという意味だ。

鳩摩羅什とその弟子たちは、一〇数年かけて三五部二九四巻の経典を翻訳した。この業績に数でまさるのは、唐の玄奘三蔵（伝記35）だけだ。鳩摩羅什の翻訳した経典は現在も使いつづけられている。それらはインド仏教の学問体系と教義、そして文化を大量かつ体系的に中世の中国に紹介するはじめての試みだった。鳩摩羅什は大乗仏教を布教していたが、決して小乗仏教を排斥することはなく、中観派の教えも伝えるのを怠らなかった。

鳩摩羅什は四一三年五月二八日に入滅する。

29 陶淵明《タオユェンミン》（三六五—四二七）

田園詩人

陶淵明は陶潜という名でも知られ、定説によれば東晋時代の三六五年に長江下流域で生まれている。陶淵明は南部の漢化した少数民族出身の名高い大元帥の曾孫だが、彼が生まれた頃には一家の運勢は傾いていた。陶淵明は何度か仕官したが、官位はつねに低いままだった。ライバル関係にあるふたりの有力な東晋の武将に別々の時期に仕えていたこともある。ひとりは東晋の帝位を一時的に簒奪した貴族で、もうひとりはその貴族を倒して殺害し、のちに新しい宋王朝（四二〇—四七九）を建てている。

四〇五年に陶淵明は官職から完全にしりぞく決意をし、「俸給としてわずかな米を得るために、どうして郷の小役人に腰をかがめて頭を下げられるだろうか」とその心境を述べている。陶淵明は四二七年に亡くなるまで農夫として隠遁生活を送った。一般に自伝的作品と考えられている短い随筆『五柳先生伝』のなかに、こんな一節がある。

先生はどこの人であるかわからぬ。またその姓名をも詳《つまびら》かにせぬ。ただその屋敷のほとりに五本の柳の木があるから、それをそのままとって号としたのである。物静かで口かず少なく、名利を追わぬ。読書を好むが、細かい穿鑿はせぬ。わが意を得た個所に出会うたびに、喜びのあまり三度の食事も忘れるほどだ。生まれつき酒が大好きだが、貧乏なためいつでも飲めるというわけにはいかない。親戚や友人がそうした彼のことを知って、酒を用意して彼を招くことがある。すると彼は、やって来るや忽ち飲み乾してしまう。酔いさえすれば満足である。そこで酔うとすぐに帰って行き、決していつまでもぐずぐず居座ることはしなかった。屋敷内はご

輿で運ばれる陶淵明の図。陳洪綬画。

く狭っ苦しくひっそりしているうえに、冬の寒風も夏のカンカン照りも満足に防げなかった。つぎはぎして毛脛の出たボロをまとい、飲みもの食べものに不自由することがしょっちゅうだが、平然たるものだ。かねがね詩文を作ってひとり楽しみ、いささか自分の本懐を示した。世間的な損得なぞはつゆほども気にかけず、かくてひとりで死んで行くのである。［『陶淵明全集・下』、松枝茂夫・和田武司訳注、岩波書店］

陶淵明の多くの詩、とくに田園詩とよばれる作品は、彼の死後、人々に大きな影響をあたえた。たとえば「飲酒其五」と題する詩は、宋の政治家で文筆家の王安石（伝記49）に絶賛された。

廬《いおり》を結《むす》んで人境《じんきょう》に在《あ》り、
而《しか》も車馬《しゃば》の　喧《かまびす》しき無《な》し。
君《きみ》に問《と》う　何《なん》ぞ能《よ》く爾《しか》ると、
心遠《こころとお》く地《ち》自《おのず》から偏《へん》なり。
菊《きく》を採《と》る　東籬《とうり》の下《もと》、
悠然《ゆうぜん》として南山《なんざん》を見《み》る。
山気《さんき》　日夕《にっせき》に佳《よ》し、
飛鳥《ひちょう》　相与《あいとも》に還《かえ》る。
此《こ》の中《うち》に真意《しんい》有《あ》り、
弁《べん》ぜんと欲《ほっ》して已《すで》に言《げん》を忘《わす》る。［『陶淵明全集・上』、松枝茂夫・和田武司訳注、岩波書店］

（人里に庵を結んで住んでいるが、車馬の騒々しい音にわずらわされることはない。どうしてなのかと聞かれるが、心が俗世を離れていれば、自然と僻地にいるような境地になるものだ。東の垣根で菊をとり、ゆったりと南山を眺めれば、夕暮れ時の山のたたずまいはすばらしく、鳥たちが連れ立って巣に還っていく。この自然のなかにこそ、人間のあるべき真の姿がある。それを説明しようとしても、もう言葉を忘れてしまった。）

この詩の最後の二行の表現には荘子の影響がみられる。荘子は「無為自然」に生きることを説き、陶淵明など中国の知識人はその教えに共鳴して自己抑制的な儒教からの解放をめざした。そうした考えが顕著に表れているのが「桃花源記」だ。これは神仙などではなく、ごくふつうの人間が暮らす村の物語で、彼らは秦王朝の圧政と混乱をのがれてきた人々の子孫である。村人たちは辺鄙な山あいの渓谷にある隠れ里で、政府というものをもたずに簡素で穏やかな生活を送っている。このユートピアを漁夫が偶然見つけて人に話すが、その村は二度と発見できなかった。この物語には「三皇」［中国の神話世界の神々で理想の皇帝］以前の理想社会に対する陶淵明の強い憧れが示されている。皇帝も王もいなかった理想的な時代への郷愁が反映している。

30 拓跋珪《トゥオバーグウイ》（道武帝）（三七一―四〇九）

中国皇帝になった遊牧民の部族長

拓跋珪は内モンゴル自治区東部の参合陂《さんごうは》の近くで、遊牧民の拓跋部の部族長の家に生まれた。最近の考古学的発見によれば、拓跋部は中国東北部の西側から興った部族のようだ。拓跋珪もふくめて、部族長は可汗とよばれた。拓跋部は多数の部族のゆるやかな連合体である鮮卑族の一部族で、鮮卑は匈奴がおとろえると、匈奴に代わって北アジアで勢力をふるった。拓跋珪が生まれた頃には、鮮卑は中国北部に移住していた。

拓跋珪は父の死後に生まれた子である。わずか五歳のとき、拓跋部の建てた代という国で珪の祖父にあたる代王が殺害され、珪と母は、母の兄弟のいる氏族に身をよせることになった。三八六年に珪は世襲の地位である拓跋部の長を正式に名のる。まもなく珪は後燕の支援を受けて、対立する部族を倒した。後燕は鮮卑族のもうひとつの部族である慕容《ぼよう》部が建てた国で、この部族は遊牧国家の君主をさす可汗という称号をはじめて用いた。

拓跋部の部族国家である代をふたたび統一すると、珪はしだいに勢力範囲を拡大し、ついにかつての同盟相手であった後燕の慕容部と対立することになる。三九五年、後燕は太子の慕容宝《ムーロンバオ》の指揮のもと、一〇万人近い大軍を派遣して代を攻撃した。戦力のまさる慕容軍に対し、拓跋珪は兵を率いて黄河を渡り、黄河以西に退却した。こうして拓跋珪が戦闘を避ける戦略をとったことによって、慕容の大軍は夏から秋のあいだに勝負を決めることができなくなった。

慕容軍の大将は一一月二三日の夜間に撤退する決心をし、黄河を渡るつもりで準備していた船をすべて焼きはらった。慕容軍が撤退を開始してから一週間後、驚くべきことに黄河が凍結した。拓跋珪は二万人の騎兵隊を率いて凍った黄河を渡り、慕容軍を猛追した。六日後、彼らは珪の生誕地、参合陂の湖の西岸に到着。慕容軍は湖

有名な仏教遺跡の雲崗石窟。仏教は拓跋珪の治世にさかんになった。

の東岸の川のほとりに野営しており、敵兵が迫っていることにまったく気づいていなかった。翌朝（一二月八日）、日の出とともに拓跋軍の騎兵隊が丘の上から攻撃をしかけ、別の一隊が逃げ道をふさいだ。

後燕軍は完全に不意をつかれた。大混乱のなかで一万人の兵がふみにじられ、あるいは溺れて死んだ。四万から五万の兵がなすすべもなく武器をすて、降伏した。大将の慕容宝にしたがって逃げおおせたのは、わずか数千の騎兵だけだった。慕容軍の兵はすべて虐殺された。

参合陂の決定的な戦いから八か月後、拓跋珪は中国的な儀礼をとりいれ、隋や唐のように全中国を統一するために世襲の王朝に向かって体制を整えた。

三九八年、拓跋珪は国号を魏（建国は三八六年）とあらため、帝位について道武帝となった。魏はのちに北魏とよばれるようになる。拓跋珪は平城（現在の山西省大同市付近）に新しい恒久的な都の建設を命じ、四〇〇年の春に、皇帝みずから土地に鋤を入れる中国的な儀式をとり行なった。北魏の政治体制の特徴は「均田」制（世帯の大きさに応じて耕地を支給する）を実施したことだ。そのおかげで農業生産性が大きく向上した。

拓跋珪の死は突然訪れた。四〇九年一一月六日、反抗的な一五歳の息子、拓跋紹《トゥオバーシャオ》の母を処刑しようとしたとき、母を助けようとした息子に殺されたのである。

31 崔浩《ツイハオ》（？—四五〇）

可汗に仕えた漢人官僚

崔浩は華北の有力貴族の出身である。曽祖父は「蛮族」の匈奴や羯族と戦った忠実な晋の家臣だった。父は東晋［西晋滅亡後、三一七年に江南で建国］の宮廷に仕えるために南下しようとしたが果たせず、華北で勢力を拡大していた拓跋珪（伝記30）の臣下となった。

崔浩と彼の父は華北の文人で、中国文化や伝統的な政治制度に精通していた。崔浩は拓跋珪に依頼されて珪の長子（のちの明元帝）の教師をつとめ、拓跋部の功臣が居ならぶ宮廷でも崔浩の助言は尊重された。

崔浩が明元帝とその息子の野心的な太武帝のためにとった軍事・外交戦略の概要は、華北でしのぎを削る「蛮族」勢力の平定と、江南にある漢人王朝との共存だった。崔浩がまず華北の安定を優先したおかげで、拓跋氏は華北のゆるぎない支配者の地位を獲得した。

四二九年、崔浩は拓跋部の功臣によるほぼ全員一致の反対を抑えて、太武帝がモンゴル高原の遊牧国家、柔然を討つのを助けた。戦いは大勝利に終わり、三〇万人を超える遊牧民が降伏した。太武帝は彼らに向かい、崔浩をたたえてこう言った。

ここにいる貧弱で学者のような男を見るがいい。こやつの手は弓も引けず槍ももてぬ。だが、胸のうちには兵士よりも鎧よりも強いものをもっておる。わたしは最初、この遠征をためらっていた。わが軍の勝利はすべてこの男の指導のたまものである。

崔浩は仏教を嫌悪し（仏陀を「異人の神」とよんだ）、おそらく戦略的な理由から、中国古来の道教を奨励した。崔浩にうながされて、太武帝は四四六年に「異人の」信仰である仏教を禁止した。

崔浩はそれまでの功績によって公に叙せられ、次々と重要な官職をあたえられて、ついには最高の地位のひとつである司徒［教育をつかさどる官］にまで昇った。崔浩は宮廷の指示によって魏の「国史」を編纂し、それを石碑に彫って民衆に公開した。しかし拓跋部の祖先の風俗習慣について書いた部分が民族的な侮辱とみなされて、四五〇年の夏に太武帝は崔浩とその一族をことごとく処刑した。

32 武帝《ウーディ》（四六四―五四九）

梁王朝の創始者

中国が南朝と北朝に分かれていた時代、蕭衍《シァオイエン》は華南に梁王朝（五〇二―五五七）を建てた。蕭衍は四六四年に南斉の皇帝につながる有力な貴族の家に生まれたので、恵まれた幼少期をすごし、苦労せずに官職についた。崩御してから贈られた武帝という勇ましい称号とは裏腹に、彼は才能豊かな文筆家で、信仰に篤い皇帝だった。

南斉の永明時代（四八四―四九三）、蕭衍は南斉の皇帝の第二子を中心に集まった高名な詩人のグループ「竟陵八友《きょうりょう》」の一員だった。しかし、四九三―四九四年にかけて、蕭衍は鋭い政治的洞察力を発揮して、皇帝の甥の蕭鸞《シァオルウァン》が帝位を奪うのに手をかした。蕭衍はその功績で黄門侍郎［詔勅の吟味にあたる官］の要職に任ぜられ、政治権力を増していく。蕭衍が四九五年に北魏（伝記30参照）の侵入をしりぞけると、その武勲が認められ、四九八年に現在の湖北省にあった雍州の長官に任命された。以後、この土地が蕭衍の拠点となった。

蕭衍は蕭鸞の後継ぎの子があまりに暴虐であったので、五〇〇年に挙兵して彼を殺害し、五〇二年、三八歳でみずから帝位につき、国号を梁とあらためた。蕭衍は勤勉な君主となり、毎朝早くから南朝の帝国である梁の統治に心を砕いた。冬には手にあかぎれを作りながら執務したという。私生活は質素で、同じ帽子を三年間かぶりつづけた。

蕭衍は文学を奨励し、華南に伝わる民謡を蒐集した。当時はまだ新しかった七言詩の発展にも力をつくした。蕭衍の長子蕭統《シァオトン》が編纂した詩文選集『文選《もんぜん》』は、いまも文学史上重要な価値がある。

武帝の生涯で特筆すべき点は、仏教に対する献身的な保護である。異国から伝わったこの新しい信仰は、華南では知識人によって熱心に受け入れられたが、華北では教育のない一般庶民のあいだに広まった。武帝は最初、道教の影響を強く受けていたが、しだいに仏教に惹かれるようになった。木版刷りの仏典の口絵には、しばしば僧や尼僧、菩薩に囲まれる武帝の肖像が描かれている。

五二七年から五四七年にかけて、武帝は四度出家を試みるが、そのたびに宮廷や政府の役人が仏教寺院に多額の金銭を払って皇帝を世俗にとりもどした。

五四七年、武帝は廷臣の反対を押しきって、華北の武将、候景《ホウジン》の投降を受け入れた。候景は白色人種の才能ある将軍だったが、狡猾で、翌年に反乱を起こした。候景は首都（現在の南京市）を長期間包囲したのち、五四九年四月二四日、ついに陥落させた。武帝は宮廷に監禁され、十分な食事をあたえられないまま、しだいに飢えて六月一二日に死亡した。

33　煬帝《ヤンディ》（五六九―六一八）

隋の二代皇帝

隋の二代皇帝は、五六九年に陝西省で華北の有力な軍人氏族の煬氏に生まれた。母の独孤皇后は鮮卑と匈奴の血が混じった家系の出身である。父の楊堅は北周の摂政をつとめた人で、北周は「蛮族」の拓跋部が建てた北魏に代わって五七五年に華北を統一した。五八一年、楊堅は北周の皇帝から帝位を奪い、国号を隋とあらためた。

新帝の次男［名前は広］として誕生した未来の煬帝は、太子に立てられ、幷州（現在の山西省）の総司令官に任命された。当時、幷州は東突厥の侵入を防ぐための軍事上の要衝だった。五八四年、彼は華南から妃を迎える。長江中流域にあった後梁の傀儡皇帝の娘で、梁を建国し、仏教を保護した武帝（伝記32）の子孫にあたる。

煬帝の肖像

五八六年、太子広は長安によびもどされ、都の周辺地域の統治責任者となった。五八八年、隋がついに南朝の陳を討って中国を統一する決意を固めると、太子広は行軍元帥に任命される。隋は翌年早々に陳の最後の君主を捕らえることに成功した。

隋は表面上、中国の長子相続制度を採用していた。はじめは広の兄の勇が太子に立てられたが、六〇〇年の終わり頃に太子を廃され、狂人として監禁された。広は一二月一三日に新太子になると、弟の秀も投獄した。六〇五年に父の文帝が亡くなると、即位した煬帝は一晩のうちに父の愛妾を自分のものにし、兄の勇とその八人の息子を死に追いやったといわれている。こうした状況を考えると、文帝の死は煬帝による父親殺しという疑いが強く、僧侶の残した記録にもそう書かれたものがある。

即位後まもなく、煬帝は多数の大規模な建設事業に着手する。まずは「東都」洛陽の建設に二〇〇万人の労働者を動員した。長江デルタと新たに完成した東都を結ぶ大運河の開削にはさらに費用をついやした。この運河は首都と帝国の「米蔵」である華南との交通を確保する必要から作られた。この運河の歴史的重要性は大きい。長い歴史をもち、現在も利用されている京杭《けいこう》大運河［北京と浙江省杭州市までを結んでいる］の一部は、煬帝によって建設されたものだ。

これらの土木工事と軍事遠征によって、隋は史上類のない大帝国に発展した。しかし、こうした大事業の負担を負わされる民の苦しみははかりしれなかった。たとえば大運河の開削には男手だけではたりないため、婦女子まで労役に駆り出されたのである。

煬帝の領土拡大戦争は、国家に最大の負担をあたえた。隋は初代文帝の時代から、かつて強勢を誇った突厥を弱体化させ、突厥の可汗数名に隋の宗主権を認めさせている。国土は小さいが強力な高句麗王国に対しても煬帝はくりかえし侵略の手を伸ばした。

煬帝は六一二年から高句麗遠征を開始するが、第一回遠征は平壌で敗退。国内各地で農民反乱が起きていたにもかかわらず、なおも六一三年に第二回遠征を挙行する。今度は高句麗の防衛線を打ち破る寸前までいったが、隋の有力な将軍が後方で反乱を起こし、首都に軍が迫っているという知らせがとどく。遠征は中止され、反乱は即座に鎮圧されたが、この事件は支配層の貴族が帝国に見切りをつけつつあることを示していた。六一四年には第三次遠征隊が高句麗に派遣されたが、反乱にくわわるために逃亡する兵士があいついだ。高句麗の王が和議を申し入れ、遠征軍は撤収した。

煬帝はひんぱんに国内を巡幸した。農民反乱が拡大し、貴族の離反がいっそう進むなかで、六一六年に三度目の、そして最後となる南方巡幸に出発した。煬帝は長江下流域のデルタ地帯に作られた江都（現在の揚州市）に長期間逗留した。言い伝えによれば、花で飾り立てた船に羽をつめたクッションを敷き、ぜいたくにしつらえた庭園の間を水路でめぐったという。六一八年四月一〇日、近衛軍団が反乱を起こし、その翌日、煬帝と多数の息子や孫たちを殺害した。二か月後の六月一二日、長安で唐王朝の創立が宣言された。

煬帝は秦の始皇帝（伝記11）や則天武后（伝記36）とならんで、中国史では昔から悪役扱いされている。歴史を記述する場合、どうしても前王朝を倒した王朝によって前の王朝の歴史が書かれることになるので、国家転覆を正当化するために、しばしば君主の個人的悪行が強調されるのはやむをえない。

34 太宗《タイゾン》（五九九―六四九）

唐王朝の基礎を築いた名君

隋の煬帝（伝記33）が中国史上最悪の君主として誇張されているとすれば、五九九年に李世民《リーシーミン》として誕生した唐の太宗は、伝統的に最高の君主として祭り上げられている。しかし、このふたりには共通点が多い。次男であること、そして新しい王朝の二代皇帝であることもそうだ。

実際、このふたりの皇帝の血筋は近い。李世民の父で唐の高祖［王朝の創始者］李淵は、煬帝のいとこにあたる。六一七年初め、隋の衰退が決定的なのを見て、北の最前線にある太源《たいげん》［山西省太源市］で留守《りゅうしゅ》［皇帝不在の城で皇帝権を代行する役職］という重要なポストについていた李淵は反乱を起こす。

東突厥から大きな支援を受けて、李淵は兵を隋の首都、長安に向け、一二月一二日に陥落させた。翌年、唐王朝の成立が宣言された。死後に高祖の名を贈られた唐の創始者、李淵は、唐王朝の樹立に功績のあったふたりの

後宮の女性に囲まれてチベットからの使節を迎える太宗。

息子に対して、順当に長子の建成を太子に立て、次男の世民を秦王とした。

六二四年までに唐は隋の旧領を再統一し、突厥の侵入を撃退した。中国の長子相続の伝統にしたがって太子となった建成と弟の世民とのあいだには反目が生まれた。世民は傑出した軍事指導者であり、すでに六二一年には古典文学と学問を奨励するための文学館を建てて、儒学者の絶大な支持も得ていた。

六二六年七月二日、李世民は兄の太子と弟を城の正門で待ち伏せして殺害した。これを玄武門の変という。殺されたふたりの兄弟の子息もすべて処刑された。高祖は強制的に皇位をゆずらされ、九月三日に「退位」した。中国の正史はこの皇位継承にまつわる父親殺しの臭いをごまかそうとした。しかし、ある仏教徒が書いたよく知られた文学作品は、李世民の兄弟殺しと父親の幽閉を批判し、「退位した」高祖の最後の数年間はみじめなものだっただろうと暴露している。権力をにぎるために李世民がとった手段は、孝行を重んじる儒教道徳から見れば容認しがたいとしても、部族を率いる族長は跡継ぎ候補のなかでもっとも有能な男子を選ぶべきであるという原則に立てば、理にかなっていたといえる。この原則は唐初期だけでなく、末期にもくりかえされたし、現在の中国の一部または全体を支配下に置いた遊牧国家の多くもこの原則にしたがっていた。

死後に太宗の称号を贈られた李世民は、唐帝国の強化と拡大にのりだした。新たに作った官吏登用試験を拡張し、才能ある儒学者を登用するとともに、貴族が政治の実権をにぎるのを防ごうとした。煬帝の前例を教訓に、財政を倹約し、批判や反論を奨励して、中国の皇帝にはめずらしいほどの寛容性を発揮した。土地の国有化と私有制を合わせた均田制（拓跋部の北魏で成立し、修正をくわえて受け継がれた）とともに、太宗のこうした政策は、急速な経済の復興と繁栄を可能にした。

唐は六二九—六三〇年に東突厥を完全に滅ぼし、もっとも強力な君主だった頡利《ジェリー》可汗を捕らえた。その後は中国人と「蛮族」を平等に扱うという進歩的な政策をとり、政府の役人の半分が降伏した突厥人やほかの民族の長によって占められるまでになった。太宗は六三〇年に「天可汗」の称号を名のる。広大なステップ地帯とそこに居住していた遊牧民に対する唐の支配を表明するためだ。太宗の治世にはネストリウス派キリスト教［景教］の伝道師が首都に居住することが許され、ビザンツ（東ローマ）帝国の皇帝が六四三年に宮廷に使節を送ってきた。

四〇代なかばから終わりにかけて、太宗は寛容性を失い、浪費が激しくなった。六四五年に高句麗への遠征を指揮するが、隋の煬帝と同様に失敗に終わっている。それでもめげることなく今度は西に目を向け、西突厥に対する攻撃を開始する。太宗は若い頃の道教への傾倒が薄れ、仏教を受け入れる姿勢を見せた。おそらく唐の「外交政策」に仏教が果たす役割の重要性を見抜いてのことだろう。

太宗は重い病にかかり、しばしば宮廷の執務を休んだ。そして長期間太子を摂政の地位に置いた。しかし、ステップ遊牧民のあいだに自分の威光を保つのがきわめて重要だと感じていたのはまちがいない。六四六年の夏、太宗は西の前線に位置する霊州県［現在の寧夏回族自治区の都市］におもむき、遊牧民の族長を集めて忠誠を誓わせた。太宗は六四九年七月一〇日、五〇歳で世を去った。

35 玄奘《シュエンザン》（六〇〇―六六四）
西域を巡礼した訳経僧

玄奘は俗名を陳褘《チェンイー》といい、六〇〇年に河南省で生まれた。一二歳のとき、出家していた兄を追うようにして僧となった。玄奘は学識豊かな高僧となったが、当時使われていた中国語仏典にものたりなさを覚えていた。それらの多くは中央アジアに伝わる仏典をもとに、中国語も原典の梵語も十分理解していない人の手で翻訳されたものだからだ。

当時、唐の太宗（伝記34）は仏教に理解を示さず、インドへの巡礼に出たいという玄奘の願いはことごとく却下された。やむをえず玄奘は許可なく六二九年に出発する。国を出られたのは、国境を管理する数人の仏教徒の役人が協力してくれたからだ。砂漠で死にそうな渇きに苦しめられたのち、玄奘はトゥルファンの高昌《こうしょう》国の王に師としてとどまるよう引きとめられた。玄奘は王を説得して出発し、中央アジアを抜けてカシミール地方にたどり着き、パミール高原とヒンドゥークシュ山脈を越えた。途中、現在のアフガニスタンで二体の巨大なバーミヤンの仏像を見て、それを記録に残している。三年後、玄奘はようやくインド北部に到達した。

玄奘はインドに一〇年あまり滞在し、インド亜大陸にある数多くの僧院や仏教の聖地を訪ねた。また、当時、仏教最大の学問センターだったナーランダー大学で五年間学んでいる。多数の仏典や遺物を蒐集したのち、玄奘は故国への旅につき、六四五年の初めに唐の都の長安に帰りついた。

唐の太宗は膨大な数の経典を漢訳する事業におしみない援助をあたえ、玄奘は残りの生涯のほとんどをそのために捧げた。完成した経典は合計一三三五巻、一三〇〇万字におよんでいる。玄奘は中国語の本を数冊サンスクリット語に訳したといわれているが、それは見つかっていない。玄奘は六六四年に亡くなった。

唐代に描かれた虎をつれた巡礼僧。
玄奘を描いたものと長らく（誤って）
考えられていた。

玄奘は旅先で見聞きしたことを『大唐西域記』に記録した。中央アジアやインドで訪れた一一〇の国々や、人づてに話を聞いた二四の国について詳しく書いている。インドには数えきれないほどのすぐれた哲学者や言語学者、数学者、論理学者や思想家が生まれているが、なぜか昔のインドには歴史書を書く伝統がなかった。そのため、玄奘の『大唐西域記』に記録された詳細な報告は、中世インド史の欠けた部分を埋める重要な役割を担っている。

中央アジアと南アジアを通る玄奘の旅をもとに、明代の有名な口語体小説『西遊記』が生まれた。この物語では、巡礼者玄奘（仏教の経・律・論の三蔵に精通した僧侶という意味で、三蔵法師とよばれている）が三人のお供――孫悟空、猪八戒、沙悟浄――をつれて、インドへの長い道のりをたどることになっている。

36 則天武后《ゼティエンウーホウ》（六二四—七〇五）

中国史上唯一の女帝

則天武后は名を昭といい、ほぼ半世紀にわたって中国の事実上の支配者となった。実際に皇帝として一五年間君臨している。中国の長い歴史のなかで、正式に皇帝として即位した女性は則天武后だけだ。

則天武后は六二四年に生まれた。父は現在の山西省の、中国の北の国境地帯で材木商を営んでいた人で、唐の高祖の建国に協力して功績を上げ、宮廷内で高い地位に昇った。隋の皇族から後妻を迎えたことで社会的地位も高まった。則天武后はこの夫婦のあいだに生まれた次女である。

父が四川で総司令官の地位にあったので、則天武后は四川で子ども時代をすごした。六三七年に唐の太宗（伝記34）の後宮に入る。一二年後に太宗が亡くなると、後宮の女性たちの慣習にしたがって尼僧になった。しかし則天武后は次の皇帝となった高宗［太宗の息子］の目にとまり、ふたたび後宮に召し出されることになる。権勢をふるったこの女性に批判的な中国の文献によれば、このふたりは太宗がまだ健在だった頃から不倫関係にあり、太宗の死後、その仲が再燃したのだといわれている。則天武后と唐の皇族はともに「蛮族」［どちらも鮮卑系］の血を引いており、遊牧民の文化ではこうした逆縁婚（死者の息子や兄弟がその未亡人と結婚する慣習）は決して受け入れがたいものではない。しかし儒教倫理においては、そうした行為はきわめて不道徳だと考えられたのである。高宗が則天武后を後宮に入れたのは、高宗の皇后王氏にそそのかされたせいかもしれない。王皇后は高宗の寵愛をめぐってひとりの寵姫とライバル関係にあったので、この寵姫を失墜させるために武后を高宗に近づけたとも考えられる。

則天武后は高宗とのあいだに四人の息子を生んだ。一度は手を組んだ王皇后をおとしいれるため、武后は生まれたばかりの自分の娘の首を絞めて殺し、ライバルである王皇后にその罪を着せた。王皇后は廃位され、六五五年に則天武后が皇后となった。権力をにぎるやいなや、武后は反対派を宮廷から一掃した。

高宗は気が弱く、生まれつき病弱だった。六七四年、武后は皇帝に匹敵する地位［高宗を天皇大帝、武后を天后と称した］を得て、高宗と武后は「二聖」と称された。翌年、武后は正式に摂政となり、病弱な皇帝は完全に政治からしりぞいた。六七八年からは武后ひとりで廷臣や外国の使節と宮殿で面会した。

長男の太子弘は六七五年に急逝した。実母の武后が毒殺したと見られている。次男の太子賢は四川に追放され、六八四年に母によって自殺に追いこまれた。

六八三年、高宗がついに崩御すると、武后の第三子が中宗として即位する。しかしこの皇帝はわずか五五日で廃位され、代わって第四子が皇位について睿宗《えいそう》となった。まもなく睿宗は「自発的に」権力を放棄し、傀儡に甘んじた。則天武后は六九〇年に正式に帝位につき、国号を唐から周にあらためた。

武后は権力を固めるために恐怖政治を行ない、密告者や冷酷な官吏を厚遇した。また僧や美少年を集めて寵愛したとも批判されている。しかし武后にもっとも批判的な中国の歴史家でさえ、家柄に関係なく傑出した才能の持ち主を見つけ出し、忠実で有能な官僚として採用した武后の見識には一目置いている。

武后に登用された有能な官僚の力によって、武后が政権をにぎった唐（周）帝国はきわめて安定した国情を保った。経済は発展し、領土の拡大は続いた。戸数で見ると、人口は半世紀のあいだに六〇パーセント増加した。ほとんどすべての面で、則天武后の長い治世はうまくいっていた。

あるとき、武装蜂起の宣言文が武后の面前で読み上げられた。それは才能ある詩人が起草したもので、武后は自分に対する悪意に満ちた個人攻撃をならべた文章の優美さに感銘を受け、顔色も変えずに言ったという。これほど才能ある若者が世に埋もれ、これまで宮廷に召し出されなかったのは宰相の怠慢である、と。

武后は長安から東都洛陽に都を移し、いくつかの大規模な建築事業に着手した。また、仏教を保護し、経典の

則天武后の孫娘、永泰公主の墓に描かれた壁画。永泰公主は武后に対して批判的な意見を述べたため、17歳で殺された。

写経を奨励した。とくに女性君主の出現を預言した短い経典［武后が帝位につく根拠とされた］の写しを全国の寺に置かせた。この教典の印刷には世界でもっとも古い木版印刷が使われた可能性もある。

七〇五年二月二〇日、宮廷内でクーデターが起き、武后の悪名高い寵臣や忠臣の数名が殺害され、武后は退位させられた。この年の一二月一六日、武后は軟禁状態に置かれたまま死亡した。しかし武后の子孫はその後二世紀にわたって唐を支配しつづけ、「聖神皇帝」と称した武后は最大の敬意をはらわれて、現在の西安郊外にある巨大な陵墓に高宗とともに合葬されている。興味深いことに、則天武后が自分の功績を記念するためにこの陵墓に建てた石碑には、文字がひとつもきざまれていない。

37

高仙芝《ガオシィエンヂー》（?—七五六）

唐で活躍した高句麗の武将

高仙芝は唐との戦いに敗れて唐に移り住んだ高句麗人の子孫である。中央アジアで軍人としてスタートし、中央アジアの広大な領域を守る節度使［辺境防衛のための国防司令官］の夫蒙霊詧《フーモンリンチィエ》（チベット系羌《きょう》族）にしだいにその実力を認められる。

中央アジア、とくにカシミール地方の多くの国が唐から離反し、チベット高原で新たに勢力を増した吐蕃になびいていた。七四七年、高仙芝は一万の兵を率いて遠征し、小勃律《ぼつりつ》を討った。小勃律はカシミール北部にあった国で、その王は吐蕃の王の娘を后にめとっていた。高仙芝は亀茲《きゅうじ》（現在の新疆ウイグル自治区クチャ県）に置かれた中央アジア防衛の拠点を出発し、パミール高原とムルガブ川を越えて、首尾よく小勃律の首都を陥落させ、吐蕃の援軍が到着する前に王と王妃を捕らえた。

高仙芝は亀茲を経由せずにこの勝利を直接唐の宮廷に報告した。そのため直属の上司にあたる夫蒙霊詧に叱責されるが、高仙芝の武功に感心した宮廷は夫蒙霊詧を解任し、高仙芝を後任につけた。

七五〇年、高仙芝は石国《せき》（現在のウズベキスタンの首都タシケント周辺）を攻撃し、その王を唐の宮廷に連行して、公開処刑を行なった。また、このとき高仙芝は多くの財宝を略奪し、私物化した。和睦をよそおって石国王をだまし討ちにし、私欲に走った高仙芝の行動は周辺諸国の反感をかい、処刑された王の息子はアラブ人の助けを求めた。一世紀前にササン朝ペルシアを滅ぼしたイスラム帝国は、この頃には唐と国境を接するまで版図を広げていた。こうして唐軍とアラブ軍はタラス河畔で衝突することになる。

七五一年、高仙芝は三万の兵からなる連合軍を指揮し、現在のカザフスタンを流れるタラス川の沿岸でアラブ

バーミヤンの仏像。タラス河畔の戦いで高仙芝が敗れた後、中央アジアで仏教が衰退した。

軍を迎え撃った。五日後、テュルク系遊牧民のカルルク族が突然アラブ軍にねがえったため、唐軍は大敗を喫した。高仙芝は数千騎の兵とともに撤退したが、残された兵はすべて殺されるか捕虜になった。

タラス河畔の戦いは歴史の分岐点である。明確な証拠はないが、この戦いをきっかけに中国の製紙技術が西に伝わったといわれている。（もっとも、紙はこの時代より何世紀も前からシルクロード周辺で使用されていた）。この戦いは中央アジアにおける唐の支配の終わりのはじまりだった。これ以来、中央アジアから仏教、儒教、そしてイスラム以前のイラン文化が姿を消し、代わって中央アジア全体のイスラム化が進んでいく。

高仙芝の最期はあっけなかった。七五五年の冬、安禄山（伝記38）を先頭に猛烈な勢いで進撃する反乱軍に対し、高仙芝は急ごしらえのよせ集めの官軍を率いて防衛を命じられた。高仙芝の不名誉な負け戦である。高仙芝はおそらく七五六年の初めに処刑された。

38 安禄山《アンルーシャン》（七〇三頃―七五七）

反乱軍首領

安禄山は七〇三年頃、現在の中国東北部にあたる唐の北東の辺境で生まれる。ソグド人［イラン系農耕民族］の父と巫女である突厥系の母とのあいだに生まれた混血である。安禄山は母とともに突厥で育ったが、のちに母がソグド系の人と再婚した。安というのは、この再婚した父の姓だ。中央アジアにイラン語を話す人々の大きな集団が存在し、彼らが中国東北部にまで広がっていたことは、北アジアのアルタイ諸語を話す人々のあいだにイスラム以前のイラン文化の影響が長く続いていたことを示している。

中国の記録によれば、安という姓は中央アジアに住む人々のなかでも現在のウズベキスタンのブハラ出身者に多かった。安禄山は安という姓を継父から受け継いだのである。彼はすくなくとも六民族の言葉を話せたので、ますますさかんになる交易の仲介業者として国境地帯で働いた。あるとき羊泥棒の罪に連座して、あやうく処刑されそうになった。しかし中国の北の国境地帯の節度使として赴任した張守珪《ヂャオショウグウィ》に才能を認められ、罪を許されて軍に入った。

安禄山は当時、中国の北東を脅かす最大の勢力だった契丹《きったん》や、それとつながりのあるモンゴル祖語を話す部族と戦って功績を上げた。彼はたちまち昇進し、張守珪の養子に迎えられる。養子をとるのは、辺境警備にあたる軍人が信頼できる味方を増やすためによく行なわれる習慣だった。

七三六年にはすでに安禄山は衛将軍［将軍位のひとつ］に昇進していた。この年、契丹の「反乱軍」討伐で手痛い敗北を負い、軍法会議にかけられてあやうく死刑になるところだった。しかしこの件が宮廷に報告されると、後顧の憂いを断つために死刑にすべきであるという宰相の進言をはねつけて、皇帝玄宗は安禄山を許した。

安禄山は着実に昇進し、七四四年に節度使に昇格する。玄宗は安禄山を信頼しきっていた。安禄山は太った巨体で激しくまわりながら踊るソグド人の舞踊「胡旋舞」を舞って、皇帝をいたく喜ばせた。皇帝の寵愛のおかげで、安禄山は宮廷で厚遇され、七五〇年には諸侯王の称号のひとつである平王があたえられた。

安禄山は着々と兵力をたくわえた。ついに軍事的に重要な北東部の三地方の節度使を兼任するまでになった。現在の北京に近い范陽に拠点を置き、勢力範囲は山西省から中国東北部まで広がった。七五五年一二月一六日、安禄山は長いあいだ温めてきた反乱計画を実行に移す。一〇万人を超える安禄山の兵は、ほとんど抵抗もなく怒涛のように中原を抜けて唐の東都洛陽に迫った。洛陽はわずか三四日で陥落した。

七五六年正月（旧正月、新暦の二月五日）、安禄山は洛陽で帝位につき、国号を大燕《だいえん》と称した。唐の廷臣や官僚が数多く忠誠を誓った。数か月後、反乱軍は首都長安に通じる交通路を防衛していた唐軍を撃破。あわてた玄宗は主だった者をひきつれて長安を脱出し、遠い南西の地をめざした。その途中で玄宗の豊満な寵姫、楊貴妃が悲劇的な死を迎えている（楊一族を恨む官軍の兵士に殺害されたと考えられている。伝記41参照）。

七五七年一月、安禄山は息子によって殺害される。唐の政府が

安禄山の乱のさなか、首都を脱出する玄宗。

この反乱を完全に平定するには、ウイグル軍の協力を仰いでさらに六年を要した。しかし唐王朝が昔日の繁栄をとりもどすことは二度となかった。

39・40　李白《リーバイ》／杜甫《ドゥフー》（七〇一―七六二／七一二―七七〇）

中国を代表する詩人

李白は唐の二大詩人のうち年長のほうで、七〇一年に生まれた。中央アジアに亡命した漢民族の末裔か、もともと中央アジアにいた異民族の子孫だという説がある。

杜甫は李白の誕生から一一年後（七一二年）、現在の河南省で名高い儒家の知識人の家庭に生まれた。祖父は唐代初期の有名な詩人で官僚であり、父は地方行政官だった。

ふたりの詩人はどちらも幼少期から卓越した才能を見せたが、彼らがたどった経歴はかなり対照的である。李白は科挙を受けようとしたことはなく、有力者の引き立てに頼って高い地位につこうとした。しかし李白は宮廷でうまくやっていけず、その不満を何編かのすぐれた詩に託している。よく知られている詩に、「蜀道難」［長安から現四川省の蜀までの険しい道のりを歌っている］がある。

七四二年の秋、李白が仕官をあきらめかけたとき、玄宗から都に召し出された。詩人としての李白の評判が高かったのはもちろんだが、玄宗の関心の一部は李白が終生学んできた道教にあったのである。玄宗は道教を信仰していた。李白は翰林院《かんりんいん》［詔勅を起草する機関］にポストをあたえられた。その後の二年間は李白の栄達の時期である。李白が宮廷に着任すると、高齢の官僚で道教を信奉する詩人が李白の詩を激賞し、「謫仙人《たくせんにん》」（天から追

宋代に描かれた李白の肖像

放された仙人）とよんだ。皇帝は李白を「金宮」［黄金の宮の意味で、李白が「宮中行楽詞」で長安の宮殿をたとえた言葉］に迎え入れ、この詩人に一杯のスープを手ずから給仕するという歓待ぶりだった。

李白は酔っぱらいながらも、玄宗の寵姫、楊貴妃（伝記41）の類まれな美しさをたたえて三篇の詩を詠んだことで知られている。詩人としての名声は高まったが、宮廷詩人の生活は思うにまかせないことも多かった。七四四年、李白は田舎暮らしに戻った。

杜甫は生まれてまもなく母を失い、伯母に育てられた。李白と同様、杜甫も若い頃は各地を放浪し、それから高級官僚（農業をつかさどる役所の次官）の娘と結婚した。科挙に挑んだが落第し、仕官するために有力者の推薦を求めなければならなかった。

ふたりの詩人が顔を合わせたのは、李白が宮廷を去り、杜甫がまだ洛陽で仕官の道を探しているときだった。家柄や年齢、性格、詩風、信仰の違いはあっても、彼らのあいだには杜甫が「兄弟のよう」と表現した友情が芽生えた。

ふたりの詩人の人生を変えたのは安禄山の乱（伝記38）だ。杜甫は反乱軍に捕らえられながらも、なんとか脱出して、即位したばかりの皇帝、粛宗《しゅくそう》のもとにはせ参じた。その心意気を称賛され、杜甫は官職をあたえられる。位は高くないが、皇帝にきわめて近い側近である。しかしまもなく、杜甫は失脚した宰相を弁護したために左遷される。反骨心がまねいたわが身の不幸と苦痛を杜甫はいくつかの詩に歌っている。まもなく杜甫は官職をすて、家族をつれて四川に移り、成都［現四川省の省都］に草堂［草ぶきの家］を建てた。

一方、安禄山の乱のさなか、李白は粛宗の弟の軍にくわわったが、それが裏目に出た。皇位を狙う皇弟軍はたちまち粛宗に敗れた。李白は捕らえられ、反逆罪で有罪となった。死罪を宣告されるが、のちに刑が軽減されて遠い南西の地に永久追放となり、最後には恩赦をあたえられた。

杜甫は古い友人である李白の詩をほめたたえる詩をいくつか書き、李白のぶじを祈った。李白は七六二年に現在の安徽省の長江流域の土地で亡くなった。言い伝えによれば、李白は酔って川面に映る月を捕まえようとして溺れたのだという。この伝説は、名月を酒の相手に招いたと歌う李白の有名な詩［「月下独酌」］から生まれたのだろう。

杜甫は強い権力をもつ四川節度使の厳武の保護を受けて、おちついた暮らしができた。七六五年に厳武が急逝すると、四川を離れる。七七〇年の冬、現在の湖南省で、洞庭湖にそそぎこむ湘江で船に乗っていて、船上で亡くなった。

李白と杜甫は中国の二大詩人とみなされ、中国では学校でかならず彼らの詩を習う。李白の詩は感傷的で豊かな想像力を感じさせ、杜甫の詩は叙述的でより現実を見すえ、彼が生きた動乱の時代を生き生きと描いている。

ふたりの詩のうち、短いものをあげておこう。

「沙邱城下《さきゅうじょうか》にて杜甫《とほ》に寄《よ》す」　李白

我来《われきた》る　竟《つい》に何事《なにごと》ぞ
高臥《こうが》す沙邱城《さきゅうじょう》
城辺《じょうへん》に古樹《こじゅ》有《あ》り
日夕《にっせき》　秋声《しゅうせい》を連《つら》ぬ
魯酒《ろしゅ》　酔《よ》う可《べ》からず
斉歌《せいか》　空《むな》しく復《ま》た情《じょう》
君《きみ》を思《おも》えば汶水《ぶんすい》の若《ごと》く
浩蕩《こうとう》として南征《なんせい》に寄《よ》す

［『世界古典文学全集27　李白』、武部利男訳、筑摩書房］

（わたしは結局ここへ何をしに来たのだろう。沙丘の町で毎日昼寝をしているだけだ。町はずれに古い木が立っていて、朝な夕なにざわざわと秋風に鳴っている。魯の酒は薄くて酔えず、斉の歌は心にむなしく響く。君［杜甫をさす］のことを思うと、心は汶水の流れのように広々とただよって、南への思いがつのる。）

「客至」　杜甫
舍南舍北《しゃなんしゃほく》皆《み》な春水《しゅんすい》
但《た》だ見る群鷗《ぐんおう》の日日《ひび》来たるを
花径《かけい》曾《かつ》て客《かく》に縁《よ》りて掃《はら》わず
蓬門《ほうもん》今《いま》始《はじ》めて君《きみ》が為《ため》に開《ひら》く
盤飧《ばんそん》市《いち》遠《とお》くして兼味《けんみ》無《な》く
樽酒《そんしゅ》家《いえ》貧《まず》しくして只《た》だ旧醅《きゅうはい》あるのみ
肯《あえ》て隣翁《りんおう》と相《あ》い対《たい》して飲《の》まんや
籬《まがき》を隔《へだ》て呼《よ》び取《と》りて余杯《よはい》を尽《つ》くさん　［『杜甫全詩訳注（二）』、下定雅弘・松原朗編、講談社］

（家の北にも南にも春の出水が満ちて、ただカモメが毎日やってくるのを眺めているばかりだった。花が散った道は客が来るからといって掃いたこともないが、よもぎの生えた門を今日はじめてあなたのために開けた。市場が遠いので料理の数も少なく、貧しいので古い酒しかない。隣家の老人とさしむかいで酒を飲んでもかまわないなら、垣根越しによびよせて、あまっている酒を飲みほしてしまおう。）

41 楊貴妃《ヤングゥイフェイ》（七一九―七五六）

皇帝の寵姫

楊貴妃は幼名を玉環（「ヒスイの輪」）と言い、七一九年に由緒ある貴族の家柄に生まれた。七三四年、楊貴妃は玄宗の子、寿王の妃に選ばれる。楊貴妃を妃に推したのは、玄宗の妃の武恵妃（伝記36則天武后の一族の出身）だった。

玄宗は七一〇年に宮廷内のクーデターによって権力を掌握し、七一二年に正式に皇帝に即位した。唐は玄宗の長い治世の前半に絶頂期を迎え、帝国の版図は中央アジアのアムダリヤ川［タジキスタンとアフガニスタンの国境沿いを流れる川］から日本海までおよんだ。しかし年をへるにしたがって、かつては戦闘的で進取の気性に富んだ若き君主も、しだいに国政より日々の悦楽に興じる老いた支配者になり果てた。

七三七年の終わりに、寵愛していた武恵妃が亡くなった。その前には太子をふくむ玄宗の三人の息子の処刑につながる宮廷内の陰謀事件があった。玄宗は気の晴れない日々を送っていた。

七四〇年頃、おそらく信頼していた宦官の高力士にそそのかされて、玄宗は楊貴妃を見初めた。息子の妃をすぐさま愛妾にするのはさすがにはばかられたか、外聞をとりつくろってから、玄宗はかつて息子の嫁だった楊貴妃を後宮に入れ、片時も離さないほど寵愛した。これは李白（伝記39）が首都の長安で短い宮仕えをしているあいだのことで、李白は楊貴妃の美しさをたたえる三篇の詩を書いている。それらの詩はその場で当代随一の歌手によって音楽に合わせて詠唱され、皇帝とその寵姫を喜ばせた。

玄宗と楊貴妃はどちらも中央アジアの音楽と、サマルカンドから伝わった「胡旋舞」を好んだ。ゆったりした服装と舞踊、そして音楽もふくめて、この当時の中央アジア文化の人気がうかがえる。一説には、楊貴妃は豊満

安禄山の乱のさなか、反乱軍からのがれるために馬に乗る楊貴妃。

な女性だったので、袖も身頃も細身に仕立てた中国服より、ゆるやかな中央アジアの衣服を好んだようだ。当時はふくよかな女性とゆるやかな衣服に流行が移っていたことは、この時代の陵墓に副葬品として納められた陶器の人形に表れている。

七四五年の春、楊貴妃は正式に貴妃［皇后に次ぐ最高位の妃］に立てられた。玄宗は首都長安に近い驪山《りざん》の温泉に作った離宮を楊貴妃のために拡張し、帝国の輸送制度を駆使して中国南部の熱帯気候でとれるライチを長安まで数日で届けさせている。

野心に燃える突厥系の安禄山（伝記38）は子どものいない楊貴妃にとりいり、せがんで楊貴妃の養子となった。安禄山は七五五年、ついに反乱を起こし、半年で華北の大半を制圧した。七五六年七月一四日、玄宗は長安を脱出し、翌日馬嵬《ばかい》という駅［通信や輸送のために馬や宿をそなえた場所］に到着した。国が乱れる原因になった楊貴妃を恨む兵士たちは、楊氏の一族をこの場所で殺害し、楊貴妃の処刑も要求した。玄宗は泣く泣く楊貴妃を絞殺することに同意した。

まもなく太子が帝位につくことを宣言。一年半後、太上皇［退位した皇帝に贈られる称号］となった玄宗は四川から長安に帰還した。老いて心は傷つき、しかもわが子である皇帝によってすぐさま幽閉状態に置かれた。四川亡命中も宮廷で幽閉された最後の数年間も、玄宗は失った寵姫を思い嘆かない日はなかった。

馬嵬での別れから半世紀後、詩人の白居易（伝記42）がこの悲劇をもとに、叙事詩「長恨歌」を作った。中国文学史上、悲恋を歌った作品としてもっとも有名なものだ。この詩には、道教の道士が仙人の住む山で楊貴妃の魂を探し出し、玄宗への伝言を頼まれるという場面がある。当時、楊貴妃は殺されたのではなく、どこか遠い島につれていかれて生きているという噂が民衆のあいだでささやかれていた。白居易はその伝説をもとにして空想をふくらませたのだろう。今日でも楊貴妃は日本に亡命したという説が伝えられ、日本には楊貴妃の墓さえ残っている。

42　白居易《バイジュイー》（七七二―八四六）

大衆的詩人

白居易は七七二年に現代の河南省の新鄭《しんてい》で生まれた。おそらく数世紀前に中央アジアから来た「儒家」の一族の末裔であろうと自称している。

七九九年、科挙の地方試験に合格し、八〇〇年に最終試験にも合格して進士となり、官僚の道を歩きはじめる。八〇七年に翰林院に入り、八〇八年には左拾遺《さしゅうい》に就任。これは皇帝に直接意見できる側近の職である。八一一年に母親が亡くなると、白居易は当時の慣習にしたがって官を辞し、三年間の喪に服した。喪が明けると東宮官として復帰するが、その直後の八一五年に深刻な政治的問題にまきこまれてしまう。はじめは母にかかわる家族の不祥事にかんして、白居易が儒教倫理に反したかどうかが問われただけだったが、それがエスカレートして白居易の家族の恥が公にされかねない事態になった。

白居易は地方官に左遷された。中国南東部でいくつかの職を転々としたのち、八三五年にようやく東都洛陽で太子を教える教師という、格式は高いが名ばかりの名誉職につき、候に叙せられた。

白居易は生涯を通じて多作な詩人であり、同時代の詩人のなかでもっとも多い三〇〇〇編を超える詩を残した。詩風は簡潔で、詩というものは洗濯女が聞いて理解できないようでは完璧とはいえないと考えていたといわれる。彼はまた音楽にも関心を示し、琵琶の演奏を詳しく描写した「琵琶行」という詩を作っている。また、革新的な新しい詩のジャンルである「新楽府《しんがふ》」の代表的作品も作った。民間歌謡にもとづく詩歌を古楽府とよぶのに対して、新楽府は政治批判や風刺を目的とした詩である。白居易の詩をひとつあげておこう。ここに歌われた「貴妃」とは楊貴妃のことである。

「胡旋の女」より
貴妃《きひ》　胡旋《こせん》して　君《きみ》が心《こころ》を惑《まど》わし
死《し》して馬嵬《ばかい》に捨《す》つるも　念《おも》い更《さら》に深《ふか》し

白居易の肖像

茲《こ》れ従《よ》り　地軸天維転《ちじくてんいてん》じ
五十年来制《ごじゅうねんらいせい》するも禁《とど》まらず
胡旋《こせん》の　女《おんな》
空《むな》しく舞《ま》う莫《な》かれ
数《しば》しば此《こ》の歌《うた》を唱《うた》いて明主《めいしゅ》を悟《さと》らしめよ　［『白楽天詩選（上）』、河合康三訳、岩波書店］

（楊貴妃の胡旋は君主の心をまどわし、死んで馬嵬に葬られても思いはつのるばかり。それ以来世の中は大きく変わったが、五〇年というもの胡旋の舞を禁じることができない。胡旋の女よ、むなしく舞うのはやめて、いく度もこの歌を唱って賢明な君主の目を開かせるように。）

白居易は晩婚だったが、数名の美しい「妓女」とのつきあいがあった。生まれた子どものうち、成人したのは娘ひとりだけである。白居易の弟の白行簡《バイシンジェン》もまた、科挙に合格して進士となった人で、大衆的な伝奇小説をはじめて発表した作家のひとりである。また、敦煌の仏教遺跡、莫高窟に隠されていた敦煌文書のなかから近年になって発見された性愛の指南書も、白行簡の作品だといわれている。

唐が中央アジアの覇権を吐蕃に奪われたとき、白居易は激しく嘆いた。おそらく自分の祖先の故郷への愛着をずっともちつづけていたのだろう。八四二年、白居易は法務大臣に相当する名誉あるポストを最後に引退する。このときの皇帝は白居易を宰相にしたかったが、有力な軍事長官の李徳裕《リーデヹアユー》に反対される。李徳裕は由緒ある儒家の貴族の最後の目付け役をもって任じていたので、儒者として信用ならない白居易のような成りあがり者を嫌っていたのである。しかし、白居易の遠い親戚の白敏中《バイミンヂョン》は、のちに宰相の地位に昇っている。

白居易は八四六年九月八日に洛陽で世を去った。玄宗（在位八四六―八五九）が作ったとみられる挽歌が、白居易の功績を端的に表現している。

子どもらでさえ「長恨歌」をそらんじ
「蛮族」のやからも「琵琶行」を歌える……

43 薛濤《シュエタオ》(七七〇年代―八三二)

詩人・芸妓

薛濤が誕生した年ははっきりしないが、おそらく四川で生まれたとみられる。この頃華北は安禄山の乱(伝記38)で荒廃していたが、遠く離れた四川は平穏で、父は身分の低い地方役人として勤めていた。薛濤は早くに父を亡くし、四川の節度使韋皐《ウェイガオ》に「公式接待者」、すなわち妓女として仕えた。薛濤は賄賂を受けとった罪をとがめられ、韋皐も彼女をかばいきれず、四川の西の境に追放された。その後、ようやく許されて四川の省都、成都に戻った。薛濤は花に囲まれた風光明媚な浣花渓《かんかけい》に住み、韋皐の後任の一〇人の節度使のうち、すくなくとも五人から保護を受けた。

薛濤の文才をよく表したエピソードがある。八〇七年に節度使として着任した武元衡《ウーユエンホン》は宰相の位もかねており、薛濤の文才を認めて校書郎[宮中における図書一般の管理を担当する官]に任じた。唐の宮廷がこの抜擢を認めたかどうかはわからないが、女性が官職につくことはありえなかった時代に、薛濤はしばしば女校書とよびならわされた。

白居易（伝記42）の親友で、のちに宰相に昇る高名な詩人の元稹《ユアンチェン》は、八〇九年に宮廷から監察御史［地方行政を監視する官］として四川に派遣されて、薛濤を見初めた。薛濤もその気持ちを受け入れたようだが、元稹は政略結婚によって地位と縁故を手に入れたいと望んでおり、薛濤の経歴ではとうてい結婚はできなかった。

薛濤はおもに短詩を作った。赤が好きだったので、地元の紙漉き業者に美しい深紅の小さな短冊を作らせ、それに短詩を書いて贈った。この深紅の短冊は薛濤箋とよばれて評判になった。

教養ある唐の女性は、夫となる人を見つけて結婚できなければ、多くが道教の尼僧になった（仏教を選ぶ女性もわずかにいた）。薛濤は道教の尼僧になり、情感にあふれた詩を残して八三二年の夏に亡くなった。

現代に作られた薛濤の像

「春望」
風花《ふうか》　日《ひ》に将《まさ》に老《お》いんとするに、
佳期《かき》　猶《な》お渺渺《びょうびょう》。
同心《どうしん》の人《ひと》を　結《むす》ばず、
空《むな》しく　同心《どうしん》の草《くさ》を　結《むす》ぶ。［辛島驍『漢詩大系第15巻　魚玄機・薛濤』、集英社］

（春の花も春の風も、日ごとに終わろうとしている。また会える約束の日は、はるかに遠い。同じ心をもつ恋人とは結ばれないで、むなしく草を同心結び［草を結んで相愛の心を示すこと］にしている。）

44　李徳裕《リーデヅァユー》（七八七―八五〇）
後唐の宰相

李徳裕は現在の河北省で趙郡の名門貴族の家柄に生まれた。父は唐の宰相である。高い教育を受けたので、科挙を受けて官僚になることもできたが、彼は科挙出身の官僚を見くだし、「血筋のいいラバや馬は駅を通らないものだ」と言って恩蔭《おんいん》制度［高級官僚の子孫は自動的に官吏に登用される制度］を利用する道を選んだ。

李徳裕は官僚として四〇年以上、六代にわたる皇帝に仕えた。このあいだに唐の宮廷の派閥争いは激化した。おもに李党・牛党とよばれる派閥の争いである。李党は李徳裕に代表される華北の名門貴族出身の官僚グループで、牛党は長いあいだ宰相の地位にあった牛僧儒《ニィウソンルー》が率いる「庶人」［身分や官の低い家柄］の科挙出身官僚たち

郵便はがき

料金受取人払郵便

新宿局承認

2531

差出有効期限
平成30年9月
30日まで

切手をはら
ずにお出し
下さい

160-8791

344

（受取人）
東京都新宿区
新宿一－二五－一三

原書房

読者係行

1608791344 7

図書注文書（当社刊行物のご注文にご利用下さい）

書名	本体価格	申込数
		部
		部
		部

お名前　　　　注文日　　年　　月　　日

ご連絡先電話番号　□自宅　（　　　）
（必ずご記入ください）　□勤務先　（　　　）

ご指定書店（地区　　　）（お買つけの書店名をご記入下さい）　帳合

書店名　　　　書店（　　　店）

5376

96人の人物で知る中国の歴史

愛読者カード ヴィクター・H・メア 著

＊より良い出版の参考のために、以下のアンケートにご協力をお願いします。＊但し、今後あなたの個人情報(住所・氏名・電話・メールなど)を使って、原書房のご案内などを送って欲しくないという方は、右の□に×印を付けてください。 □

フリガナ
お名前 男・女（　　歳）

ご住所 〒　　-

市　　町
郡　　村
TEL　　（　　）
e-mail　　@

ご職業 1会社員　2自営業　3公務員　4教育関係
5学生　6主婦　7その他（　　）

お買い求めのポイント
1テーマに興味があった　2内容がおもしろそうだった
3タイトル　4表紙デザイン　5著者　6帯の文句
7広告を見て（新聞名・雑誌名　　）
8書評を読んで（新聞名・雑誌名　　）
9その他（　　）

お好きな本のジャンル
1ミステリー・エンターテインメント
2その他の小説・エッセイ　3ノンフィクション
4人文・歴史　その他（5天声人語　6軍事　7　　）

ご購読新聞雑誌

本書への感想、また読んでみたい作家、テーマなどございましたらお聞かせください。

科挙を受験する学生。李徳裕は科挙を嫌って受けなかった。

であった。この牛李の党争により、李徳裕の宰相としての一期目（八三三―八三四）は二〇か月ももたなかった。しかし、地方官として勤務していた期間にめざましい功績を上げて、八四〇年にふたたび宰相に返り咲いている。

李徳裕が宰相に就任した頃、モンゴルではウイグル人による国家がキルギスによって滅ぼされた。李徳裕は唐の国境周辺地域を荒らすウイグル人の遺民に遠征軍を派遣して鎮圧。安禄山の乱（伝記38）で反乱軍の本拠地となった河北省など、各地で中央集権体制を立てなおした。八四五年、宮廷はあらゆる「外来の」宗教を禁止した。仏教は弱体化しながらも生き残ったが、ゾロアスター教やネストリウス派キリスト教（景教）はこの迫害に耐えきれず、中国から姿を消した。

八四六年に武帝が崩御すると、白居易（伝記42）のまたいとこにあたる白敏中に率いられ、牛党はふたたび勢力を盛り返した。李徳裕は左遷・追放の憂き目にあい、八四八年に海南島の地方財政官を最後に公職からしりぞいた。その地で二年後に亡くなっている。李徳裕は最後の華北漢人貴族の象徴だったが、皮肉なことに、李氏の末裔の一部は海南島に根を下ろし、そこでしだいに非漢人の現地少数民族に溶けこんで「異民族化」したという。

45 黄巣《フウァンチャオ》（?―八八四）

群盗・反乱軍首領

黄巣は現在の山東省で生まれ、漢王朝以来政府の専売となっていた塩の密売で財をなした。科挙の試験に何度も落第したせいで、社会に対する不満をつのらせたといわれている。

八七五年の春、黄巣は同じ塩の密売業者だった王仙芝《ワンシィエンヂー》が前年に起こした反乱に呼応して、群盗や密売業者、土地を失った農民らを率いて挙兵した。王仙芝は八七八年に殺され、黄巣はその残党をまとめて反乱軍の首領となり、「天補平均大将軍」というおおげさな称号を自称した。首都長安の守りは固かったので、黄巣は反乱軍を率いて南下し、長江を渡って現在の浙江省、江西省、福建省の大部分を制圧した。これらの地域で黄巣は平等な富の分配を唱え、唐の役人や体制側の人間を皆殺しにした。しかし彼は長期的な根拠地を作らず、略奪しながら移動をくりかえした。

南方への転戦は八七九年の広州攻撃でクライマックスを迎える。広州は南の港湾都市で、東アジアにおける国際貿易の中心地だった。黄巣軍はここで非中国人居住者を虐殺する。おもにイスラム教徒だったが、キリスト教徒やユダヤ人もふくまれていた。この虐殺はイスラム側の資料に記録があるが、中国の公式記録には記載されていない。広東省一帯で殺害された外国人の数は一二万から二〇万人と推定され、この時期の中国と中東の貿易がいかにさかんだったかを物語っている。しかし黄巣による略奪後、貿易が回復するには長い年月を要した。

八八〇年のなかばに黄巣は北上を開始し、長江を越えて北に上って一二月二二日に東都洛陽を攻略した。次いで首都長安を八八一年一月八日に陥落させている。皇帝の僖宗は四川に逃亡を余儀なくされた。一月一六日、黄巣は帝位につき、国号を斉とあらためた。

黄巣は身分の低い唐の官僚の多くを新政権にくわえたが、高級官僚を処刑し、長安から脱出しそこなった皇族全員を殺害することで、旧体制への憎悪を見せつけた。農民兵たちも宮廷や個人の財産を略奪した。ある若い詩人は自分が見た地獄絵図を「都の女の歌」という詩のなかでこう歌っている。

宮殿の蔵におさめた錦も絹も灰になり、
貴人や大臣の亡骸が承天門街をおおっている。

黄巣の勝利は長続きしなかった。経済的な基盤がなかったので、黄巣政権は唐の反撃に抵抗できなかったのだ。黄巣は八八三年の初めに長安をすてて逃亡し、八八四年に山東省の生まれ故郷からほど遠からぬ沿岸地域で官軍に追いつめられ、七月一三日に自害した。しかし唐王朝は二度ともとどおりにならなかった。九〇七年、かつて黄巣に仕えていた朱全忠によって、唐はついに滅んだ。

五代十国時代から元まで

九〇七—一三六八

人口増加と自然災害（さらにそれらの問題に対処する官僚の能力の低下）にくわえて、節度使［地方軍司令官］の力の増大によって反乱があいつぎ、唐は滅亡した。中国はふたたび分裂し、多数の王国が興亡した。九六〇年に宋がふたたび中国を統一すると、宋王朝のもとで都市が発達し、飲食店や売店や本屋が道沿いにならぶ、現在の都市生活と変わらない光景が現れた。しかし宋は華北を失い、宮廷は南の杭州にのがれた。華北には非漢民族の帝国が次々と興隆し、とうとうモンゴル族が中国全体を征服して一二七九年に国号を元とあらためた。過去の分裂期と同様に、この時期に学問や芸術が勢いよく花開いた。宋代の文化のもっとも輝かしい功績は、新儒学思想の誕生である。この思想は儒教に仏教を融合させた革新的な学問だったが、明と清の時代には形骸化し、国家の定める正統な学問となって、融通性を失った。

五代十国
五代：907-960
　後梁　907-923
　後唐　923-936
　後晋　936-946
　後漢　947-950
　後周　951-960
十国　902-979

宋
　北宋　960-1127
　南宋　1127-1279
遼　907-1125
西夏　1032-1227
金　1115-1234
元　1279-1368

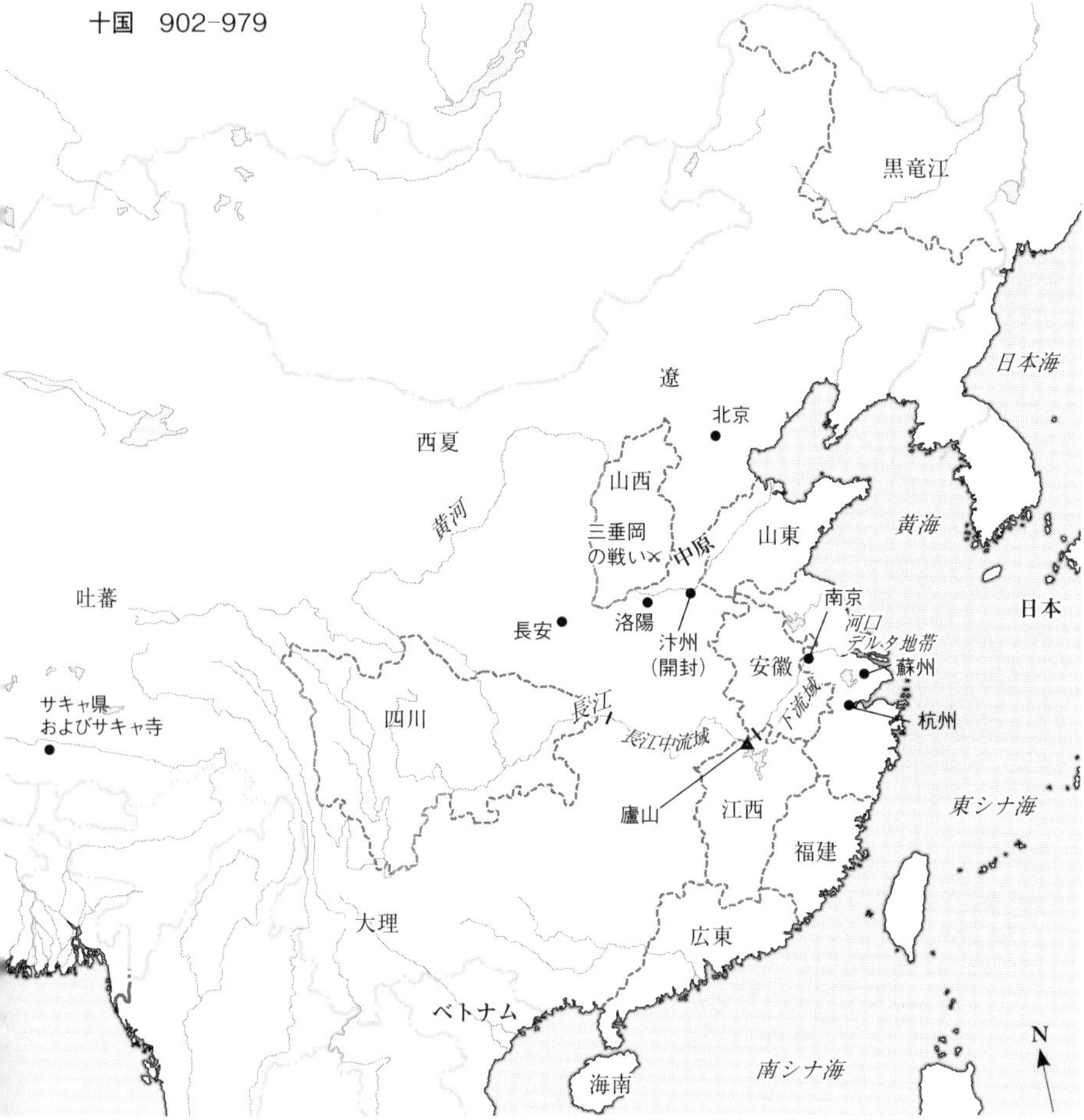

五代十国から元まで、907-1386年
(参考のため現在の国境が薄く表示されている)

500km
300マイル

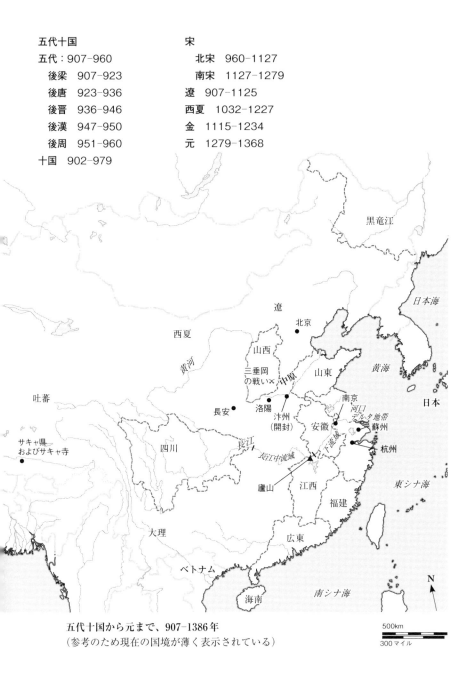

46

耶律阿保機《アーバオジー》（八七二―九六二）

契丹族首領・遼の建国者

耶律阿保機は八七二年に契丹族迭剌《てつら》部の耶律氏に生まれた。契丹は遊牧民で、おそらくモンゴル祖語を話す人々だったと考えられている。阿保機の台頭は北魏の初代皇帝、拓跋珪（伝記30）やチンギス・カンの場合と似ていなくもない。当時の迭剌部は徐々に勢力を増してはいたが、契丹のなかでもっとも有力というわけではなかった。いくつかの部がゆるやかな連盟を結んで構成された連合国家、契丹のなかで、阿保機はまず味方を増やし、反対勢力を倒して、三〇歳になる前に可汗の近衛隊長に出世した。

九〇一年、阿保機は迭剌部の首長に選ばれた。それからまもなく可汗の副司令官となる。九〇七年に契丹各部の首長や重臣らが出席する三年に一度の議会（モンゴルの最高決定機関であるクリルタイに類似）で、阿保機は契丹の新しい可汗に選出された。

しみついた伝統はなかなか消えないものだ。阿保機は叔父や弟もふくめて、契丹の有力者による抵抗にたびたび直面した。とくに可汗を選びなおす時期が危なかった。阿保機は暴力的な手段や謀略、外部勢力の利用、しりぞくと見せかけて油断させるなど、あの手この手で彼らの攻撃をことごとく跳ね返した。すでに中国語を巧みにあやつれるようになっていた阿保機は、権力の安定と可汗の世襲制を確立するため、中国式の政治制度をとりい

従者をつれて馬に乗る阿保機の長男

れた。

阿保機はおそらく九一六年に皇帝として即位し、中国の先例にならって(遼の)太祖となった。また、中国の長子相続制を踏襲して長男を太子に立て、契丹のほかの有力な氏族が可汗の継承権を主張できなくした。阿保機は契丹に初の儒教寺院を建立し、九一八年に現在の内モンゴルに恒久的な首都の建設を命じた。

阿保機は「契丹大字」とよばれる表意文字の制定を命じ、九二〇年に公布した。漢字に似たこの文字は使い勝手がよくなかったので、阿保機の弟が「契丹小字」を考案した。こちらは表音文字で、テュルク系遊牧民のウイグル人が使うアルファベットを参考に作られている。阿保機は国内の遊牧民は従来の部族制、増加する漢民族は中国式の制度で統治する二元的統治体制をとった。

阿保機は華北各地の軍事指導者と大小の衝突をくりかえしながら、緊張をはらんだ共存を維持した。国内の支配を万全に固めると、領土の拡大に着手し、おもに北や西の遊牧民を征服して版図を広げた。しかし、阿保機は九六二年九月六日に亡くなり、侵略軍を華北に向かって南下させることはついにできなかった。

帝位は阿保機が定めた太子ではなく、より戦闘的な次男にゆずられた。この二代皇帝は契丹国の版図を華北の内にまで広げ、国号を遼とあらためて北京を首都のひとつとした。西洋ではキタイまたはキャセイという言葉で中国を表す場合があるが、これは古い民族名の契丹［キッタンはキタイの複数形］に由来している。

47 李存勗《リーツンシュ》（八八五―九二六）

突厥系の晋王・後唐皇帝

李存勗は八八五年に現在の山西省で突厥沙陀《さだ》部の首長、李克用の長男として生まれた。父の李克用は黄巣の乱（伝記45参照）を鎮圧した功績を認められて晋王となった。突厥沙陀部は西突厥に属する部族で、中央アジアや中国北西部に勢力を拡大した吐蕃によって、安禄山の乱（伝記38）後に征服されたと一般に考えられている。沙陀部は八世紀が終わる前に現在の新疆ウイグル自治区から甘粛省に移動した。その後、八〇七―八〇八年頃に三万戸の人口の三分の二を吐蕃の襲撃によって失い、華北に移住した。彼らは唐が内外の敵と戦う際に重要な役割を果たし、黄巣率いる農民兵の制圧にも沙陀部の騎兵隊が力を発揮した。唐は沙陀部の功績に報いるため、首長に唐の皇族の姓である李を名のることを許した。

沙陀部の李氏と朱全忠は黄巣の乱で反目しあい、しだいに不倶戴天の敵となった。朱全忠は黄巣政権の軍人だったが、九〇七年にとうとう唐を滅ぼして後梁を建てた。

李存勗は九〇八年に父を亡くしてまもなく、六月三日に三垂岡の戦いで後梁軍に挑み、大勝利をあげた。さらに一五年間かけて経済的にまさる後梁を徐々に征服し、ついに九一三年、後梁を現在の北京周辺から追いはらった。九一七年に李存勗の軍は契丹の大軍を破った。

九二三年に李存勗は唐の後継者を名のって後唐を建て、皇帝として即位した。同じ年に後梁の首都開封を攻略

李存勗を描いた宋代の巻物

し、翌春、唐の東都だった洛陽に宮廷を移した。

昔の唐の皇帝と同様に、李存勗は歌舞音曲をことのほか好んだ。ひいきの役者を数多く重要な政治的地位につけただけでなく、みずから舞台に立つこともあった。しかし、効率的な行政制度を整えることができず、国内情勢は急速に悪化した。はじめは統一がとれていた沙陀部のなかでも、いくつかの内紛が生じた。九二六年の初めには武将があいついで反乱を起こした。五月五日、近衛軍が反乱を起こし、宮殿を襲った。李存勗（後唐の荘宗）は矢を射られてまもなく死亡。宮廷音楽家は皇帝の亡骸の上に楽器を積み重ね、火をつけて荼毘に付したという。

48 趙匡胤《ヂャオクウァンイン》（九二七―九七六）

宋の太祖

宋王朝の初代皇帝趙匡胤は、九二七年五月二一日に洛陽で生まれた。趙氏は現在の北京に近い幽州の出身で、ここは安禄山（伝記38）が本拠地にした地域である。趙匡胤の曽曽祖父の趙朓《ヂャオティアオ》は安禄山に武将として仕えていた。趙匡胤の曽祖父と祖父は、ともにこの地域の独立した地方軍閥のもとで官吏として働いた。

趙匡胤の父は唐のウイグル系軍閥の部下で、位の低い将校だった。唐の滅亡後は突厥系の二王朝、後唐（九二三―九三六）と後晋（九三六―九四六）に仕えた。趙匡胤は立身出世をめざしてカリスマ的軍事指導者の郭威《グゥオウエイ》の軍にくわわり、郭威が後周（九五一―九六〇）を建てると近衛軍の将校となった。まもなく郭威が世を去ると太子柴栄《チャイロン》が即位し、趙匡胤はこの二代皇帝を補佐した。九五四年に突厥系の北漢が後周に侵入すると、

宋の太祖の肖像

趙匡胤はまれにみる勇猛さを発揮して難局をのりきり、この武勲によって軍の総司令官に上りつめた。

名君だった柴栄は九五九年に崩御し、六歳の息子が後継者として残された。後周がこの幼帝のもとで迎える最初の新年を祝っているとき、契丹（遼）と北漢（九五一―九七九）の連合軍が後周に侵入したという報告が入った。趙匡胤は防衛のためにただちに軍を率いて北へ向かった。首都開封を出発してまもなく、多数の将校や兵士のなかから、人望ある趙匡胤に帝位についてほしいと願う声が上がった。

侵略してきたはずの敵兵はなぜか姿を消し、ほとんど無血のクーデター（高位の廷臣ひとりとその家族が殺されただけだった）によって、趙匡胤は新王朝・宋の建国を宣言した。後周の皇族が殺されることはなかった。

武人の支持を得て即位した趙匡胤だったが、太祖となってからは軍の権力を警戒するようになった。九六一年の夏、趙匡胤はかつてともに戦った同志を集め、酒宴を開いた。ほぼ全員がクーデターにくわわった有力な軍人たちである。趙匡胤は彼らを見わたして、同じようなクーデターがいつまた起こるかもしれず、帝位についたからといって安心できないと嘆いてみせた。これは軍人たちの忠誠心を疑っているとほのめかしたのである。これが有名な「杯酒、兵権を釈《と》く」とよばれる故事だ。太祖に反乱の可能性を疑われ、身の危険を感じた軍人たちは、翌日「健康上の理由」で「自発的に」軍の指揮権を手放し、それとひきかえに金銭的な恩賞と安楽な隠居生活を保障された。

同じ理由から、太祖は自分も軍人出身であり、学問ばかりしている人間を信頼していなかったにもかかわらず、軍人よりも文人知識人を積極的に登用した。その結果、宋では知識階級が大いに活躍し、中国史上もっともすぐれた文化的業績の数々が達成された。しかし、軍事力を削減して文化を奨励する政治方針、そして中央政府による軍事・財政の全面的支配の強化は、深刻な弊害をもたらした。その最たるものは、外敵に対する防衛力の低下である。宋は契丹（遼）を征服する機会を失っただけでなく、タングート族の独立国である西夏の侵略を受けた。文官優位の政策がひき起こしたもっとも大きな痛手は、中国が一〇〇〇年以上支配してきた（北）ベトナムを永遠に失ったことだ。

新王朝初期に文官優位の改革をなしとげた初代皇帝太祖は、九七六年一一月一四日の夜、弟と酒をくみかわした後、突然亡くなった。皇位は太祖の息子ではなく当の弟が継いだので、弟による暗殺説が広まった。宋の仏僧文瑩《ウェンイン》は、この夜の出来事について「蝋燭の影に弟の姿が映り、斧の音がした」という謎めいた記録を残した［「斧声燭影」。真実は永遠に不明であるという意味の故事となった］。慎重な性格で知られる宋の歴史家司馬光も、著書のなかで暗殺の可能性を示唆している。

49 王安石《ワンアンシー》（一〇二一―一〇八六）

改革を断行した官僚

王安石は一〇二一年に、華南の江西省で地方官の家庭に生まれた。当時、中国の経済の中心はかなり前から長江流域に移っていたが、学問と政治の分野ではまだ華北出身者の力が圧倒的に強かった。しかし、宋代に科挙が重視されるようになり、さらに教育制度や地方経済が発達したおかげで、華南は急速に華北の水準に近づいていた。王安石は青年期のほとんどを長江流域の現在の南京ですごした。一〇四二年に科挙を受験し、第四位で合格して進士となる。それから二五年間は地方の官僚や知事として働き、地方経済を肌で知る機会を得た。

当時の深刻な財政赤字は、官僚を買収して税金を減らしたり、徭役［無償の労働提供］をのがれたりする多数の大地主によってさらに悪化し、小地主の負担をいっそう増やしていた。宋は主として契丹（遼）や西夏（タングート族による帝国）が北部に侵入するのを防ぐため、一〇〇万を超える兵を常備軍としてかかえ、それが政府の深刻な赤字の原因になっていた。一〇五八年、王安石は「万言の書」とよばれる長文の上奏文を皇帝に提出した。それはとくに機能不全におちいった官僚制度についての疑問点をあげ、改革の必要性を訴えたものだ。

一〇六七年、先見の明に富む皇帝神宗が即位する。宋に昔日の勢いをとりもどす強い意気込みをもって、神宗は一〇六九年に王安石を首都に招いて副宰相の要職につけ、まもなく首席宰相に昇進させた。王安石は経済、軍事、官僚制度にかんしてやつぎばやに「新法」を実施していく。

王安石が提唱した経済政策には、政府による農民への融資、徭役に代えて税金を徴収し、人を雇って雑役にあたらせる募役法、検地のやりなおしによる税の平等化、投機を防止し、独占を禁止する商法の制定などがあった。軍事面では、各地方で一〇戸を一単位として郷村制度を再編し、常備軍の兵の一部に代わるものとして在郷軍を創設した。これらの急進的な改革は、蘇軾《スーシー》（伝記51）や司馬光（歴史書の執筆のため政界をしりぞいた）らの既得権層や旧法党から猛烈な反対にあった。

一〇七四年、華北を襲った激しい干ばつによって政府は苦境に立たされ、王安石は一時的に辞任し、新法も中断せざるをえなかった。神宗は翌年王安石を宮廷によびもどしたが、改革に対する反発があまりに強く、王安石は一〇七六年に政治から完全にしりぞき、一〇八六年に亡くなった。

王安石は倹約家で、頑固な性格で知られていた。彼は科挙で重視される優美な文章作法より幅広い実践的な知識を奨励するため、科挙制度を改革しようと試みた。また、読書家でもあり、植物にかんする書物をはじめとしてあらゆる本を読み、「農学書や刺繍の本に没頭したが、たいへん役に立った」と述べている。王安石は力強い随筆や印象的な詩をいくつも残した。

「夜直」
金炉《きんろ》香《こう》尽《つ》きて漏声《ろうせい》残《ざん》し
翦翦《せんせん》の軽風《けいふう》　陣陣《じんじん》の寒《さむ》さ
春色《しゅんしょく》人《ひと》を悩《なや》まして眠《ねむ》り得《え》ず
月《つき》は花《はな》の影《かげ》を移《うつ》して欄干《らんかん》に上《の》ぼらしむ
［『中国詩人選集二集　第四巻　王安石』、清水茂注、岩波書店］

（金の香炉の香りは燃えつきて、時を知らせる太鼓の音が消えていく。そよ風が吹いては止み、そのたびに寒さがおしよせる。春の気配は悩ましくて眠りにつけない。月が傾いて花の影が欄干に上ってきた。）

「鍾山即事」
澗水《かんすい》声《こえ》無《な》く竹《たけ》を繞《めぐ》って流《なが》る

竹西《ちくせい》に花草《かそう》　春柔《しゅんじゅう》を弄《もてあそ》ぶ
茅簷《ぼうえん》相《あ》い対《たい》して坐《ざ》すること終日《しゅうじつ》
一鳥《いっちょう》鳴《な》かずして山更《やまさら》に幽《ゆう》なり　［前掲書］

（谷川の水は音もなく竹をめぐって流れ、竹林の西には草花がやわらかな春の日差しとたわむれている。茅葺の庵で山と向かいあって日がな一日座っていると、一羽の鳥さえ鳴かず、山はいっそう静まり返っている。）

50 沈括《シェンクォ》（一〇三一―一〇九六頃）

科学史家

沈括は一〇三一年に現在の杭州に生まれる。この時代に増えつつあった教育程度の高い華南の郷紳階級［官僚有資格者で庶民より上の身分］の典型のような家庭で、父方と母方の家系はともに多数の優秀な科挙合格者を輩出していた。

沈括は両親が年とってから授かった子どもで、中級官吏だった父が五四歳、母が四六歳のときに生まれている。小さい頃は母に学問を学び、赴任する父につれられておもに華南のさまざまな土地で暮らした。そのため、沈括は幼少期から多種多様な環境や習慣にふれる機会があった。

一〇五一年、沈括が蘇州の母方の親族のもとに滞在して勉学にいそしんでいたとき、七〇歳を超える父が杭州で亡くなった。父の葬儀をすませた翌年、沈括と兄の沈披は王安石（伝記49）に父の墓碑銘を依頼した。王安石

現代に制作された沈括の胸像。北京古観象台所蔵。

は彼らの遠縁にあたり、すぐれた文人、政治家として華南屈指の名士であった。

沈括は父が官職にあったおかげであたえられる恩蔭［世襲の特権］を利用して役人になった。まもなく頭角を現して知事代理をつとめるまでになり、灌漑事業で実績を上げた。しかし恩蔭出身の官吏の昇進には限界があった。そこで沈括は辞任し、科挙を受験するために猛勉強した。安徽省の知事をしている兄の家に間借りしているあいだ、沈括は大規模な水利事業を観察し、記録をとった。

一〇六三年、沈括は科挙に合格し、エリート中のエリートである進士になった。有力な州知事の張芻《チャンゾウ》はすぐに沈括の才能を見抜き、沈括が最初の妻を亡くした後、おそらく一〇六八年に三女を沈括に嫁がせた。この嫁はとんでもなく身勝手で口やかましい暴君だった。沈括のひげを引っこ抜いたこともあり、引き抜かれたひげには皮膚と血がついていたという。また、先妻の生んだ息子を家から追い出しもした。しかし舅との政治的なつながりは大いに役立った。沈括はまず、宮中図書館の校書郎［文書をつかさどる官］に任命され（一〇六五年）、翰林院で書物の校訂にたずさわった（一〇六八年）。沈括はこれらの仕事を通じて宮中の膨大な量の書物に目をとおすことができ、将来大臣に任命される足がかりもつかんだ。

王安石の改革がはじまると、沈括は熱心に協力した。宮廷の仕事にくわえて天文をつかさどる部局の長に任命され、天才的数学者の衛朴《ウェイプー》を採用し、より正確な暦の制作にあたらせた。

一〇七五年、沈括は領土問題を解決する使命をおびて、使節団を率いて契丹（遼）の宮廷におもむいた。一説には、沈括が豊富な歴史や地理の知識を生かして宋の主張を認めさせ、外交上の重要な勝利を手にしたといわれるが、実をいえば宋はかなり遼に譲歩している。この年、彼は国家財政の最高責任者である三司使［大蔵大臣］に任じられた。

今日でこそ沈括は先見の明のある科学者とみなされているが、あらゆる分野にまたがる彼の知識は、当時の特権階級からはあまり評価されなかった。この時代には、文学こそもっとも尊い学問とみなされていたからだ。文学面では、沈括は王安石や蘇軾（伝記51）に比べてたしかに見おとりがする。沈括は、蘇軾の詩には皇帝に対する批判がこめられているものが多いと皇帝に告げ口した。そのため、とくに華北の保守層を中心に、沈括はかなり敵を作った。

しかし、神宗の沈括に対する信頼はゆるがなかった。一〇八〇年、皇帝は宋の北西に接するタングート系の西夏に対する防衛を沈括にゆだねた。沈括はタングート族の内紛に乗じて緒戦でいくつかの勝利をあげ、この功績によって竜図閣直学士《りゅうとかくちょくがくし》［皇帝の秘書官のような役職］という権威ある名誉職をあたえられ、延州（現陝西省延安）知事となった。しかし、宮廷が別の指揮官を前線に派遣すると、戦況は一気に暗転した。一〇八二年一〇月一四日、西夏軍は新たに建設した宋の防衛拠点に襲いかかり、一万二〇〇〇人を超える宋兵が戦死、宋の前線は崩壊した。

この大敗の責任を問われ、沈括の政治生命は終わった。彼は罷免されて地方に蟄居を命じられ、一〇九〇年頃、中国全土の地図を作製する重要な仕事を終えて、ようやく自由の身になった。沈括は長江に面する現在の鎮江市に隠棲し、夢渓と名づけた川のほとりに居をかまえた。そこで余生のすべてをかけて、もっとも重要な著作である『夢渓筆談』を完成させた。

この本は天文学、数学、地質学、医学、そして神話から未確認飛行物体まで、さまざまなテーマを網羅している。沈括は磁石をコンパスとして使用する方法を世界に先駆けて述べ、コンパスが真の北をさすわけではないとはじめて発見した人物でもある。「石油《シーヨウ》」という中国語をあみだし、それは「地球の内部で無尽蔵に産出する」と述べた。英語で石油を表すpetroleumはラテン語のpetra（石）とoleum（油）が語源で、奇しくも沈括が作った「石油」という言葉もそれと同じ組みあわせになっている。沈括は高山で発見される貝の化石や、華北で発掘される亜熱帯植物の化石を観察し、地形や気候の変動について認識していた。また、世界初の活字印刷についても記録を残している。イギリスの有名な学者のジョーゼフ・ニーダム［中国科学史の権威。一九〇〇―一九九五］は沈括によるこれらの発見や観察の記録に感銘を受け、沈括を「中国史上もっともすぐれた科学精神の持ち主」とたたえた。一九六四年に発見された小惑星は沈括にちなんで命名されている。

51　蘇軾《スーシー》（一〇三七―一一〇一）

天才文学者

蘇軾は一〇三七年一月八日に四川省の小村で生まれた。蘇東坡《スードンボォ》の名でも知られており、中国でもっとも有名な詩人・文筆家である。蘇軾と彼の父、そして弟の蘇轍《スーヂヱァ》は「唐宋八大家」［唐代と宋代を代表する八人の名文家］に数えられている。

一〇五六年、父は兄弟をともない、黄河沿いにある宋の首都、汴京《べんけい》（現在の開封）に上った。蘇軾と蘇轍は数段階にわたる科挙の試験をやすやすと突破し、翌春、最終試験にも合格して進士となった。ところが合格の朗報を聞く前に母が亡くなったので、兄弟は慣習にしたがって三年間の喪に服すために故郷に帰った。晴れて官僚として歩みだしたのは一〇六〇年のことだ。数年後、父と蘇軾の妻が亡くなった。蘇軾は再婚し、一〇六八年の終わり頃に四川を後にして、二度と戻ることはなかった。

父の喪が明けて政界に復帰したとき、宋の宮廷は新しい皇帝と改革に燃える宰相王安石（伝記49）によって大きく変わっていた。蘇兄弟は新法には批判的で、改革派が権力の中枢にいる間は中央政界から離れようと、地方への任官を願い出た。詩人・散文家としての蘇軾の名声が広まると、一〇七九年に宮廷の改革派は蘇軾が詩のなかで皇帝を批判したと告発した。蘇軾は逮捕され、都に護送されて投獄された。

厳しい取り調べを受けて蘇軾は死を覚悟したが、蘇軾の詩才をおしんだ神宗によって長江中流の黄州［現在の湖北省］への流罪に減刑された。家族を養い、糊口をしのぐため、蘇軾は町の東の山腹に小さな畑を開墾し、そこに家を建て、「東坡居士」（東坡は「東の坂」という意味）と称した。蘇軾が蘇東坡の名でも知られるのはこのためである。蘇軾は流罪の身ですごしたこの四年間に、最高傑作とされるいくつかの作品を書いた。彼のかたわらには若く聡明な側室の「朝雲」がよりそっていた。

ある夜、蘇軾が酒を飲んで夜更けに帰宅すると、召使はもう戸締りをしてぐっすり寝こんでいた。蘇軾はままならない人生を嘆く抒情的な詩を作って歌い、「いっそ小舟に乗って、広い海で余生をすごしたいものだ」としめくくった。翌朝、この詩が町で評判になっているのを知事が聞きつけ、この有名な流刑人の逃亡をおそれてかけつけてみると、当人は布団のなかで高いびきだったという。

一〇八五年に神宗が崩御すると、皇太后の宣仁《せんにん》太后が摂政となった。旧法党が政界に返り咲き、代表格の司馬光（一〇一九―八六）が宰相に昇った。蘇軾は中央によびもどされ、名誉ある翰林学士に任命される。しかし、旧法党のなかでも穏健な立場をとっていた蘇軾は、まもなくふたたび地方に出ざるをえなくなった。一〇八九年、

西湖にかかる蘇軾の堤道

蘇軾は杭州知事に任命され、この地で西湖《さいこ》の浚渫工事に腕をふるった。このとき、掘削した土砂を利用して湖を横断する堤道が築かれ、現在も「蘇堤」とよばれる名所として残っている。

蘇軾の名声は、主としてそのユーモアのセンスと飾らない人柄から生まれたものだ。彼は皇帝であろうが物乞いの少年であろうが、だれとでも楽しく語りあえると自慢していた。

一〇九三年に宣仁太后が亡くなると、年若い皇帝のもとでふたたび新法党が息を吹き返した。翌年、老境にさしかかった蘇軾は南の僻地に流された。忠実な側室の朝雲はここにもつれそったが、まもなく三三歳で亡くなった。

現在の広東省に位置する恵州に追放されているあいだも、蘇軾は詩作を続けた。その時期の作品のひとつに、「報道す　先生　春睡の美なるを　道人　軽く打つ　五更の鐘」［先生は眠っておられると知らせたのか、春の心地よい眠りをさまたげないために、僧が夜明けの鐘をそっと打ってくれているようだ］という句で終わる詩がある。新法党の宰相はこれを見て、蘇軾が恵州で安楽な暮らしをしていると思ったのだろう。彼はさらに南の果ての海南島に追放された。

一一〇〇年に皇帝が若くして亡くなり、異母弟が徽宗《きそう》（伝記53）として即位した。新帝即位にともなう大赦によって、蘇軾はふたたび内地に戻ることを許される。しかしその道中、現在の江蘇省常州市に滞在中に重い病に伏し、一一〇一年八月二四日に息を引きとった。

蘇軾は散文にも詩にもすぐれた作品を残した。書や絵画にもひいで、料理の腕前も一流だった。彼が考案したといわれる豚肉料理の東坡肉《ドンポォロウ》はいまでも名物料理として残っている。

「臨江仙」
夜《よる》　東坡《とうば》に飲《の》み　醒《さ》めて復《ま》た酔《よ》う
帰《かえ》り来《きた》れば　髣髴《ほうふつ》として三更《さんこう》
家童《かどう》の鼻息《びそく》　已《すで》に雷鳴《らいめい》
門《もん》を叩《たた》けども　都《すべ》て応《こた》えず
杖《つえ》に倚《よ》りて　江声《こうせい》を聴《き》く
長《つね》に恨《うら》む　此《こ》の身《み》の我《わ》が有《ゆう》に非《あら》ざるを
何《いづ》れの時《とき》にか　営営《えいえい》たるを忘却《ぼうきゃく》せん
夜《よ》闌《た》けて　風静《かぜしず》まり　縠紋平《こくもんたいら》かなり
小舟《しょうしょう》　此《ここ》従《よ》り逝《ゆ》いて
江海《こうかい》に　余生《よせい》を寄《よ》せん　［近藤光男『漢詩選11　蘇軾』、集英社］

（今夜は東坡で飲み、醒めてはまた酔った。家に戻ればもう真夜中だ。召使は高いびきで眠っており、門をたたいても一向に出てこないので、杖にすがって川の流れに耳を澄ませた。
恨めしいのは、この身が自分のものではないということ。いつになったらこんなあくせくした暮らしから抜け出せるのだろうか。夜は更けて風も静まり、川面にはさざなみが広がっている。いっそここから小舟に乗って、余生を大海原ですごしたいものだ。）

52 方臘《ファンラー》（？―一一二一）

マニ教徒の反乱指導者

方臘は宋末期のマニ教（ペルシアで誕生し、シルクロードを通じて中国に広まったグノーシス主義的宗教）の教団指導者である。方臘が反乱者として登場する前近代の中国の小説『水滸伝』は、大半が華北出身の一〇八人の「好漢」［英雄］がさまざまないきさつで無法者となるが、宋の宮廷の恩赦を受けて華南の大規模な反乱を平定するために集結する物語だ。無法者が転じて皇帝につくす英雄となるこの物語はフィクションだが、マニ教徒に率いられた華南の反乱は、宋王朝を根幹からゆるがせた現実の出来事である。

シルクロードを経由して中国に伝わった多くの宗教のなかで、マニ教は特別な位置を占めている。マニ教は誕生した西アジアから遠く離れた中国南東部の広大な一帯で、形を変え、変貌をとげながら、何世紀ものあいだ生きのびてきた。政府、儒学者、そして「正統派」の仏教がよってたかってマニ教を根絶やしにしようと画策するなかで、あらゆる困難をのりこえ、元から明への移行後に完全に消滅するまで、この国に存在しつづけたのである。

マニ教はおもに中国の知識層や政治的主流派以外の人々に伝わった。その信仰は地方の民衆のあいだに、強い絆で結ばれたきわめて結束力の高い秘密結社を作り上げた。マニという名称と中国語で「悪魔」を表す「魔」をかけて、儒学者は人目をしのぶこれらの信者を「喫菜事魔《きっさいじま》」〔菜食して魔に仕えるという意味〕とよんだ。中国のマニ教は、強い平等主義や祖先崇拝もふくむ偶像崇拝の禁止、そしてキリスト教から受け継いだ家父長的な一神教を特徴としている。

書画骨董を愛好した徽宗（伝記53）のもとで、宋の宮廷は民衆に重税を課した。もっとも民衆の怒りをかったのは、「花石綱」とよばれた献納品の特別輸送である。庭園や離宮の造営をことのほか好んだ徽宗の趣味を満足させるために、めずらしい花や奇岩を地方から都に輸送させることだ。奇岩の多くは南方の湖や南西の山岳地帯から運ばれ、南部の亜熱帯地方は貴重な植物の供給源となった。唐代中期以降、中国の経済の中心は華北から華南に移動していたが、政権の中枢はいまだに華北出身者に占められ、江南地方は王朝を支えるためにますます重い税金をしぼりとられていた。

方臘は、浪費を続ける宋の宮廷に対する江南地方の民衆の怒りをあおった。宋の宮廷は北方のふたつの異民族国家、契丹（遼）と西夏を懐柔するために、中国南東部の人民の「血と脂」を気前のいい「歳幣」〔毎年の貢ぎ物〕にしているとさえ非難した。

一一二〇年の冬、江南地方のマニ教徒はついに行動を起こすことにした。弾圧の危険は覚悟の上である。方臘は一一月一一日を蜂起の日と定め、わずか数千人のマニ教徒とともに反乱ののろしを上げた。政府軍の一部隊を撃破したのをきっかけに、方臘の勢力範囲はたちまち拡大した。反乱軍はまず一二月二一日に郡をひとつ制圧すると、次にははじめて県を落とし、さらに次の県を落とすという勢いだった。一一二一年一月一九日、方臘軍は杭州を手中に入れた。

農民軍の拡大に宋の宮廷はあわてふためいた。方臘の反乱軍が拡大を続けるばかりでなく、それに便乗して、宋のおもな税収源である中国南東部の各地で数えきれないほどの武装蜂起が起きた。徽宗はやむなく腐敗した徽

『水滸伝』の一場面を描いた15世紀の木版画

税担当大臣を罷免し、人々の恨みをかった「花石綱」を中断した。また、南部の反乱を平定するため、政府は遼との軍事的衝突を一時棚上げにして江南に大軍を派遣した。

その間にも方臘の反乱軍は仏教寺院や仏像を破壊し、儒教学校を焼き討ちにし、多数の儒学者を殺害した。こうした乱暴狼藉を見て、江南の郷紳や多くの人々の心は離れた。

一一二一年の初め、宋の大軍が江南におしよせ、方臘が樹立したマニ教徒の支配地域をはさみ撃ちにした。軍事経験も民衆の幅広い支持も欠けていた方臘の弱点がたちまちあらわになった。わずか数か月後に方臘は人里離れた谷間に隠れた本拠地に撤退した。方臘に殺された地方地主の息子がこの隠れ家の場所を政府軍に密告したため、五月一二日、この谷間を政府軍が襲った。最後まで抵抗した信徒七万人を虐殺し、政府軍はようやく方臘とその家族、そして側近の身柄を拘束した。こうして捕らえられたマニ教徒の指導者たちは宋の都開封で一〇月七日に公開処刑された。非公式の資料によれば、反乱を鎮圧するために送りこまれた政府の大軍によって、二〇〇万人を超える江南の人々が殺害されたという。

53 徽宗《フゥイゾン》（一〇八二―一一三五）

宋の文化人皇帝

一〇八二年生まれの趙佶《ヂャオジー》は、神宗（在位一〇六七―八五）の一一番目の息子である。本来なら帝位を継ぐ可能性はかぎりなく低かったが、兄の哲宗が一一〇〇年に二四歳の若さで跡継ぎを残さずに世を去り、ただひとりの存命の兄は片目が見えなかった。趙佶の兄弟が派手で豪華な品物を好んだのに対し、彼は書物や絵画を楽しみ、上質な筆や紙、墨など、学問のための小道具を蒐集した。強い影響力をもつ向皇太后（神宗皇后）によって趙佶が次の皇帝に選ばれ、即位して徽宗となった。

それからわずか数年後の一一〇〇年に向皇太后が亡くなると、若い徽宗はやりたい放題の行動をとるようになった。徽宗は地方に蟄居していた蔡京《ツァイジン》（一〇四七―一一二六）を中央によびもどした。蔡京は、いまは亡き「新法党の賢者」王安石（伝記49）の娘婿の兄にあたるが、政治家としては無節操きわまりない人物だった。一一二六年にわたる徽宗の治世のあいだに、蔡京は中断をはさみながら二四年間宰相の座に居座った。徽宗が登用したほかの廷臣もまた、私利私欲にしか関心がないという点では似たりよったりだった。

徽宗は都で数々の大規模な建築計画を実施した。彼は豪壮な宮殿よりも、優雅で自然の景観をそのまま再現し

「五色鸚鵡図」(部分)。徽宗の作とされる。

た離宮や庭園、公園を好んだ。入念に作られた庭園を飾るため、めずらしい植物や奇妙な形の岩が江南から徴発され、民衆に大きな負担をあたえた（伝記52方臘参照）。

徽宗は絵画の才能に恵まれていたといわれ、とくに花鳥画を得意としたが、徽宗の作と伝えられるものすべてが本人の作品とは考えにくい。徽宗は革新的な書家でもあった。徽宗があみだした「痩《そう》金体」とよばれる書体は、当時の宋で発達しつつあった出版事業において、標準的な活字として用いられた。

徽宗はまた、あくことを知らない美術品蒐集家でもあって、有名な書画骨董の数々を集めた。蒐集した一万点以上の青銅器を陳列するために七五の部屋がある宮殿を建て、貴重な書物をおさめた広い私的な図書館を所有していた。

後宮にはたくさんの美女が集められていたが、徽宗は都で芸術的な才能のある女をこっそり愛妾にしていた。この人目をしのぶ親密な関係は、皇帝に深い満足をあたえたようだ。

徽宗は熱心な道教の信徒だった。彼が国中に道教寺院を建設させたため、宋の財政はますます悪化し、国民の税負担は耐えがたいほどになった。その結果、民衆のなかから反逆者や「山賊」が現れて英雄視され、その風潮が大衆小説『水滸伝』を生む土壌となった。江南地方で起きた中国のマニ教徒による有名な反乱は宮廷を震撼させ、さすがの徽宗もほんの一時期だけは浪費をひかえた。

北西部の西夏との争いで部分的な勝利をおさめたのに気をよくして、徽宗は宋の皇族の故郷である現在の北京周辺地域の回復を夢見るようになる。この地域は契丹族の遼王朝の支配下に入ってすでに長い年月がたっていた。徽宗は東北部で勢力を増す女真族と同盟を結び、一世紀以上にわたって宋と平和的に共存していた遼を今こそ討つべきだと考えた。しかしこの同盟は宋の軍事力のもろさを女真族に露呈する結果となり、女真族は遼を滅ぼすやいなや、ただちに宋に向かって兵を進めた。徽宗は太子に位をゆずって南へのがれたが、侵略軍が一時的に撤退したすきにうかうかと都の開封によびもどされ、新帝とともに女真族の捕虜となって連行された。

敵地までの長く屈辱的な旅のあいだに、徽宗の若い息子のひとりは餓死した。譲位して「太上皇」となった徽宗と新帝は、中国最北の省である黒竜江省の僻地に送られ、あたえられた小さな畑を耕して自力で生きるほかなかった。徽宗がわが身を嘆いた詩が残っている。

昔の宮殿はいまどうなっているのだろうか。
今ではときおり見る夢でしか訪れることはできない。
よるべないこの身には、そんな夢さえも遠ざかっていく。

徽宗のもうひとりの息子の構は江南にのがれ、南宋を建てて高宗（在位一一二七—六二）として即位した。高宗はしぶしぶながら徽宗の解放のために努力したが、徽宗はついに帰還の夢を果たせないまま、一一三五年に亡くなった。

54　李清照《リーチンヂャオ》（一〇八四—？）

宋の女流詩人

詩人の李清照は一〇八四年に現在の山東省で生まれた。宋代の典型的な知識人の娘である。父は一〇七六年に科挙に合格して進士となり、南宋の批評家から「散文においては司馬遷（伝記15）以来最高の名文家」と評価されている。母は李清照がまだ幼いうちに亡くなったが、名高い宰相の長女だった。継母もまた有名な廷臣の孫娘にあたり、その廷臣は一〇三〇年に一八歳で科挙を一位で合格して進士になった逸材だった。李清照は宋の最高学府である太学の学生、趙明誠と結婚する。夫もまた、父が宰相という家柄である。まだ結婚前の一七歳のとき、李清照の詩はすでに都で評判になっていた。彼女の手にかかると、日常的なありふれた表現が思いがけないほど美しい詩になった。

「武陵春」
風住《や》みて塵香《かぐは》しく花已《すで》に尽き、
日晩《おそ》くして頭を梳《くしけづ》るに倦《う》む。
物は是《ぜ》にして人は非　事事《じじ》休せり、
語らんと欲して涙先づ流る。

聞説《きくならく》　双渓の春尚《な》ほ好《よ》しと、
也《また》軽舟を泛べんと擬《ぎ》す。
只恐る　双渓の舴艋《さくもう》舟の、
許多《あまた》の愁を載せて動かざるを。〔徐培均『李清照その人と文学』、山田侑平訳、日中出版〕

（風が止んで花はすでに散ってしまい、土に花のほのかな香りが残っている。日が高くなってから髪をとかして身づくろいをするのは物憂いことだ。景色はそのまま変わらないのに、大切な人はもういない。すべてはすぎさってしまった。思い出を語ろうとすれば、言葉より先に涙が流れる。双渓の春は美しいと聞く。小舟を浮かべて舟遊びでもしてみたいが、わたしのこの愁いの重さで船は動かないのではないだろうか。）

結婚後の数年間は李清照にとって幸福な日々だった。夫の趙明誠は古器物や石碑の銘を研究する学者であり、李清照もまた夫の研究に関心をよせ、力添えした。彼女の父は蘇軾（伝記51）の親しい文学仲間で「旧法党」の一員であり、「旧法党」が権力を失うと都から追放された。一方、夫の父は蘇軾の仇敵で、「新法党」のなかで権力を強めた。若い夫婦は政争にまきこまれて長期間の別居を余儀なくされ、さらに夫の趙明誠が「妓女」「歌や舞で客を楽しませる遊女」のもとへ足しげく通ったため、ふたりの生活をとりもどすことはなかなかできなかった。一一〇七年に夫の父が旧法党の内紛に敗れ、宰相職を失って亡くなった。皮肉なことに、これをきっかけに夫婦はふたたびよりそい、趙明誠の故郷の町で一〇年以上もふつうの市民として穏やかに暮らした。李清照はふたりの生活を次のように語っている。

わたしは物覚えがよかった。ときには夕食の後で帰来堂《きらいどう》［部屋の名前］にくつろいでお茶を淹れ、書棚を埋める本をさしては、ある文章がどの本の何ページの何行目に出ているかをあてる遊びをした。正しく言いあてたほうから先にお茶を飲めるのだ。うまくあてられると、わたしたちは茶碗を掲げてどっと笑ったものだ。笑いすぎてお茶が着物にこぼれ、ちっとも飲めないこともあった。わたしたちはこうして暮らし、年老いていくのに満足していた。

この平穏な時期は夫の趙明誠が故郷のふたつの地区の行政官に任命されるまで続いた。その後、女真族の華北侵略がはじまり（伝記53参照）、夫婦は南にのがれなければならなかった。混乱のなかで、彼らは貴重な銘や青銅器、希書、絵画など、これまで集めたものをほとんどすべて失った。続いて趙明誠が死亡。一一二九年の夏のことである。

李清照はまもなく再婚する。ところが新しい夫が仕官のために提出した経歴がでたらめであることがわかり、李清照はそれを表ざたにした。そして離婚を求めたが、その代償は大きく、逆に懲役二年を宣告されてしまう。妻が夫を告発するのを禁じる儒教倫理にそむいたからだ。李清照は投獄されたが、九日後に釈放された。最初の夫のいとこで地位の高い人物の口添えがあったからだ。

離婚後、李清照は二〇年以上も孤独に耐えながら生きた。

55 岳飛《ユエフェイ》（一一〇三—四二）

愛国の英雄

岳飛は一一〇三年三月二四日に生まれ、武術の訓練と基礎教育を受けた。政府軍に歩兵としてくわわり、契丹（遼）の「南都」（現在の北京）を奪還するための軍事遠征（失敗に終わった）に参加したようだ。北宋が、女真族が建てた金と同盟という名の戦略的愚行を犯していた時期のことである。

一一二五年にはじまった金の総攻撃は、華北で宋を破壊しつくした。しかし、これは岳飛のような傑出した才能の持ち主が、南宋（金の侵攻によって都を南の杭州に移した）の初代皇帝のもとで軍事的にのし上がるチャンスでもあった。一一三〇年のなかばに岳飛は軍司令官となり、同時に文官として長江下流域デルタ地帯の長官に任命された。一一三三年以降、岳飛は長江中流域の防衛を指揮し、南宋を代表する四人の軍事指導者のひとりに数えられた。

岳飛は兵士に厳しい軍規を守らせたので、岳飛の兵は民衆の受けがよかった。彼の軍隊が「岳家軍」の名で知れわたるにつれて、岳飛の人気も大いに高まった。

将軍岳飛（緑衣）の肖像。宋代の絵巻。

岳飛は黄河流域に生まれて育ち、奪われた宋の領土をとりもどさんとする愛国者だった。金とその傀儡で、女真族と漢民族の緩衝材の役割を果たしていた斉国を打倒するために、一一三四年、一一三六年、一一四〇年を中心に、何度も華北に遠征し、古都洛陽まで侵入した。勝利はことごとく一時的なものに終わった。しかし岳飛によせる宮廷の信頼は大きく、一一三六年に岳飛の母が亡くなったとき、岳飛は「子としての情」をすてるように命じられ、儒教で定められた長期間の喪に服す余裕もなかった。岳飛の母は息子に恥じぬ愛国者で、彼の背中に「忠義をつくし、国の恩に報いる」という意味の「尽忠報国」という四文字の入れ墨をきざませたといわれている。

徽宗が金に拉致されたとき、ともに捕虜となって連行された秦檜《チンフウイ》という男がいた。彼は一一三〇年に解放されて宋に戻ってきたのだが、彼だけが帰還できた背景にはかなり疑わしい点がある。一一三八年の春、秦檜は宰相と枢密使［軍政最高機関の長］を兼務するよう命じられる。高宗から万全の信頼を得て、秦檜はただちに金と和平交渉に入り、宋は屈辱的な譲歩を強いられた。この講和の内容を知った岳飛は失望をあらわにし、そのせいで一一四一年に軍権を剥奪された。続いて岳飛は謀反の疑いありとして拘留され、一一四二年一月二八日に処刑されてしまう。岳飛の謀反は実際にあったのかと問われて、秦檜は「有るべきこと莫《なか》らんや（莫須有）」［あったかもしれない］と答えている。以来、中国では根拠なく捏造された罪を「莫須有」と言うようになった。

岳飛は一一六二年に南宋の新帝によって名誉回復され、中国の国民的英雄となった。杭州に岳飛の墓である岳王廟が建立され、多くの観光客が訪れる名所になっている。訪れた人々は岳飛に礼拝し、鎖につながれた秦檜の像に向かって唾を吐きかける風習が、つい最近まで残っていた。

56 張択端《ヂャンゼエアドゥアン》（一二世紀初期）

宋代の画家

張択端の生涯について知られていることはほとんどない。わかっているのは、この画家が山東省の生まれで、きわめて重要な一点の絵画、「清明上河図《せいめいじょうがず》」を残したということだけだ。そこに描かれているのは一二世紀初頭の宋の都開封である。この絵はおもに模写によって後世に伝えられた。その多くは、おそらく明代に作成されたものだろう。「清明上河図」のスタイルはほかの絵画と比べてかなり個性的だ。正確で精密な描写は、ほかの一般的な水墨画に描かれる抽象的な風景とは一線を画している。また、花や鳥を色彩豊かに描いた宮廷画とも異なる。

一一二六年に金の侵略を受けて宋は開封を放棄し、宮廷は南の杭州に移った。張択端が描いた単色の絵巻には、迫りくる悲劇の影はみじんも感じられない。この絵は見る者を川に沿って農村から都の巨大な城門へ、そして大

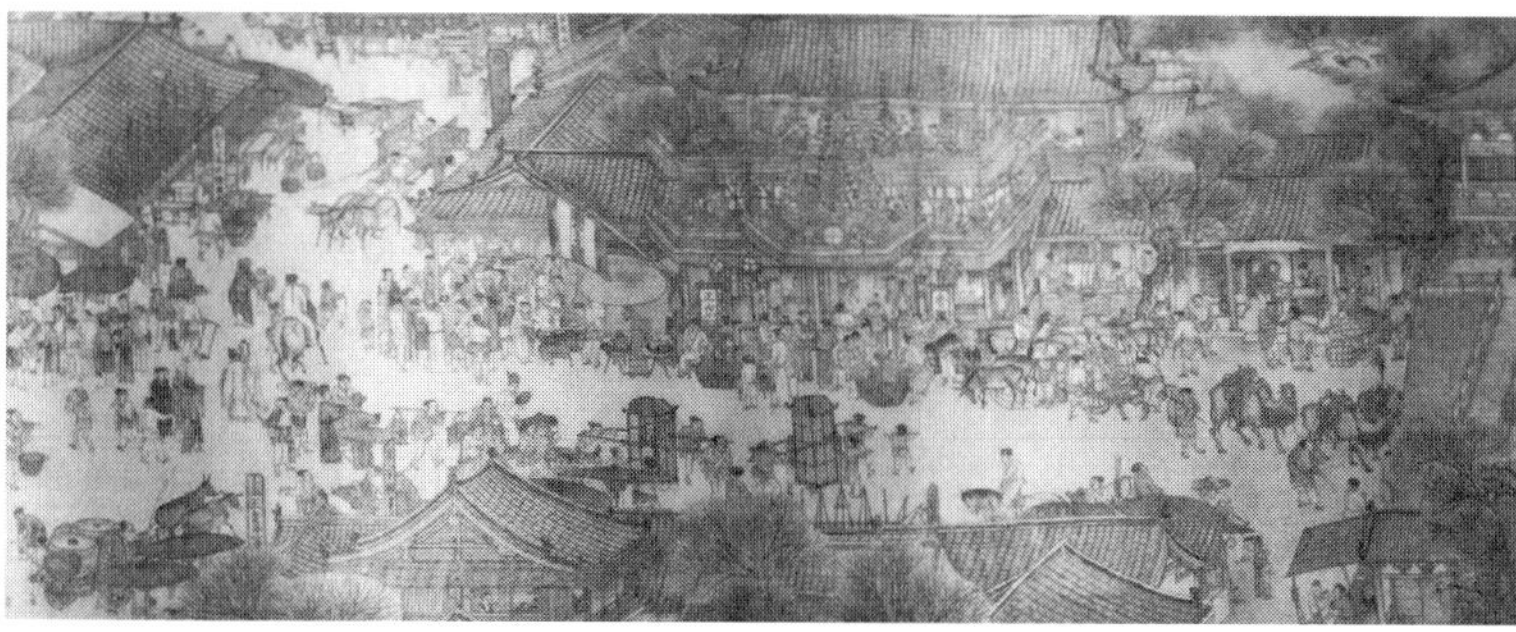

張擇端の「清明上河図」の有名なふたつの場面

勢の人でにぎわう都の中心の大通りへといざなう。通りには数々の店、露天商、飲食店がならび、買物客や旅行者、運搬人や家畜を引く人などがあふれている。

張擇端が描いた活発な商業活動は、宋代の経済発展の大きな特徴である。病気に強い新種の早稲の米がインドシナ半島から伝わったおかげもあって、一一世紀に農業生産性が向上した。その結果、農民のなかから農業を離れて織物業や窯業、出版業などに進出する者が出て、手工業が発展したのである。

宋代には都市の形態にも変化があった。唐の都長安（現在の西安）は、ひとつひとつの区画が壁に囲まれ、夜間の外出制限や市場の統制を容易にしていた。ところが宋の主要都市には内壁や夜間外出制限がなく、結果的に市場が繁栄した。宋代には商業経済の発展により、航行可能な水路が国の広範囲に張りめぐらされ、川や運河を通じて

張擇端の「清明上河図」の一場面

国中に商品が輸送されるようになった。拡大する都市の住民には、国産も輸入品もふくめて、あらゆるぜいたく品が届けられた。宋代には国内市場の急成長により、はじめて紙幣が作られ、切手や約束手形、為替手形といった譲渡可能な有価証券も使われるようになった。

張擇端の絵には、開封の道の両脇に立ちならぶさまざまな店や露店商が描かれている。三階建ての飲食店や、正面の壁がないこじんまりした建物にテーブルと椅子を置いた店もある。屋根のかわりにむしろを日よけにし、簡易テーブルの上に皿をならべた小さな露店もある。むしろの日よけをかけた別の露店では、路上に敷物を広げ、そこにハサミや包丁をならべて客に見せている。川に停泊した船から運搬人が荷物を投げ下ろしている。ブタの群れをつれて田舎の道を行く人がいる。大きな荷物を背負ったラバや、二頭がくびきにつながれて荷車を引くラバがいる。水牛や背の高いラクダは荷物を山と積んだ大きな荷車を引いて、巨大な城門の下をゆっくりくぐろうとしている。天秤棒にぶら下げたかごに農産物を入れて売り歩く商人、かついだ棒の先に売り物の帽子を何十個もぶら下げた小物売り、雑踏をかき分けて中国式の手押し車（荷台の中央に車輪がついている一輪車）を押すふたりづれ。駕籠かきが肩に棒を乗せ、箱型の駕籠をかついでいる。役人が長衣をひるがえし、つばの広い黒いシルクハットをかぶって、馬に乗って城門を通りぬけていく。

この絵巻のハイライトのひとつは、川にかかる大きな橋の周辺のにぎわいだ。さまざまな種類の船と同様、この橋の構造はきわめて精緻に描かれている。橋の欄干から身をのりだす通行人がいる。視線の先には流れにもまれて橋に近づく船がある。橋の下をぶじに通りぬけようと、船員が必死にマストをたたもうとしている。船尾では数名が流れに逆らって懸命に船をこぎ、水夫が総出で橋の側面を棒で押し、橋から船を離そうとしている。その向こうでは、この船にぶつかられそうになって、岸につないだ船から人があわてて逃げ出そうとしている。

張擇端の絵は活気にあふれていると同時に、静謐感もただよう。茶店の客はすぐ側の橋で起きている騒ぎにも気づかず、お茶を飲み、会話を続けている。この驚くべき絵画は、宋代の都市の発展と商業の拡大をみごとに写し出している。

57　朱熹《ヂュシー》（朱子）（一一三〇―一二〇〇）

朱子学の創始者

朱子学の創始者である朱熹［朱子は尊称］の祖先は、江西省と安徽省の省境地域の出身といわれている。朱熹自身は一一三〇年に、もっと南の沿岸部にある福建省で生まれた。父は中級の地方官で、南宋と金の争いでは金に対する屈辱的な講和に反対したひとりである。

朱熹は生まれつき探求心旺盛で鋭い知性の持ち主だった。三歳のとき、頭上にあるのは「天」だと父から教えられて、すかさず「それでは天の上には何があるのか」とたずねたという。父は朱熹が一三歳のとき、今後は宋代に生まれた新儒学の思想家として名高い程顥《チォンハオ》と程頤《チォンイー》兄弟の三人の弟子に師事するようにと言い残して亡くなった。この三人の師は、道教や仏教も偏見のない態度でとりいれた。

一一四八年、朱熹は一八歳で科挙に合格し、進士になった。しかし朱熹は官僚の仕事にあまり熱意がなく、学問を深め、ほかの学者と意見を交換し、新儒学の理論や学説を発展させることに没頭した。科挙に合格してから亡くなるまでの半世紀のあいだ、朱熹が政府の役人として仕えたのは一〇年たらずで、宮廷につとめていたのはわずか四六日しかない。

朱熹が重視したのは教育で、長いあいだ弟子に学問を教えた。一一七九年、朱熹は廬山《ろざん》のふもとの私立学校、白鹿洞《はくろくどう》書院を再建し、学校の標語や学則を定めている。この学校はそれから八世紀ものあいだ、中国でもっとも重要な学問の場のひとつでありつづけた。

朱熹は儒学の経典のなかから『大学』、『中庸』、『論語』、『孟子』を教えの中核として選び、それ以来これらは「四書」とよばれるようになった。朱熹は口語に近いわかりやすい言葉を使って、これらの古典的書物に注釈をつけた。宋代以後は四書と朱熹の注釈が科挙の出題の基本となり、中国が中華民国となる直前に科挙が廃止されるまでそれは変わらなかった。朱熹の弟子たちは、朱熹の問答や発言を集めた語録を編纂したが、これはおそらく口語的な文体で注釈をつけた師のやり方にならったのだろう。また、禅宗の高僧の言行を記録した語録が、宋代にはかなり口語に近い文体で書かれていたので、それをモデルにしたとも考えられる。

朱熹の思想は万物をつらぬく「天理」（自然法則）に重きを置いた。朱熹は人間に内在する道徳的本性を天理のひとつと考え、我欲を悪や不道徳の根源とみなした。社会の悪を解決する方法は、「天理を存し人欲を去る」［天理に従い欲望に打ち勝つ］ことだと朱熹は説いた。道徳的厳格さを求めるあまり、寛容性や憐みの情に薄い面もあった。朱熹のそうした性質は、一一九四年の夏、宋の光宗が息子に帝位をゆずったときの行動に表れている。朱熹は皇帝譲位の報を聞くと、新帝即位の慣例にしたがって恩赦が布告される前に、ただちに一八人の死刑囚を処刑してしまったのである。

同様に一一八二年の夏、朱熹は浙江省東部の税務監督官在任中に、その地域の知事を弾劾する文書をくりかえし宮廷に送っている。朱熹は知事が妾と不道徳な関係にあると告発し、その女性を逮捕して拷問した。皇帝でさえこの論争を「学者同士の無益な争い」と評したといわれている。拷問された無力な遊女は何か月も牢に入れられて衰弱しきっていた。この女性の書いた詩を朱熹の後任が読んで、ようやく彼女は釈放された。

だれが好んで風塵に身をさらすでしょうか。
これは前世の宿命なのでしょう。
花が定めのときに咲いて散るように、
すべては天の定めです。
だれもがいずれは旅立ちます。
どれほどとどまりたいと願おうと。
髪を飾る野花が少しあるだけでいいのです。
この卑しい身がどこへ帰るのかと、どうぞおたずねくださいますな。

朱熹は官吏としての手腕を評価され、宋の知識人のあいだでしだいに名声が高まった。しかし宋の皇帝や同時代の有力者には朱熹の教えや理論はあまり評価されなかった。朱熹の思想は「偽学」の烙印を押され、一一九六年に監察御史［官吏の行状を観察する官］が朱熹を一〇項目の罪で告発した。そのなかには彼の個人的な道徳性に対する悪意に満ちた攻撃の数々もふくまれていた。なんとふたりの尼僧を妾にしたという罪状もあったのである。理由は明らかではないが、朱熹は簡単な文書一枚でその告発を認めてしまった。朱熹の思想が弾圧されると、官僚になった大勢の弟子たちも罰せられたが、朱熹はこれまでどおり弟子たちに教えつづけた。朱熹は一二〇〇年四月二三日に亡くなった。名誉が回復されるのはそれから九年後である。朱熹が集大成した新儒学は朱子学とよばれ、中国だけでなく韓国や日本でも近年まで社会規範として尊ばれた。

58 馬遠《マーユエン》（活躍期一一九〇頃―一二二五）

宮廷画家

馬遠（字《あざな》は欽山《チンシャン》）は南宋時代に銭塘（現在の浙江省杭州）で生まれた。中国の古典絵画を代表するもっともよく知られた画家のひとりである。五世代にわたる宮廷画家の一族で、その歴史は曽祖父の馬賁《マーベン》にはじまり、馬遠の息子の馬麟《マーリン》まで続いた。全員が宮廷画家として宋の皇帝に仕えている。馬遠は三人の皇帝に仕え、画院侍詔［画院は宮廷の絵画制作機関で、侍詔は最高位の画家］まで昇進した。最後には画家として望みうる最高の栄誉である金帯を賜っている。

馬一族は河中（現代の山西省永済市近く）出身だが、華北が女真族に侵略されたとき、宮廷とともに華南にのがれた。一一一五年に女真族が華北で金を建国すると、宋は南に首都を移して南宋を建てた。そのため馬遠は洗練された文化をもつ杭州で生まれ育っている。それが馬遠の芸術に大きな影響をあたえているのはまちがいないが、馬遠の人生について、こうした数少ない事実のほかにはほとんど何も知られていない。

その生涯についてわかっていることは極端に少ないが、馬遠が宮廷で高く評価されたのは確かだ。とくに寧宗《ねいそう》は馬遠のいくつかの作品によせる詩を書き、寧宗皇后楊氏も馬遠の多数の作品に跋文《ばつ》［書物や書画の来歴や感想を記した短い文］を書いたという。馬遠の絵には「馬一角」とよばれる構図法が用いられている。これは画面の一

馬遠「踏歌図」

角のみに主要な風景を描き、対角線上に余白を残して、別の一角に薄墨で二番目の風景を描く手法だ。この構図によって絵に劇的な非対称の遠近感と奥行きがかもし出され、中国絵画の主流の画法として定着した。

馬遠の絵のもうひとつの特筆すべき特徴は、その精密さだ。その絵には「厳格な精密さ」があるといわれる。さらに馬遠は斧劈皴《ふへきしゅん》とよばれる画法を用いた。これは斧で削りとったような峻厳な岩肌の立体感を表現する手法で、筆を鋭く斜めに引くことによって得られる効果だ。こうした技法があいまって生まれるむだのない優美さこそ、馬遠が称賛されるゆえんである。

しかし、こうした特徴の多くは、李唐（一一三〇年以降に死去）が最初に考案したものだ。李唐の画風は北宋の複雑で重厚な芸術から南宋画の夢想的な性質への過渡期に位置している。李唐は北宋最後の数年間に画院の上級の山水画家だった。馬遠は花鳥画や人物画を描かなかったわけではないが、得意としたのはやはり山水画である。大きな山水絵巻を数点作成したようだが、現存するものは一点もない。また、険しい山と流れ落ちる滝、逆巻く急流とそびえたつ松の木を描いた縦長の絵巻も描いている。ほとんど墨一色で描かれた馬遠の山水画は、写実ではなく理想化した自然を描き、自然に対する哲学的な見方を反映している。

馬遠はつねに画院のもうひとりの画家、夏珪とともに、山水画の大家として「馬夏」とならび称されている。馬遠とその同時代の画家による暗示的な山水画に触発されて、非対称な構図と鋭く切りこむ筆使いが特徴の、似たような画風の絵が次々に描かれた。馬夏の山水画は、のちの批評家によって「残山剰水」［そこなわれて残った山や川］しか描かれていないとけなされることもある。宋を代表する画家の画風を見くだしたこの評価は、国土全体をモンゴル族に奪われた宋王朝の弱体化に対する皮肉な見方が大いに影響している。明代になって漢人による帝国が復興すると、馬夏の山水画はふたたび評価され、その影響は一五―一六世紀の日本のすぐれた水墨画にまで広がった。

馬遠の代表作に、「楊柳山水図」と「山径春行図」がある。「楊柳山水図」は、画集の一枚として団扇（丸い団扇の片面に絵画、片面に詩が書かれ、南宋の画院の画家が好んで用いた）に描かれている。絵のなかにはさまざまなものが書きこまれているが、それらのほとんどは、ぼんやりとして形がはっきりしない。ただ二本の柳の木だけがくっきりと描かれ、その左側に川にかかる風雅な橋が見えるだけである。もう一点の絵は、自然のなかですごす喜びをあますところなく表現している。左隅（「馬一角」）にはひとりの学者が立ち止まって、二羽のコウライウグイスが飛び交い、鳴きかわすのを眺める姿が描かれる。その後に学者の胡琴をもってつき従う侍童がいるが、非常に小さいのでほとんど目につかないほどだ。画面の左にうっすらと山の姿が示され、構図の右全体は、この風景を歌った二行詩が書かれている以外は、完全に余白である。

59　丘処機《チィウチュジー》（丘長春《チィウチャンチュン》）（一一四八／五七頃―一二二七）

全真教指導者

道教の道士、丘処機は海に面した山東省の農民の家庭に生まれた。子どもの頃に両親と死に別れ、一一六七年に全真教の開祖、王重陽に弟子として引きとられるまで、ほとんど教育を受けたことがなかった。このとき処機という名前と、長春という道号を授かった。

道教は北宋時代、とくに徽宗（伝記53）のもとで勢いをとりもどしたものの、女真族に征服された華北などでは数々の試練に襲われ、道教内に改革の機運が生まれた。そのなかでもっとも影響力が強かった教団が全真教である。全真教は、変わり者とみなされた王重陽という人物が創始した一派で、丘処機は王重陽の四番目の弟子にあたる。

死後に描かれた丘処機の肖像

全真教は前近代の中国において「三教」とされた儒教、仏教、道教を合一する立場に立っている。インド仏教の思想から輪廻や因果応報など多くの概念をとりいれた。般若心経を高く評価したほか、禁欲主義の伝統をもつ仏教やジャイナ教にも強い関心を示した。全真教の道士はあらゆる世俗的な所有物を放棄するよう求められるだけでなく、厳しい禁欲を続けなければならない。それが旧道教との違いで、旧道教では性的関係は「生命力」を養う方法だとみなされていた。この点で、処機は重陽の教えを究極まで実践したといえるかもしれない。彼は宗教上の義務に専念し、肉欲を断つために、自分で去勢したと伝えられている。

創始者である重陽が一一七〇年に世を去ったとき、全真教は主として華北の庶民のあいだに広まっていた。重陽の七人の弟子は庶民への布教活動を続ける一方、社会の上層部にもこの新しい教団を拡大しはじめた。長年の孤独な修養と禁欲的瞑想をへて、処機は支配階級への布教に大きな役割を果たした。一一八八年には金の皇帝世宗とすくなくとも二回会見し、教団の影響力をいちじるしく高めた。

一一八六年に処機は全真教の本山にあたる道場の住職となり、一二〇三年には全真教の最高責任者となった。処機は貧民の救済などを通じて民衆のためにつくし、権力者との政治的結びつきを強めて、教団の拡大のために精力的な活動を続けた。

処機はさらに遠大な政治的野心をいだいていた。モンゴル族と直接の交流はなかったが、処機は彼らが将来大きな勢力になるだろうと鋭く見通していた。一二一六年以降、処機は金の君主からの謁見の招きをたびたび辞退している。金王朝がゆらぎはじめると、処機の故郷の山東省の各地で南宋との同盟を求めるところが出はじめたが、処機は宋の使節からの招待を断わった。

一二一九年末に処機との会見を求めるチンギス・カンの親書をたずさえた使者が中央アジアから訪れると、処機はこの招待を受けた。一二二〇年二月二三日、処機は一八人の弟子をつれて山東省を発ち、北上して一か月後に北京近郊にたどり着いた。そこでチンギス・カンがはるか西方のサマルカンドに遠征中であると知らされ、処機は彼が遠征から帰還するまで会見を延ばしてほしいと手紙を書いた。しかしチンギス・カンは、処機にそのまま旅を続けて会いに来るように命じた。

チンギス・カンからあたえられた保護と援助があっても、広大なアジア大陸を横断するのは想像を絶する旅だった。処機の若い弟子のひとりは道中で命を落とした。モンゴル高原とゴビ砂漠を抜け、処機の使節団は一二二一年一一月にようやくサマルカンドに到着した。

処機は一二二二年にチンギス・カンに三度面会した。不老不死の薬を探し求めていたチンギス・カンは、臣下から処機は三〇〇歳だと聞かされて、処機に向かってうやうやしく「神仙」とよびかけた。処機は、長寿は神秘的な薬などではなく健康的な生活から得られるのだと正直に答えた。そして平和主義と命の尊重という仏教的な性格のある全真教の教義を説いた。また、中国の国土がいかに豊かであるかを説き、華北にいる女真族を打倒するよう暗にうながした。

翌年、処機は帰国のため東に向かうモンゴル軍とともにサマルカンドを出発した。チンギス・カンと別れた後、彼は天山山脈を越えて中国に入り、一二二四年の春にようやく北京に帰り着いた。

処機はチンギス・カンから贈られた世俗的な贈り物はすべて辞退したが、処機をモンゴル国家における道教の最高責任者と認めるという布告を手に入れた。「神仙」とよばれた処機自身は一二二七年の夏に北京で世を去ったが、チンギス・カンとの出会いによって得たまたとない有利な政治的立場を生かして、全真教は元王朝のもとで、もっとも大きく影響力のある道教の教団に成長するのである。

元につづく明王朝（一三六八―一六四四）では、処機は中国の宦官（その多くは自分で去勢した人々）から「守護聖人」に祭り上げられた。

60 元好問《ユエンハオウェン》（一一九〇―一二五七）

詩人・歴史家・金の歴史の保存者

元好問は一一九〇年、現在の山西省忻州市（唐の大詩人、伝記42白居易の故郷太源市の近く）の知識人の家庭に生まれた。そのころ華北は金王朝の支配下にあった。元好問は華北を四世紀から六世紀なかばにかけて支配したかつての遊牧民、拓跋部の末裔で、成長後は金の忠実な臣下となった。

モンゴル族が侵略を開始すると、金は何度も手痛い敗北を喫し、一二一四年にはモンゴル兵が元好問の故郷の県の中心部を制圧した。このとき元好問の兄もふくめて、住民はひとり残らず虐殺された。その年の夏、金の宮廷はやむをえず北京から南に移動し、宋の旧都開封に移った。こうして金は故郷である中国東北部と、そこに残っていた女真族とのつながりを断たれたのである。一方、南宋は経済的に繁栄し、軍事力をたくわえて金の侵攻を防いだ。

南宋では強い民族意識が生まれ、モンゴル族による侵略に数十年間もちこたえていた。そのあいだに華北住民の政治的な忠誠心には微妙な変化が生じていた。華北に暮らす人々は、漢人であれほかの民族であれ、一世紀以上も「蛮族」、すなわち遊牧民の支配を受けて生きてきた。北京周辺の地域にいたっては、蛮族の支配は数世紀にもおよぶのである。華北に民族的な摩擦は深く根を下ろしているとしても、彼ら「華北人」は南宋宮廷に少しの共感もいだいていなかった。彼らのなかの知識人階級は、元好問もそのひとりだが、自分たちこそ「中原」を受け継ぐ正当な中国人であると考えており、女真族の支配をなんの躊躇もなく受け入れていた。

こうした考えと自分の遊牧民のルーツに対する意識から、元好問は金へのゆるぎない忠誠心を育てた。一二二一年に金の官吏採用試験に合格し、中央の官についていた一二三二年、金の都の開封がモンゴル軍に包囲される。元好問は、クーデターを起こして開封をモンゴル軍に明け渡した金の将軍に強要され、命とひきかえにこの将軍をたたえる碑文を起草した。それが彼の生涯ただひとつの「汚点」となった。（開封を開城したことで餓死寸前の民衆が救われたのは事実である。攻撃によって陥落していれば、虐殺はまぬがれなかっただろう。）

モンゴルによる金の征服後、元好問は仕官せずに市井の人として生き、一二五七年に六七歳で亡くなった。戦乱は続いたが、元好問はその文学的名声が幸いして、比較的快適で平穏な生活が送れたようだ。モンゴル宮廷の閣僚をつとめる有名な耶律楚材《イエリュチュツァイ》と手紙のやりとりもあった。耶律楚材は契丹王族の血を引く漢化した家系の出身で、金が滅んだのち、モンゴル政府に召し出されていた。一二五二年には当時のモンゴル皇帝モンケ・カアンの弟で、強い影響力をもつクビライ（伝記61）の謁見も賜っている。元好問はクビライに儒教の振興を願い出た。

遊牧民の家系であることを考えれば、元好問はおそらくモンゴル宮廷に仕える意欲があっただろう。しかし、当時のモンゴルはすでに南宋征服に目標を切り替えており、支配者である彼らにとって元好問の使い道はほとんどなかった。元好問は金王朝の歴史と文化を後世に残すために残りの生涯を捧げた。彼は個人的に歴史論文『壬辰雑編』〔壬辰は干支で、一二三二―一二三三年にあたる〕を執筆した。一〇〇万字を超えるこの書は、のちに元の宮廷がまとめた金の公的な歴史書〔『金史』〕のおもな下敷きになったと広く認められている。彼の『中州集』は金の作家・詩人による作品を多数集めたもので、この選集がなければ金の文学者は南宋の作家の影に隠れて忘れられていただろう。彼が残した記録のなかでもっとも衝撃をあたえるのは、モンゴル族による猛攻撃で大混乱におちいった華北で、漢人農民が女真族への大規模な民族虐殺をくりひろげるのを見たという、元好問独自の証言である。「蛮族」と称された遊牧民の漢化された末裔である元好問は、金への忠誠心を最後まで失わなかった。元好問の証言がなければ、この重要な歴史の一部分は完全に忘却の彼方に追いやられていただろう。

61

クビライ・カアン（一二一五―九四）

中国皇帝となった遊牧民の君主

中国初のモンゴル族皇帝となったクビライは、一二一五年九月二三日に生まれた。チンギス・カンが金王朝の中都、北京を陥落させてからわずか一〇〇日後のことである。クビライの父、チンギス・カンの四番目の息子のトルイはほとんどいつも軍事遠征に出ており、クビライはおもに母の薫陶を受けて育った。ネストリウス派キリスト教徒であった彼女は、四人の息子全員にしっかりした教育を授けるように心がけた。しかしクビライはキリスト教徒にはならず、中国語の読み書きも覚えなかった。

クビライの兄モンケは一二五〇年と五一年の二回のクリルタイ（モンゴルの部族長会議）で大カアンに選出されて即位した。モンケは弟のクビライとフレグをそれぞれ華北と西アジアに配置した。クビライはもともと華北内の自分の封土で育ったので、モンゴルの帝位を継ぐ資格のある男子のなかで、もっとも中国の文化や政治制度に精通していた。また、彼は有能な漢人の助言者や補佐役を手もとに置いた。

南宋の激しい抵抗に手こずり、モンケは一二五二年に中国南西部の側面攻撃をクビライに命じた。クビライは南宋とチベットの過酷な国境地帯を何千キロも行軍し、一二五四年に独立国である大理（現在の雲南）を征服して、初の大規模な軍事遠征を大勝利で飾った。大理国の王は徹底的に抵抗したが、クビライはモンゴルの慣習である虐殺を行なわなかった。この遠征で、クビライは学識の深いチベット僧パスパ（伝記63）と出会い、親交を深めた。モンゴル族は伝統的にあらゆる宗教に寛容だったが、クビライは宗教的寛容性を維持する一方で、チベット仏教に傾倒していった。

一二五九年、モンケはおそらく戦場で負った傷が原因で、四川攻撃中に亡くなった。クビライと弟のアリク・ブケが別々のクリルタイでそれぞれ大カアンに選出され、三年間の内戦ののち、クビライが勝利をおさめた。クビライは広大なモンゴル帝国より、東アジアに将来性を見出していた。一二六〇年に即位するにあたって、クビライは中国風の元号を採用した。一二六六年には契丹と女真族の都だった現在の北京に大都の建設を命じた。一二七一年、クビライは国号を元とあらため、新たな中国の王朝を樹立した。一二七九年にはついに南宋の征服も完了した。

儒教的価値観を受け継ぐ中国皇帝としての側面をますます明確に打ち出しながら、クビライの心には国内の圧倒的多数を占める漢人の忠誠心に対する疑いが芽生えていた。おそらく一二六二年に起きた華北の漢人軍閥李壇《リータン》の反乱がきっかけになったのだろう。この反乱の鎮圧には成功したが、これで漢人に対する警戒心をもったクビライは、差別的な法と規則を定めて、人種にもとづく社会的階層を構成した。いわゆる色目人（「各種の人々」という意味）、すなわちおもに中央アジアや西アジアの出身者を、生粋の漢人や漢化した異民族よりも優遇する制度である。この身分制度により、従来は社会の非主流派に位置していた人々に大きなチャンスがあたえられ、

狩猟中のクビライ・カアンと従者

征服者であるモンゴル族に協力する人々が続々と中国に流入した。ヴェネツィアの商人で、のちに旅行記を出版したマルコ・ポーロの一家も（一説には）そうした人々の一部だった。パクス＝モンゴリカ（モンゴル族による中央アジア全土の支配）によって、大陸間の通商や人の行き来が可能になった。それは隋や唐以来のどの時代にも見られない大規模なものだった。クビライは中国に定住する才能ある人材や行政経験のある人物を求めており、イスラム教徒が大半を占める新しい移民はその要求にこたえた。しかし、彼らは同時に漢人のあいだに反感を生んだ。さらに移民の増加によって、中国の基本的な民族や宗教別の人口構成は変わりはじめたのである。

東アジアでは向かうところ敵なしだったモンゴルの騎馬兵も、華南を越えて勢力を広げることはできなかった。クビライのさらなる軍事的侵攻は、相手国の有名無実な服従か、正真正銘の惨敗に終わっている。日本には二回遠征軍を送ったが、二回とも日本海で暴風にみまわれ、とくに一二八一年八月の遠征では台風によって大きな犠牲を出した。モンゴルの大船団は神風のおかげで海に沈んだと日本では考えられてきた。日本が太平洋戦争で特攻隊を神風と名づけたのは、その記憶がよみがえったからだろう。

クビライは中国を再統一し、平和と経済的復興をもたらした。また、紙幣を復活させた。ところが初めのうちこそ順調だった紙幣による通貨政策は、紙幣の乱発によって混乱におちいり、最終的に元王朝を滅亡に導くのである。クビライの長い治世はおおむね平穏だったが、有力な部族の出身でクビライに寵愛された皇后チャブイが一二八一年に亡くなり、皇太子チンキムも一二八五年に先立つと、クビライはその死を嘆き悲しんだ。クビライは一二九四年に北京で世を去った。

62

関漢卿《グァンハンチン》（活躍期一二四〇頃—一三〇〇）

中国演劇の創始者

劇作家の関漢卿は一二二〇年代に生まれたと考えられている。ときおり南部に旅をしながら、一三〇〇年以降まで生涯の大半を首都大都［現在の北京］ですごした。

元王朝では、政府の官職につけるかどうか、そしてそこで出世できるかどうかは、ほぼ民族や世襲の条件で決められていた。科挙は実施されなかったか、あっても大体は有名無実だった。そのため、前近代の中国社会を伝統的に支えてきた教養ある漢人知識人には出世栄達のチャンスがほとんどなかった。儒学を学んだ漢人知識人の元での社会的地位を表す言葉に、「九儒十丐《きゅうじゅじっかい》」がある。丐は乞食のことで、儒学を学んだ知識人は娼婦と乞食のあいだの九番目の階層という意味だ。政治的に出世する希望をもてなかったので、漢人知識人は官吏として成功するという伝統的な人生以外の道を求める必要があった。演劇の分野で活躍した関漢卿もそのひとりである。関漢卿は才能豊かで多作な戯曲家で、六〇を超える劇（雑劇とよばれる）を制作した。そのうち現存しているのは一八作品で、そのほかに多数の散曲［メロディに合わせて歌われる歌曲］も残した。自分が舞台に立って演じることもあった。

関漢卿の戯曲は大半が口語体で書かれ、大人気を博した。テーマはさまざまで、歴史上の事件や裁判劇、恋愛、家族や社会的な出来事などを描いている。当時の漢人のあいだでは、戯曲作家、関漢卿の名が知れわたっていたので、関漢卿の名前はほかの人気戯曲家を表す代名詞としても通用したほどだ。彼は元曲［元代の戯曲］の創始者であり、中国文学史上初の本格的演劇を代表する卓越した戯曲家と考えられている。

関漢卿の戯曲と演劇は、異民族の支配下で漢人知識人が独自の文化路線をたどったことを象徴している。モン

元代の俳優の像

ゴル族の征服者も中央アジアや西アジア出身の「征服協力者」も、漢人とは異なる文化のなかで暮らし、彼らの国家のほぼ末期まで、大半が中国語を理解しなかった。

関漢卿の戯曲は反モンゴル感情を代弁していた。劇中では賢明な漢人の廷臣が悪役をこらしめ、皇帝が中国語を理解できないことがほのめかされ、モンゴル貴族が中国人に乱暴を働いても罰せられない実状が描かれた。代表作『竇《とう》娥《が》冤《えん》』は、腐敗しきった政府を告発する物語だ。関漢卿は女性の登場人物への共感に満ちた物語を数多く書いていることから、女性解放論者の先駆けとみなされている。そして彼の知識人層に対する称賛の念は、「才人佳人」（才知ある知識人と美貌の女性）のありきたりな恋愛物語をはるかに凌駕する関漢卿独特の戯曲として結実した。

関漢卿の反政府的で漢人びいきの演劇はさかんに上演され、戯曲としても読まれたが、元政府からの反発はほとんどなく、ましてや禁止されることはなかった。元の滅亡後に誕生した中国政府は反乱に結びつく可能性のある文学作品の取り締まりに熱心だったが、元が唯一警戒していたのは、漢人（および高麗人と漢化した契丹族や女真族）を武装させないことだけだったのである。

63

パスパ（一二三五―八〇）

チベット仏教の指導者・パスパ文字の制作者

パスパ（パクパ）は本名をロテ・ギャンツェンといい、一二三五年に現在のチベット自治区シガツェ市で、チベット仏教サキャ派の有力氏族コン氏に生まれた。

サキャ（「白い土地」または「灰色の大地」）は地名だが、チベット仏教の宗派の名前であり、コン氏にゆかりの深い寺院の名称でもある。パスパの曽曽祖父にあたるコンチョク・ギェルポが一〇七三年にこの宗派を創始した。幼い頃両親に死に別れたパスパは、おじのサキャ・パンディタに養育された。サキャ・パンディタはサキャ派の五先師とよばれる五人の傑出した指導者のうち、四番目に数えられる学識豊かな高僧である。パスパは幼少期からとびぬけて聡明で、仏典をよく習い覚えたので、「聖者」を意味するパスパの名でよばれるようになった。

当時はモンゴル族による征服がもっともさかんな時期で、サキャ派とつながりのあった仏教国の西夏は、チンギス・カンが死亡する直前の一二二七年に征服された。チベット仏教の各派はモンゴル族の侵攻を脅威であると同時にチャンスともとらえた。先見の明のあるサキャ・パンディタは、チベット仏教の座主としてはじめてステップ地帯の遊牧民だった征服者モンゴル族に接触した。彼は一二四四年末にパスパをともない、滅亡した西夏の領土だった涼州（現在の甘粛省武威《ぶい》）におもむいた。一行は一二四六年夏に到着し、一二四七年の初めにモンゴルの皇子コデンに拝謁した。こうしてチベットはほぼ平和的にモンゴル帝国に統合され、モンゴルの支配者はチベット仏教の信徒となった。

涼州でおじとともに仏教研究を続けているうちに、パスパは中国人、ウイグル人、そしてモンゴル族の文化に対する理解を深めた。サキャ・パンディタは一二五一年に亡くなり、サキャ派の座主は一六歳のパスパに引き継

パスパ文字で碑文がきざまれた墓石

がれ、パスパは五先師の五番目に数えられるようになった。翌年の夏、モンゴルの若き皇子クビライ（伝記61）が雲南地方の独立国である大理へ遠征する途上でパスパを野営地に招いた。パスパの学識の高さに感銘を受けたクビライは、パスパから灌頂［頭頂に水をそそぐ仏教の儀式］を授けられ、パスパを上師としてうやまった。パスパはクビライとともに華北に入った。一二五五年、成人に達したパスパは、正式に僧侶となった。

クビライが一二六〇年に大カアンとして即位してまもなく、パスパは国師の称号をあたえられ、帝国内の仏教界全体の統率者として認められた。一二六四年には封建領主としてチベットの行政権もあたえられる。その年、パスパは自分の封土となったチベットに帰国し、行政と壮大なサキャ南寺の建設を監督する。サキャ南寺はサキャ派が新たに獲得した権威の象徴となった。サキャ派の座主はその後もモンゴル族支配者の家系から妻をめとり、元王朝の末期までこの領主権を維持した。

パスパは一二六八―六九年の冬に北京に戻った。彼はクビライの皇太子チンキムを先頭に、高官からも庶民からも、あたかも「仏陀の生まれ変わりであるかのような」前例のない歓迎を受けた。

クビライの命令により、パスパは新しい文字の作成に取り組んだ。これまでモンゴル語はウイグル文字によって書き表されていたが、その表記は完全とはいえなかった。新しい文字はウイグル文字だけでなく、帝国内で使用されるすべての言語を表記する統一文字として作られた。チベット文字をもとに作られた縦書きのパスパ文字は「国字」に制定された。元王朝の滅亡後は使われなくなったが、パスパ文字で表記された多くの文書（モンゴル語や他言語で書かれたもの）が現存し、言語学の価値ある資料となっている。また、パスパ文字は中国語を表音文字で表記しようとした初の試みでもあった。さらに、一五世紀に作られた非常によくできた朝鮮のハングル文字も、すくなくとも部分的にパスパ文字の影響を受けていると一般に考えられている。

パスパは一二七〇年に国師から帝師に格上げされ、帝師となったパスパはクビライ・カアンの南宋征服を手伝った。一二七一年にパスパは北京を出て臨洮《りんとう》（甘粛省内の県）に行き、そこからクビライの皇子チンキムの軍隊とともに故郷サキャへの帰途につき、一二七六年に帰還した。パスパはサキャ寺に広大な仏教図書館を建設するために残りの生涯を捧げた。一二七八年、パスパは元の皇太子チンキムの求めに応じて仏教の研究書『彰所知論』を完成させた。この書は漢訳され、中国の重要な三蔵［仏教の典籍の総称］のひとつになった。

一二七九年頃にサキャ派内の内部抗争が起こり、パスパの敵を討伐するために元から遠征軍が送られた。パスパは一二八〇年一一月二二日に亡くなった。（ダライ・ラマ五世によれば、殺害されたという。）クビライ・カアンはパスパの死を深く悼み、彼の遺灰をおさめるために大都に立派な仏舎利の建設を決めた。四〇年後、元の皇帝アユルバルワダはパスパを祀る寺院を中国全土に建設し、「孔子廟にまさるともおとらない典礼によって」毎年礼拝するよう命じた。

64 トクト（一三一二―五六）

元王朝最後の名宰相

トクトはモンゴル高原の遊牧民メルキト族の貴族の家柄に生まれた。モンゴル貴族の多くがそうだったように、トクトはケシクとよばれる元の近衛軍団に一四歳でくわわった。一三三一年、トクトは一九歳で早くも近衛軍団の長官に就任している。三年後には軍政副長官に、そして一三三八年には御史大夫［官吏の監察・弾劾をつかさどる官］になった。

トクトがこれほど短期間に昇進したのは、彼の伯父バヤンが右丞相として中央政府で独裁権をにぎっていたからである。しかし甥のトクトはバヤンの専横を嫌って、一三四〇年、伯父が都の大都を離れて狩猟に出たすきにバヤンを追放した。

漢人の伝統とは対照的に、モンゴルの官僚制度では右丞相が左丞相より上の地位にあったので、右丞相は当時の宰相に相当する地位だった。トクトの父がごく短期間その地位についた後、一三四〇年一一月に二八歳のトクトが右丞相を引き継いだ。

トクトはひとりの南部出身の漢人官僚を信頼し、この人物を師とも相談役とも仰ぎながら、伯父のバヤンが敷いた数々の差別的政策を廃止した。たとえば科挙を再開し、非モンゴル族が馬を育てるのを許可した。トクトはたちまち漢人のあいだで「有徳の宰相」という評判を得た。

トクトの名を中国史に永遠に名をきざむことになったもうひとつの業績は、元に先立つ三代の王朝、宋、遼、金の正史を編纂したことだ。同時にならび立った王朝のうち、どれを唐の正当な後継者とするかという点で意見がまとまらなかったため、正史編纂事業は長いあいだ棚上げになっていた。漢人の知識人官僚は宋を正統とみなしたが、モンゴル族は強く反対した。それもむりからぬことで、南宋が長期的に女真族の金に臣下の礼をとっていたという理由も少なからずあったのである。トクトは三王朝すべてを対等に扱うことで、この難題を解決した。

トクトは元の最後の皇帝トゴン・テムルとその高麗人の妃と親密な関係を保つことによって権力をふるった。トクトがいかに皇帝に信頼されていたかは、のちに皇太子となる皇帝の息子のアユルシリダラが幼少の頃から五歳までトクトの家庭で育ち、この右丞相を父親がわりとよんでいたことからもよくわかる。

宮廷の陰謀があいつぎ、トクトは一三四四年に丞相を辞任せざるをえなくなった。しかし宮廷との深いつながりが功を奏して、一三四九年にトクトは右丞相に返り咲く。元の政権は深刻な危機におちいっていた。貧困と自然災害が引き金となって農民反乱がひっきりなしに発生し、とくに一三四四年の洪水は数か所で黄河の堤防を決壊させた。政府が歳入赤字を解消するために紙幣を乱発したせいで、状況はますます悪化した。トクトは一三五一年に大規模な治水事業を実施した。黄河を浚渫し、堤防の切れたところをふさぐために一七万人の農民や兵士が徴発された。工事は完成したが、そのために課せられた負担は、困窮した農民をいっそう略奪行為に走らせる原因になったといっても過言ではない。

有能で不屈の宰相トクトは、モンゴル族の皇帝にあくまでも忠実であり、傾きかけた王朝を立てなおすために奔走した。たとえば華北で実験的に米の栽培に着手したが、それは南部からの米の輸送が反乱によって減少し、都周辺が穀物不足におちいったのを解消するためだった。しかし、トクトもまた、敵に対する報復心の強さという元の宮廷の性質と決して無縁ではなかった。漢人による農民反乱が激化すると、トクトは漢人官僚を元の軍事問題にかんする審議に参加させなくなった。

一三五四年、トクトは反乱軍のなかでも最強のリーダー張士誠《ヂァンシーチォン》を討伐するために、元の大軍を率いて南下した。ところが、トクトが反乱軍の最後の砦を破ろうとしていたまさにそのとき、宮廷にいた政敵が皇帝をそそのかし、トクトを解任させたのである。トクトはただちに指揮権を返したが、百万ともいわれる元の大軍はばらばらになってしまった。この事件は元の末期におけるターニングポイントだったと一般に考えられている。一四年後、元は農民反乱によって滅亡した。

一三五六年一月一〇日、追放されたトクトは政敵に毒を盛られて亡くなった。

明から中華人民共和国まで

一三六八―現代

モンゴル族が建てた元王朝は、あいつぐ農民反乱によって中国の支配権を失い、ついに極貧の農民家族に生まれたカリスマ的な反乱指導者が明を建国し、初代皇帝となった。明は意識して「漢人」王朝たらんとした。モンゴル族による支配の痕跡をすべてぬぐいさるために、唐の栄光に立ち戻ろうとしたのである。しかし、北方諸民族はあいかわらず脅威でありつづけたし、明もまた、政治に関心をもたない皇帝のもとで徐々に衰退し、政権の腐敗を正すことができないまま、農民反乱によって終焉を迎える。明は漢人の農民反乱によって滅ぼされるが、この反乱は力においてまさる満州族の軍隊に鎮圧された。満州族は一六四四年に北京に侵攻し、最後の帝国、清を建国した。

清は建国当初こそ繁栄したが、一九世紀になると、自然災害と農民反乱というおなじみの悪循環におちいり、さらにそこへ砲艦をひきつれた西洋人が侵攻し、混乱に拍車をかけた。清が滅ぶと、中華民国が成立した。しかし、国土はふたたび軍閥によって分割され、中央政府は有名無実になった。国民党と中国共産党が支配権をめぐって争っているあいだに、日本は一九三七年に中国に侵入した。一九四九年、国民党は台湾に逃亡し、北京で中華人民共和国の建国が宣言された。

明　1368–1644

清　1644–1911

中華民国　1911–

中華人民共和国　1949–

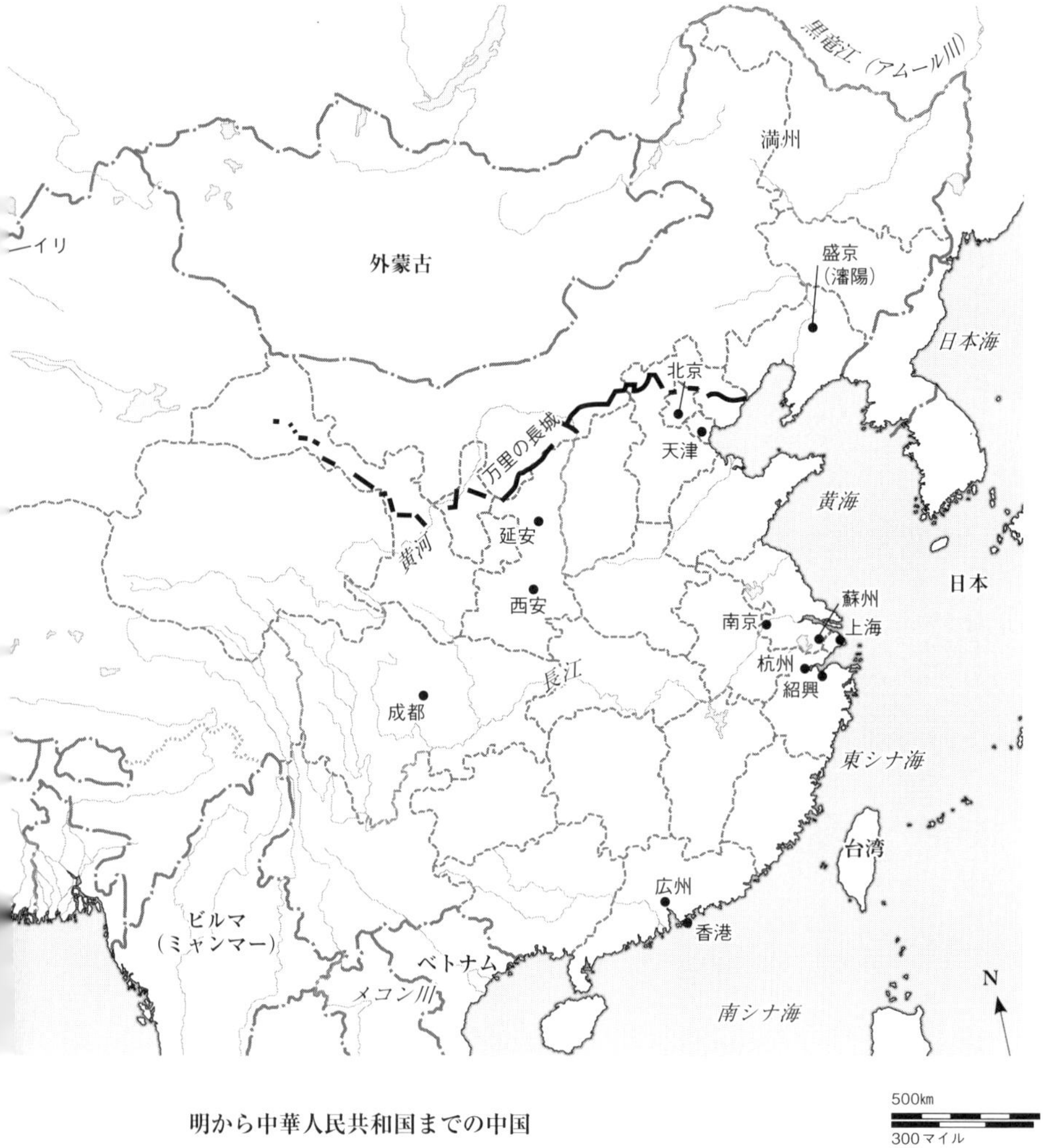

明から中華人民共和国までの中国

65 洪武帝《ホンウーディ》（一三二八―九八）

明の太祖

朱元璋は一三二八年に長江流域の安徽省で、貧しい小作農の家に生まれた。末っ子で、小さい頃から地主の家畜の世話をして育った。一三四四年、華北が大洪水にみまわれる一方、華南はかつてないほどの干ばつに襲われた。疫病が蔓延し、一か月のあいだに両親と長兄をたてつづけに伝染病で亡くした。棺を買うことができず、残された兄弟は死者を埋葬するためのわずかな土地を得るために頭を下げるしかなかった。

朱元璋は生きのびるために地元の仏教寺院で少年僧となった。しかし僧ですら飢えているありさまで、朱元璋は二か月後には托鉢に出ることになった。それから三年間ひとりでさまよい歩いた年月は、おそらく彼の生涯でもっともつらい時期だっただろう。しかし、そのおかげで彼は各地の現状を肌で知ることができた。白蓮教に接触したのもこの時期である。白蓮教はマニ教の影響を強く受けた異端の仏教の教団で、弥勒仏による救済を説いて、困窮する民衆から多数の信徒を獲得した。

若い托鉢僧の朱元璋は故郷の寺に戻って四年間そこですごし、そのあいだに教育を受けることができた。その頃白蓮教徒の指導者が率いる農民反乱が拡大し、その混乱のなかで一三五三年に朱元璋のいた古い寺が焼け落ちてしまった。朱元璋はやむなく地元で挙兵した白蓮教徒の反乱軍にくわわった。彼らは紅色の頭巾を目印にして

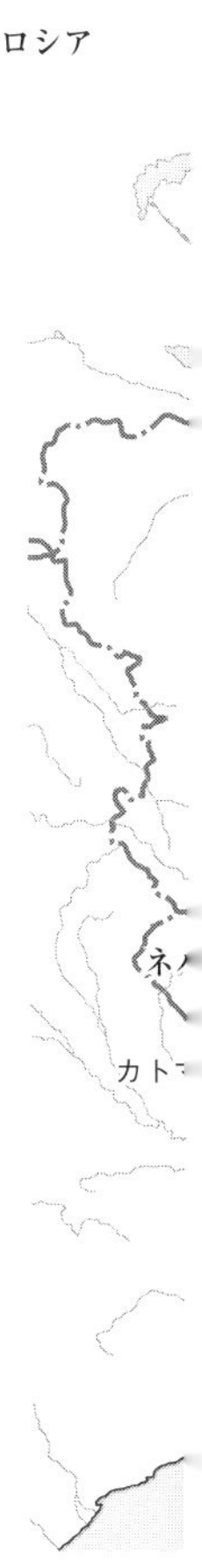

いたので、紅巾賊や紅巾軍とよばれる。反乱軍は「蛮族」であるモンゴル族が建てた元を倒し、漢人王朝の宋を復興させることをめざした。勇猛果敢で知略にたけた朱元璋はたちまち頭角を現し、彼を見こんだ反乱軍の首領は自分の養女を朱元璋と結婚させた。

この首領が一三五五年に亡くなった後、朱元璋は長江下流域に勢力範囲を拡大し、一三五六年に南京を制圧した。元の大軍が華北で反乱の鎮圧にてまどっているあいだに、華南は反乱軍の首領同士が相争う戦場となった。一三五七年、朱元璋はある儒学者から「城壁を高くし、食料をたくわえ、皇帝になる準備をするように」と助言された。朱元璋を大いに力づけたこの予言的な助言は、それから六世紀後、列強と戦う毛沢東によって引用された。

カリスマ性のある朱元璋は数々の反乱軍の首領のなかでも抜きんでた力をもっていたので、貧民出身の兵士や郷紳出身の戦略家が参集した。朱元璋は戦闘意欲が高く規律正しい軍隊を作ることに成功した。一三六三年には、もっとも手ごわい敵将のひとりが湖上での戦闘中に流れ矢にあたって戦死するなど、その勝利には運も味方した。一三六四年、朱元璋は呉王（呉は長江デルタ地域の古い地名）を称し、宮廷を開いた。一方、現在の安徽省にはすでに別の紅巾軍の武将が宋王朝の再建を意図して国を建て、国号を宋と定めていた。朱元璋は昔の南宋の領土に残る民族主義的な激しい反モンゴル感情を利用するために、この「宋皇帝」に従うそぶりを見せた。しかし朱元璋に保護されたこの皇帝は実質的に捕囚の身で、もはや名ばかりの存在だった。

覇権を争う紅巾諸軍の武将たちを倒し、宋の傀儡皇帝を抹殺すると、朱元璋はようやく一三六七年の終わりに北へ遠征隊を送った。華北への遠征には抵抗らしい抵抗もなく、朱元璋は一三六八年初めに南京で明王朝を開き、皇帝の位についた（中国ではマニ教が明教とよばれたので、明王朝の名は明教に由来している）。一〇月には最後の元の皇帝が大都から退却し、モンゴル族の支配は終わった。

朱元璋（洪武帝）は新しい王朝の体制を固めるために邁進した。中国史上初の華南発祥の国家となった明は、

洪武帝（朱元璋）の肖像

「蛮族」の文化や事物に対し、それまでのどの王朝よりもはるかに厳しい態度を示した。明が主として民族主義的な反「蛮族」革命によって成立した国家である以上、それはあたりまえといえるかもしれない。

洪武帝は言語、衣服、個人の名前、婚姻の習慣から葬儀の形式にいたるまで、あらゆる「蛮族」的要素を排除しようとした。口語体の中国語を公式の場で使用することはまもなく禁止され、父を亡くした息子が未亡人となった義理の母を妻とする遊牧民的慣習は死罪とされた。多音節の姓や名前は廃止された。仏教伝来以来一般的になっていた火葬の習慣は完全に姿を消した。右丞相を左丞相より上に置くモンゴルの習慣は逆転した。宮廷で官僚が皇帝の両脇に立つ場合、モンゴル族は皇帝の左側より右側のほうが位が高いと考えて好んだが、中国人は右側より左側を好むのである。

かつて支配者や特権階級だった異民族は、この「中国回帰」の矢面に立たされた。明の法律では異民族同士の結婚さえ禁じられたが、この禁令はあまり厳格に施行されなかった。こうした政策と儒教的な反商業主義は元代に増加したイスラム教徒への逆風となり、中国南東部で脱イスラム化が進んだ。明るい面を見れば、土地をもたない農民の帰農を促進し、農業生産性を上げるために税が数年間免除され、貧しい家庭の男子が官僚になる機会を得られるように、無料の学校が国中に作られた。

貧農の出身であることを恥じて、洪武帝は劣等感の裏返しの反エリート主義をつのらせたようだ。皇后の死後、彼は猜疑心の強い独裁者になっていく。士大夫［儒学を学び官僚になった人々］に対する粛清と殺害をくりかえし、かつてともに戦った仲間でさえ容赦しなかった。朱元璋の反乱軍の主力だった軍人たちはほとんど全員無残な死をとげた。

権力を独占するため、洪武帝は一〇〇〇年の歴史をもつ中書省［その長官が宰相となる］を廃止し、宰相に代えて皇帝に言いなりの秘書役として、殿閣大学士を置いた。また、役人や庶民を監視させるため、超法規的な権力をもつ諜報機関や警察を設置した。しかし、洪武帝が勤勉な皇帝であったことは否定できない。彼は日々何百件もの書類や文書を読んでは指示を出し、不正があれば処罰した。洪武帝が創始した明王朝はほぼ三世紀にわたって存続した。

66　鄭和《ヂォンフヹア》（一三七一―一四三三）
東アフリカまで航海した提督

鄭和（本姓は「馬《マー》」）は中国南西部の雲南省でイスラム教徒の家庭に生まれた。宦官となって明の皇帝に仕え、東南アジアを通ってアフリカまで大船団を率いて航海した提督である。イスラム教の始祖、預言者ムハンマドの子孫であるといわれ、父と祖父はどちらもイスラム教の聖地メッカへ巡礼に訪れている。一方、明の正史に記録された鄭和の伝記では、彼の名は「三宝《サンバオ》」となっている。これは仏教の「三宝」、すなわち仏・法・僧（僧団）をさすサンスクリット語の中国語訳であり、鄭和は敬虔な仏教徒として、彼が率いる航海には「三宝」の加護があると言って乗員を鼓舞した。

雲南省は中国本土で最後に残ったモンゴル族の拠点で、明の遠征軍による激しい攻撃を受けた後、ついに一三八二年に征服された。鄭和の父もふくめて、多数の元の忠臣がモンゴルのために戦って死んだ。一一歳の少年だった鄭和は捕虜となり、去勢された。中国ではそれが反逆者の一族の未成年の子弟に対する標準的な処分だったのだ。

この少年がそれからどのように成長したのかはよくわかっていない。次に歴史に登場したとき、彼は明の三代皇帝永楽帝の信頼厚い宦官になっていた。永楽帝は明を創始した初代皇帝の四番目の息子だが、若くして二代皇

アフリカから中国に運ばれてきたキリン

帝となった甥［洪武帝の孫］から帝位を奪って即位した経緯をもつ。鄭和は一三九九年にはじまった帝位簒奪のクーデターとその後の内乱で重要な役割を果たしたといわれている。この混乱は永楽帝が一四〇二年に明の首都南京を陥落させて終結した。

鄭和は一四〇五年から一四三三年にかけて、大艦隊を率いて南海遠征に出たことで知られている。永楽帝がこの大航海を命じた理由ははっきりしない。帝位を奪われた甥が生きのびて東南アジアにのがれたらしいという噂があって、不安に駆られて大艦隊を派遣して探させたという説がある。あるいは中央アジアやインドの支配者となったイスラム教徒のティムールに、明の威光を示すためだったのかもしれない。

皇帝の意図はどうあれ、鄭和は中国史上初といえる大海洋事業の責任者となった。数百隻の船に三万人近い乗組員が乗船する大艦隊で、鄭和はその建造と修理を監督し、合計七回の遠征を指揮した。

最初の三回の遠征では、東南アジア、インド、現在のスリランカを訪れた。四回目の遠征で大艦隊はペルシア湾に到達した。その後の遠征ではアラビア半島に上陸しただけでなく、アフリカ東海岸まで達した。しかし、鄭和の船がアメリカ大陸に到着したというのはただの夢物語である。

航海のたびに鄭和は絹や磁器など中国の物産を各地に贈った。そしてスパイスや宝石などのめずらしい品々を返礼として受けとった。鄭和がもち帰ったもののなかでもっとも興味深いのは、おそらくアフリカのキリンだろう。このキリンは明の都で大評判になった。

鄭和の遠征は大体において平和的で外交的なものだった。しかし遠征に随行した大軍は、何度か戦闘や小規模な衝突を起こした。一四一一年にはスリランカの国王を捕らえて退位させ、中国へ連行した。また、明の皇帝に入貢させるため、大小さまざまな国の使節を中国につれ帰った。

鄭和がイスラム教徒の家系の出身であることが、相手国との交渉に役立った可能性はある。鄭和は仏陀、アラー、そしてヒンズー教の神ヴィシュヌをたたえる碑をスリランカに建立した。彼は熱心な仏教徒だったようだが、天妃という女神も信仰していた。天妃は中国の船員の守護神で、大勢の信者を集めていた。鄭和はアラビア半島まで達し、メッカにもおもむいたといわれるが、聖地への正式な巡礼は一度も実施していない。

鄭和の遠征はきわめて壮大な事業だったが、長期的な視野と明確な目的に欠けていた。明政府は海外植民地や貿易による利益を欲したわけではなく、明の国威を発揚したかっただけのように思える。一四二四年に永楽帝が崩御すると、莫大な費用がかかる遠征は行なわれなくなった。宣徳帝の治世（一四二六—三五）になって、鄭和は七回目の、そして最後となる遠征に出発する。一四三三年の春、鄭和はインド洋のカルカッタ付近の船上で亡くなり、海に葬られた。鄭和の遠征記録の多くは失われて残っていない。一説には、費用がかかるわりに国民にはなんの利益ももたらさないむだな大航海がこれ以上行なわれないように、ある役人が記録を処分してしまったのだという。

67

王陽明《ワンヤンミン》（一四七二—一五二九）

陽明学の創始者

王陽明は一四七二年に、浙江省のきわめて知的な家庭に生まれた。彼が生まれた九年後、父の王華が科挙に首席で合格している。王華は子どもの頃、金貨が入った袋が落ちているのを見つけて、それを酔っぱらった落とし主に返したというエピソードをもつ、清廉潔白な人物であった。王陽明は父とともに北京で暮らし、兵法に早熟な関心を示した。明代に完成された万里の長城の外側に馬に乗って出かけ、何日も辺境地帯をかけめぐるのを楽しむこともあった。

王陽明は一四九九年に科挙に合格して進士となり、官僚の道に進む。一五〇五年に、儒教的な道徳心に駆られて皇帝が寵愛する宦官の劉瑾《リィウジン》の不正に立ち向かうが、返りうちにあい、厳しい処分を受けた。さんざんむち打たれて瀕死の重傷を負い、命だけは助かったが、中国南西部の貴州省にある僻地の駅の役人に左遷された。王陽明は任地でつらい生活に耐えながら思索を続け、ある日悟りにいたる。王陽明は知行合一《ちこうごういつ》の思想を形成し、それを説きはじめた。

この思想は主として、朱熹（伝記57）が唱えた新儒学［朱子学］の形骸化に反発する形で誕生したものだ。朱子学は道徳の学という意味で一般に道学とよばれるが、道学は民衆の実情からかけ離れていると批判され、偽善と同じ意味で使われるようになっていた。

劉瑾の失脚後、王陽明は復権し、一五一七年に江西省南部の地方長官に任じられ、その後は地方や中央の重要なポストを歴任した。王陽明の卓越した政治力は、おもにすぐれた軍事指導力から生じている。文官であり科挙出身の官僚でありながら、王陽明は三度の重要な軍事遠征を成功させるというずば抜けた業績を残した。まず一五一七年、江西省南部の農民反乱を平定する。続いて二年後には野心的な明の皇子が帝位を奪うために起こした反乱を、わずか一か月で鎮圧。そして一五二七―二八年、自身の死の直前に、現在の広西チワン族自治区で起きた異民族の反乱を、寛大な恩赦と奇襲をとり混ぜて討伐した。これらの軍功によって王陽明は伯に叙せられた。

王陽明は、朱熹の新儒学から発展させた新しい儒教哲学と思想を精力的に説いた。心学［儒学のうち心の探究を重視する学問］の代表的思想家として、王陽明は外的な事物や現象が心を形成するのではなく、心の内にだれもが本来もっている道徳知を十分に発揮すれば、この世界を変える力になると唱えた。この思想は仏教的存在論の流れをくむだけでなく、観察する行為そのものが物理現象に影響をあたえるという近代物理学の考え方によく似た面がある。

王陽明は仏教の一派である禅宗から大きな影響を受け、人の心から我欲をとりさるために瞑想を勧めたが、この点で王陽明は隠れ仏教徒だと批判されている。しかし王陽明は、行動より知識を重視した宋代の新儒学に反対し、自身の道徳原理にもとづいて世俗的な問題に率先してかかわるように主張した。知識と実践は不可分であるという思想の根源は、古代の儒学者、孟子にある。人間には本来善悪を判断する力がそなわっているという考えが王陽明の思想の核心である。

新儒学の先達である朱熹と同様に、王陽明は精力的に弟子を教えた。朱子学と同じように陽明学は国境を越えて広がり、とくに前近代の日本に受け入れられた。

王陽明は旧来の儒教の頑迷な信奉者から憎まれた。そうした批判者のひとりが、あるとき王陽明の理論を科挙の問題に選んだ。科挙の受験生に王陽明を批判する解答を書かせて、この鼻もちならない哲学者を笑いものにするつもりだったのである。ところがこれは逆効果になって、王陽明の名声はいっそう高まった。

王陽明の軍事的業績も妬みを受ける原因になった。ある宦官が、王陽明には軍を指揮する資格はないと言った。そして彼に恥をかかせようとして、兵士の見ている前で矢を射てみよと命じた。王陽明は少しも動じず、三本の矢をすべて的に命中させて、見守る兵士からやんやの喝采を受けたという。

宮廷で浴びるこうした敵意に嫌気がさして、王陽明は官職をしりぞいて故郷で教育に専念することにした。しかし南部で反乱が起きると、王陽明は重い病にかかっていたにもかかわらず、宮廷は彼をよびもどし、反乱の鎮圧を命じた。王陽明は忠実に軍務を果たしたが、一五二九年一月九日、政府の船に乗って帰還する途中の江西省で船上にて亡くなっている。弟子に遺言を問われ、王陽明は「此《こ》の心光明、亦復《またま》た何をか言わん」［光明はわたしの心の内にあり、もはや何も言うことはない］と言って息を引きとった。

68 海瑞《ハイルイ》（一五一四―八七）

清廉な官僚

海瑞が生まれた海南島は、ベトナムが中国の支配を脱した後は、中国最南端の領土である。海《ハイ》という姓は、イスラム教徒に多いハイダルという名前の一般的な漢字表記に由来している。ハイダル（アラビア語で「ライオン」）は、ムハンマドのいとこで義理の息子にあたるアリー・イブン・アビー・ターリブ［イスラム教の第四代カリフ］の通称であり、シーア派で人気の名前だ。海氏もイスラム教シーア派の末裔と考えてもおかしくない。

一三六八年に朱元璋（伝記65）が明王朝を樹立したのち、中国南東部では脱イスラム化が進んだ。海瑞が生まれた頃には海氏にイスラム教の信仰の形跡はほとんどなくなり、中国古来の儒家の家庭に変わっていた。残念なことに、海瑞がまだ幼い頃に国立学校の給付生だった父が亡くなり、海瑞は残された母と貧しい暮らしに耐えながら育った。厳しい儒教道徳を海瑞に教えこんだのはこの母である。

海口市の廟に描かれた海瑞の肖像

一五四九年、三五歳という比較的遅い年齢で海瑞は郷試［科挙の地方試験］に合格し、挙人の資格を得た。しかし、翌年北京で受けた会試には落第した。海瑞は会試不合格のまま官吏になろうと決意する。一五五三年に挙人という低い資格で得た最初の官職は、福建省の国立儒教学校の校長職だった。

一五五八年、海瑞は浙江省の貧しい山岳地帯の知事に任命された。清廉で妥協を許さない官吏として海瑞の名を最初に知らしめたのがこの場所である。有力な総督がこの地域を通ったとき、その好色な息子を逮捕したのを手はじめとして、絶大な権力をもつぜいたくな監察官が華南の八省を巡視のために訪れたときは、徹底的に倹約したもてなしで迎えた。海瑞のこうしたふるまいは、上の人間にこびへつらうのがあたりまえの中国社会に驚きをあたえた。

一五六四年、海瑞は首都北京で戸部《こぶ》主事［税務事務官］に任命された。嘉靖《ジャジン》帝は明中期から後期までの何代かの皇帝と同様に、日々の政務にはほとんど興味を示さず、二〇年以上も宮廷で政務をとらなかった。帝国の繁栄には陰りが見え、民衆の税負担が増加し、役人の腐敗が横行した。海瑞は皇帝の怠慢と悪行を諫める書面を提出する決心をした。

皇帝の怒りを予想して、海瑞は年老いた母を友人に託し、使用人を解雇し、自分のために棺桶を買った。激怒した皇帝は海瑞の逮捕を命じたが、どういうわけか処刑の執行令状には署名しなかった。一五六七年一月に嘉靖帝が崩御すると、海瑞は放免された。海瑞はその高潔さによって国民的英雄になった。

しかし妥協を許さない海瑞の態度を快く思わない同僚の官吏は多かった。江南の豊かな江蘇省で副監察官として勤務していた一五七一年、海瑞は退職に追いこまれる。一五八五年に七一歳でよびもどされ、南京で位は高いが名ばかりの名誉職についた。その二年後に海瑞は世を去った。後を託す息子はなく、財産もほとんど残さなかった。海瑞の葬儀費用は寄付をつのって支払うありさまだったが、葬儀には一〇〇万人を超える民衆がつき従い、長江に沿って数百里（およそ一六〇キロメートル）の行列ができたという。

海瑞の名は、皇帝を批判した勇気ある高潔な官吏として四世紀後によみがえる。一九六一年、明史の代表的な研究者で北京市副市長でもある呉晗《ウーハン》（一九〇九―六九）は、『海瑞罷官』と題する戯曲を出版した。一九六五年一一月、毛沢東《マオゼヅァドン》の妻江青《ジィアンチン》の同志だった姚文元《イヤオウエンユエン》［四人組のひとり］は、呉晗の戯曲を激しく批判する評論を発表した。中国をその後一〇年間にわたって大混乱におとしいれる文化大革命のはじまりである。この戯曲は、三〇〇〇万人を超える農民の餓死者を出した大躍進政策［一九五八―六一にかけて施行された農工業の大増産政策］の爪痕がまだ生々しい時期に発表された。そのため、姚文元が示唆したように、その災厄の原因を作った現代の「皇帝」（毛沢東）に対する批判と受けとられたのである。海瑞は明の皇帝に命を救われたが、呉晗は忠実な共産党員だったにもかかわらず、文化大革命の最中に迫害されて獄死し、妻と十代の養女も命を落とした。

69 李時珍《リーシーヂェン》（一五一八—九三）

医師・博物学者

李時珍は一五一八年に現在の湖北省蘄春《きしゅん》県で医者の家庭に生まれた。祖父も父も医者である。前近代の中国では医者は教養ある知識人であり、人々の尊敬を受けていたが、社会的、政治的な地位は高くなかった。出世栄達は科挙に合格した官僚だけが手に入れられる特権だったのである。李時珍の父は科挙を受けて出世の階段を登ろうとしたが、三段階に分かれた試験の最初のレベルに合格して秀才の資格を得るのが精いっぱいだった。そこで父は頭のいい若い息子に夢を託すことにした。李時珍は一三歳で楽々と試験に受かって秀才の資格を得たが、第二段階の試験には三回落第した。

前近代の中国では、知的エネルギーや創造性の大半が時代遅れの科挙についやされていた。三回目に試験に失敗した後、李時珍は父と同じ医学の道に進む決意を固め、それから何年も猛勉強と治療に明けくれた。李時珍は名医として知られるようになり、貧しい農民から金持ちの貴族まで、どんな病人でも診察した。ついには湖北の領主である明の皇族の侍医となり、一五五八年頃に推薦されて北京にある国立の最高医療機関「太医院」につとめるようになる。そこで李時珍は院内図書館所蔵の膨大な数の医学書や、多数の貴重な薬にふれる機会を得た。

中国の伝統医学では、薬やその処方にかんするさまざまな論文や解説をおさめた書物が医学書としてもっとも重視されてきた。一〇〇〇年以上にわたって書き継がれてきたこれらの論文をおさめた書物には、たくさんの誤りや矛盾などの欠陥があった。たとえば、二種類の異なる薬草が同じ名前で記載されていたり、ひとつの種にふたつの名前がついていたりした。一般に使われている薬をもれなくとりあげた医学書は一冊もなかった。医者として何年も経験を積んでいくと、医学書のこうした欠点に悩まされることがますます増えた。そこで李時珍は患

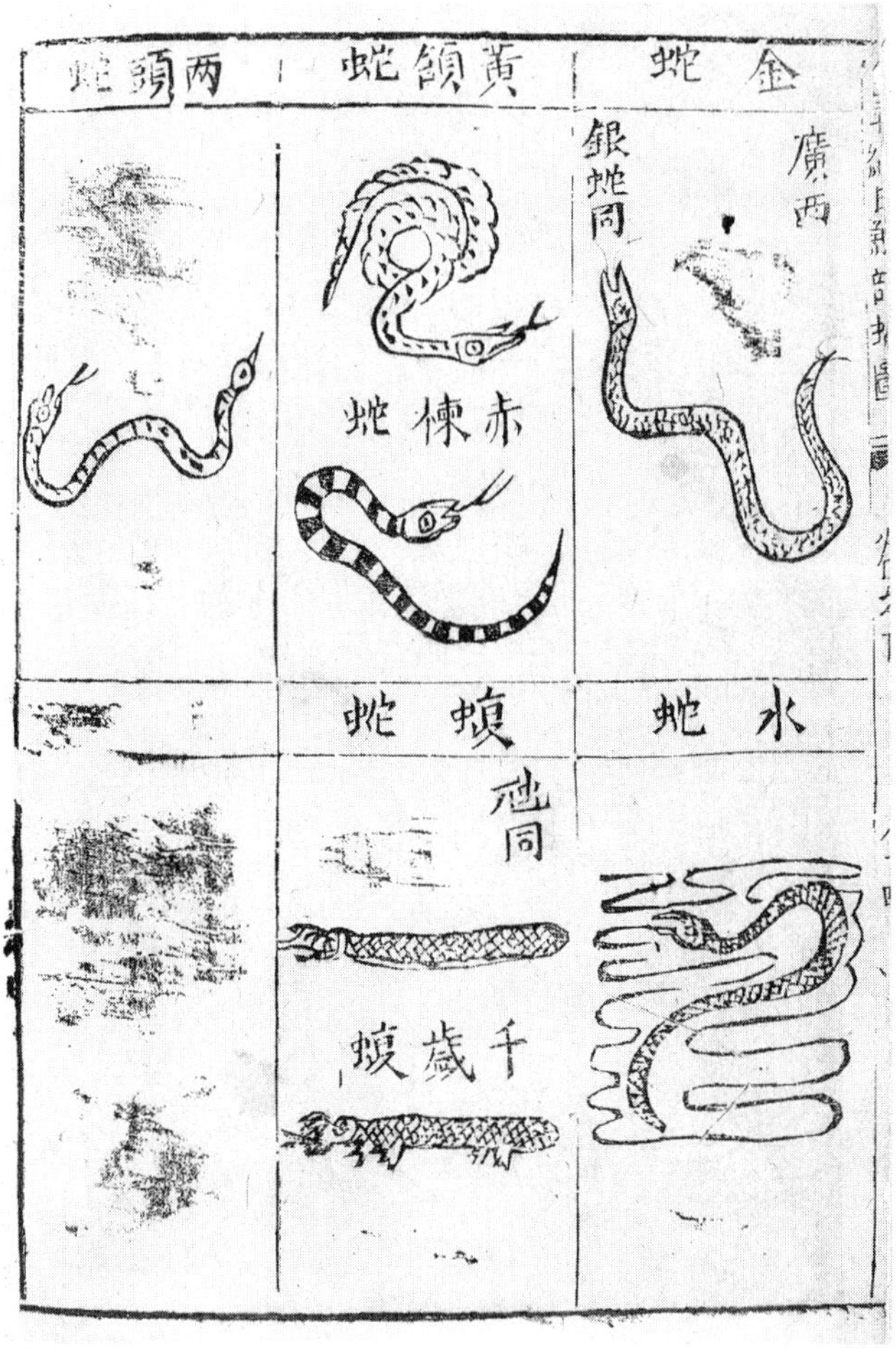

中国伝統の薬種とその処方を網羅した李時珍の『本草綱目』の一部

者と医者のため、中国医学で用いられるあらゆる薬とその使い方を網羅した、完全で正確かつ最新の百科事典を編纂する必要があるという思いを強くした。彼はこの記念すべき著作を『本草綱目』と名づけた。

執筆をはじめたのは一五五二年頃である。初稿を完成させるまでに二七年の歳月を要し、そのあいだに大幅な書きなおしを三回行なっている。参照した文献は合計九九三種類に上る。そのなかには四一冊の古い薬の目録や、三六一冊の医学書がふくまれている。『本草綱目』には一八九二種の中国の薬種（一〇九四種の植物、および動物や鉱物など）と一万一〇九六種の処方が詳しく記載された。はじめて文献におさめられた薬種は数百種に達する。李時珍は薬種をさまざまな区分と下位区分に分類するために、非常に系統的な分類法を確立した。『本草綱目』は一一〇九点の図版を掲載し、およそ二〇〇万字におよぶ大著として完成した。

この著作が過去の書物の内容の集大成以上の価値をもつのは、掲載された薬種の大半が、李時珍みずから産地に出かけて採集した標本にもとづいているからである。彼はそのために何年間も野山や森をさまよい、聞き取り調査もした。こうした現地調査と自分自身の体験から、李時珍は長いあいだ放置されてきた数多くの誤りや誤解を訂正した。現代科学から見れば、彼自身の著作にも事実無根の理論が散見されるのは確かだが、李時珍は古い医学書に残る多数の迷信や超自然的な説を一掃している。

李時珍が長い年月をかけ、息子や孫、そして弟子たちの力を借りて完成させたこの途方もない労作は、初めのうち出版を引き受けようとする者がいなかった。一五九〇年に名のある士大夫が熱のこもった序文を書いてくれたおかげで、ようやく南京の出版業者が出版を引き受けることになった。残念なことに、偉大な医者で博物学者の李時珍は、彼の大作が印刷されるのを見ることなく一五九三年に世を去った。

70　張居正《ヂャンジュヂォン》（一五二五―八二）

明の宰相・経済改革者

張居正は一五二五年生まれで、中国史上もっとも成功した宰相のひとりだ。正式な官名は内閣大学士という。政治権力の集中と独占をはかる洪武帝（伝記65）は、千年の歴史がある宰相職を一三八〇年に廃止した。その後、皇帝の補佐役として複数の大学士が起用されるようになり、彼らはまもなく内閣大学士と称されて、事実上の内閣となった。内閣大学士は大体二名から六名で、過去の王朝の宰相の役割を担うようになった。

張居正は身分の低い家の出身だが、神童のほまれ高かった。一五歳で科挙の地方試験に、二二歳で首都の試験に合格し、翰林院庶吉士《かんりんいんしょきつし》［進士のうちとくに優秀な者に知識を学ばせるための短期の職］という名誉ある職を得て官僚となった。このポストについた者は将来の宰相のよび声が高かった。張居正は着実に出世し、彼が教育係をつとめていた皇太子が一五六六年に隆慶帝として即位すると、すぐに大学士のなかで上位から二番目の「次輔」に任命される。

一五七二年に隆慶帝が崩御すると、有力な宦官との結びつきを利用して「首輔」［首席大学士］の地位を獲得し、一〇年後に亡くなるまで内閣の長として実権をふるいつづけた。張居正は、わずか九歳の万暦帝《ばんれき》の指導者および補佐役となり、数々の改革を実施して、二世紀の歴史をもつ衰退した明帝国の活性化をはかった。そのひとつが厳格な成果主義にもとづく官吏と官僚的政治の見なおしであり、もうひとつは検地である。張居正が全国的な耕地調査を実施すると、有力な地主が広大な土地を隠匿して税金のがれをしていたことが発覚した。第三の経済改革は、新たな税制（有名な一条鞭法《いちじょうべんぽう》）の施行による国税の整備で、徭役［労働］を土地税に転換して徴収するようになった。同時に、張居正は政府の歳出を抑え、むだを排した。これらの政治改革によって明の財政は大幅に改善され、彼が亡くなったときは国庫に余剰金があふれていたという。

張居正は実力のある将軍を昇進させて軍備の強化をはかり、モンゴルの君主アルタン・ハーンと和議を結んだ。一五七八年、ゲールグ派ラマ教［チベット仏教］の実質的な創始者で、はじめてダライ・ラマの称号を用いたソナム・ギャムツォ（名目上はダライ・ラマ三世とよばれる）は、甘州（現在の甘粛省内）にある明の城塞都市を訪れて張居正に手紙と贈り物を送った。ダライ・ラマ、ひいてはモンゴルとの良好な関係がもつ政治的重要性を十分認識していた張居正は、ダライ・ラマに名誉ある称号を授け、仏教寺院の建造を援助する約束をした。

張居正の絶大な権力は、当然ながら多くの敵も生んだ。張居正の父が一五七七年に亡くなったとき、政敵にとって長いあいだ待ち望んだ反撃のチャンスが訪れる。親が亡くなった場合は官職を辞して三年間（実際には二七か月）喪に服すのが決まりだったが、張居正は幼い万暦帝が「子としての情をすてよ」とくりかえし命じたという理由で、職務を離れなかった。これが儒教倫理を臆面もなく無視した行為だと批判され、張居正を糾弾する文書があいついで出された。張居正は権力を失う危機をなんとかのりきったが、面目はつぶれ、政治的な支持をかなり失った。

未熟な皇帝の実質的な摂政をつとめていた張居正が一五八二年に亡くなると、成人を間近にひかえた皇帝はみずから政治を行なうようになった。その二年後、張居正は死後に政敵からさまざまな罪で告発され、皇帝もその告発を認めた。張居正の遺族は重い代償をはらわされた。家財はほとんどすべて没収され、長男はそれ以上の処罰をおそれて自殺した。張居正の改革は大半がくつがえされ、明はまっしぐらに衰退に向かうのである。

71 ヌルハチ（一五五九—一六二六）

満州族の国家の創始者

明はタングート族や女真族、契丹族、モンゴル族など、過去何世紀にもわたって中国を脅かしてきた北方の「蛮族」の危険性を十分警戒していた。明が採用したのは、部族間の力の均衡を油断なく監視し、金銭と武力を用いて国境周辺の部族を互いに反目させる「分割統治」政策である。中国東北部は二世紀にわたって支配しやすい状態が続いたようだ。この地域に居住していた女真族は三つの集団に分かれてお互いに交流せず、女真族が建てた金王朝が数世紀前にモンゴルに滅ぼされてからは、主導権をにぎる部族がなかったからである。女真族の数百名の首長は明からあたえられる官職を受け入れ、相互に争っていた。

この状態をくつがえしたのがヌルハチである。ヌルハチは一五五九年に女真族の平凡な部族長の家に生まれた。何世代も明から官職をあたえられてきた家系である。

一五八二年、女真族のなかで当時最大の勢力を誇っていた部族の長アタイを討伐するため、明が遠征軍をさしむけた。ヌルハチの祖父と父はこのときアタイを救援に行って明軍に殺されてしまう。ヌルハチは明軍の総司令官李成梁《リーチォンリィアン》（朝鮮人の子孫）のもとへ行き、償いを要求した。そして部族長の地位と、祖先が残した「一三組の甲冑」を受け継ぐ権利を得た。ヌルハチは李成梁と信頼関係を築き、明の宮廷で権勢をふるう李成梁の庇護のもと、明の忠実な臣下をよそおいながら勢力を拡大した。ヌルハチは中国語を習い覚え、『三国志』の熱烈な愛読者でもあった。一五八三年、一五九〇年、一五九八年の三回にわたって北京に部族長として朝貢におもむいている。こうして中国への理解を深めたことによって、ヌルハチは女真族の部族長のなかで一頭地を抜く存在となった。

満州族の国家を創始したヌルハチ

明の国内情勢は乱れ、宮廷の派閥争いは激化した。そして豊臣秀吉が朝鮮に送った侵略軍を撃退するため、明は援軍を派遣して疲弊した。この機に乗じて、ヌルハチはほかの女真族の部族を婚姻と武力の両面作戦で支配下に入れた。ヌルハチは初めのうち、祖父と父の死の原因を作った部族だけを標的にし、明に対してはあくまでも恭順な態度をくずさなかったので、明はヌルハチを高位の官職につけた。ヌルハチは自分が所属する建州女直［女直は女真族のこと］を統一すると、ほかの集団にも手を伸ばした。まず「海西女直」を平定し、続いて樺太（サハリン）島まで勢力を広げていた「野人女直」をも支配下におさめる。また、何世紀にもわたる女真族とモンゴル族の血みどろの確執に終止符を打ち、急速に拡大するヌルハチの国家に多数のモンゴル諸部族が吸収された。一五九九年、ヌルハチは女真族の新しい文字の制作を命じ、ソグド文字に起源をもつ古いモンゴル文字を改良して満州文字が作られた。

モンゴルは一六〇六年にヌルハチにハンの称号を授けたが、ヌルハチは明に猜疑心を起こさせないために、一六一六年になってようやく新王朝のハンとして即位し、後金を建国した。それから二年後、ヌルハチは明に対し、父や祖父を殺害されたことなど七か条の恨みを書きつらねた「七大恨」を掲げ、一万の兵を率いて明に攻めこんだ。ヌルハチは降伏した者に寛大な処置をとったので、戦場となった地域の漢人は、武力以外の面でヌルハチを支える大きな力になった。

明国内の混乱はもはや手のほどこしようがなかった。一六二〇年に即位した力のない皇帝のもと、私利私欲に目のくらんだ宦官（魏忠賢、伝記73）が権力をほしいままにしているすきに、ヌルハチは征服地を広げ、軍事組織と行政組織を融合させた革新的で効率的な「八旗制」を整備し、新都として盛京［満州語でムクデン・ホトン］（現在の瀋陽）を建設した。「八旗制」は三〇〇人の成年男子をひとつの軍団に組織し、各軍団を四色の旗で区別した［各色に縁どりのある旗とない旗があったので、旗は計八種類あった］。旗《き》には成年男子とその家族が所属し、世襲の首長の統治を受けた。そして男も女も平時は農耕や手工業に従事し、戦争になれば効率的な軍団として機能した。

ヌルハチには四人の弟と、多数の妃や愛妾とのあいだに生まれた一六人の息子がいた。彼らの多くは女真族の復興と明に対する反乱の際には大きな力となったが、北方の遊牧民には親族内の競争によって後継者を決定する伝統があったため、ヌルハチの後継者をめぐってはいくつかの兄弟殺し、子殺しが発生した。ヌルハチと母を同じくする弟のシュルガチも一六一一年に殺されている。

一六二六年、ヌルハチは明の城塞都市が置かれた中国東北部の渤海湾に面した寧遠を攻めた。明の指揮官袁崇煥《ユエンチョンファン》は、イエズス会士から伝えられた新型の西洋式大砲でヌルハチ軍をよせつけなかった。ヌルハチにとってはじめての敗北である。ヌルハチは砲弾によって負傷したといわれ、七か月後、後継者を指名しないまま亡くなった。息子のホンタイジが後継者となり、民族名を「女真族」から「満州族」に変更した。ホンタイジは明への怒涛の攻撃を続け、国号を清（後金から改称）とあらためて帝位についた。ホンタイジが亡くなるとその息子が順治帝となり、一六四四年に北京を占領して中国全土を支配する清王朝が成立した。

72　徐霞客《シュシアクゥァ》（一五八七—一六四一）

旅行家・地理学者

この非凡な旅行家は本名を徐弘祖という。霞客は友人がつけたあだ名で、広大な中国を生涯かけてほぼ休みなく旅してまわったこの人物にふさわしい名前といえるだろう。

徐霞客は一五八七年に江蘇省の江陰に生まれた。江陰という地名は「長江南岸」を意味し、上海からほど遠からぬ場所にある。当時、長江下流域のデルタ地帯は、経済・文化ともに明でもっとも進んだ地域だった（伝記74 馮夢龍参照）。

徐霞客がこれほど長期の旅に出ることができたのは、いくつかの幸運が重なったためだ。まず実家が裕福な地主で、利益の多い織物業に進出し、数軒の織布工場を経営していた。次に、この家族はきわめて教養豊かだったが、多くの知識人がたどる官僚の道を選ばず、徐霞客も父も科挙を受けるつもりがなかった。（明代中期に徐家の祖先が科挙のカンニング事件で逮捕され、死亡したためである）。なにより重要なのは、母の王孺人《ワンルーレン》の強い励ましがあったことだ。『論語』には「父母が健在なうちは旅に出てはならない」という古代の賢人の言葉がはっきりと書かれているが、徐霞客の母はこの儒教的な孝行の義務から解放してくれたのだ。

一六〇四年に父が亡くなると、その三年後に徐霞客は広大な明のさまざまな地方への旅行を開始した。かぶっていた「遠距離旅行帽」は母の手作りである。まず近隣の省からはじめ、続いてどんどん遠くへ足を延ばした。母のぶじを確かめるために一時的に家に戻ると、またすぐに旅立っていった。徐霞客の興味の的は都市や町ではなく、大河や高山などの自然の驚異だった。旅にはひとりの召使が同行した。

徐霞客は三〇年以上かけて、ほとんど徒歩で明のほぼすべての省を踏破した。もっとも好んだのは、同時代の人間がめったに訪れない僻地への旅だ。前近代の中国では、そうした場所に個人で行くのは非常に危険だった。盗賊やごろつきに襲われる危険はもちろん、原始的な道具で深い渓谷や急峻な峰を越えなければならない。足を滑らせたり、ふみだす方向を一歩まちがえたりすれば、いつ命を落としても不思議はなかったと徐霞客は回想している。

荒野ではほとんどなにも食べずに何日も歩かねばならず、料理された食事をとれずに一週間歩きつづけることなどしょっちゅうだった。夜はどこでも眠った。豚小屋のこともあれば、星の下で横になることもあった。追剥に襲われることにも慣れて、そういうときは友人を頼ったり、仏教寺院にかけこんだりして助けを求めた。彼

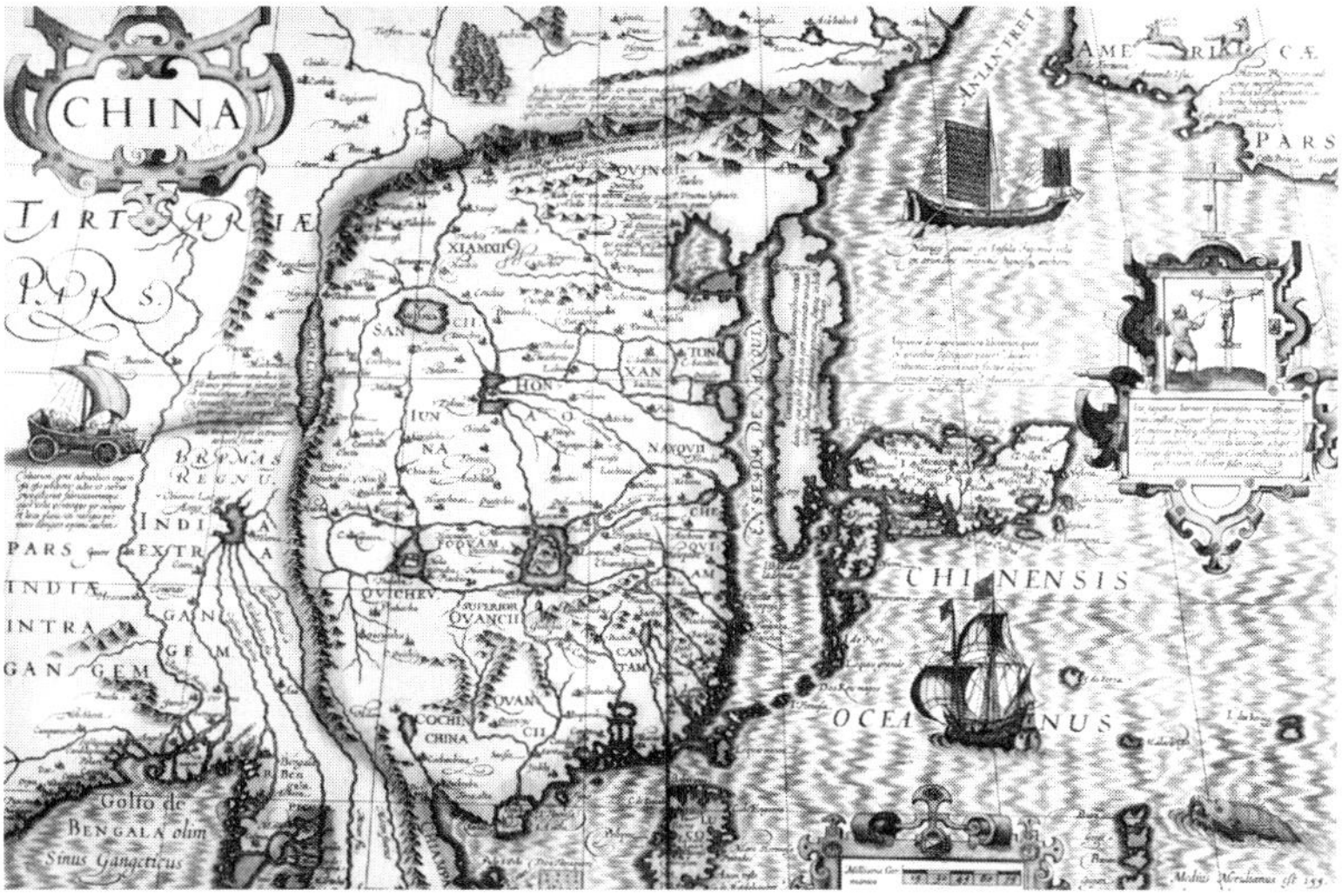

17世紀の中国の地図

の業績が後世に伝わったのは、毎日かならず日記をつける習慣があったからだ。どんなに人里離れた森のなかにいても、たき火の明かりを頼りにその日の行程と見聞を記録した。彼の日記は客観的で詳細かつ正確である。古代中国の科学を専門に研究する二〇世紀のイギリス人ジョーゼフ・ニーダムは、彼の日記を評して、一七世紀初期の旅行者の手記というより、現地調査におもむいた現代の研究者の記録のようだと賞賛している。

徐霞客は旅行中に地理学や博物学上の発見をいくつもしている。たとえばメコン川とサルウィン川は別々の川であることを発見した。また、カルスト地形の地質学的な構造を世界ではじめて体系的に観察したのも彼である。訪れた地方の気候、鉱物、植物、動物の詳細な記録がもつ科学的価値は大きい。

一六二五年に最愛の母を亡くした後、徐霞客は一段と遠くまで長期間旅をするようになった。一六二八年には中国最南端の広東省まで旅し、翌年は北に向かって北京を訪れている。一六三六年にはもっとも長い、そして最後となる旅行に出かけ、多民族が居住する雲南省南西部と現ミャンマーとの国境まで旅した。チベットや西域

（現在の新疆ウイグル自治区）も訪れるつもりでいた。長いあいだ徐霞客に仕えた召使は、この野心的な計画におそれをなし、とうとう主人のもとを去った。徐霞客は雲南で病に倒れ、友人の手を借りて帰郷した。彼を手助けしたのは徐霞客が現地で作った友人で、漢人もいれば、ほかの民族もいた。徐霞客は一六四一年三月八日に亡くなった。

それから三年後、徐霞客の故郷は満州軍の侵略に激しく抵抗した。彼の多くの友人や長男が戦死し、徐霞客の未編集の旅日記はばらばらになった。散逸した貴重な旅の記録の大半がもとどおりに集められ、出版されて後世に残ったのは、徐霞客の残された息子の辛抱強い努力のおかげである。

73 魏忠賢《ウェイヂョンシィエン》（一五六八―一六二七）

明の宦官

前近代の中国において、宦官は独特の位置を占めている。彼らは王朝の正史を執筆する士大夫［儒教を学び科挙に合格して官僚となった人々］から軽蔑されていたので、史書に描かれた宦官にはつねに悪評がつきまとっている。しかし宦官は宮中になくてはならない存在だった。妃や身のまわりの世話をする下女を除けば、しばしば皇帝のもっとも近くにいるのが宦官である。そうした立場を利用して、彼らはときに途方もない権力や影響力をたくわえた。しかし特権をあたえられた宦官のなかでも、魏忠賢の権勢の大きさはとびぬけており、ならぶ者のないありさまだった。

明代には、宮廷の宦官にあたえられる生活の保証や政治権力がほしさに、貧しい家庭では息子を去勢して宦官にする者が後を絶たなかった。宮廷は自発的な去勢を禁止する布告をたびたび出したが、中国各地で貧困は深刻な状態にあったので、禁止令の効果はなかった。宦官の需要もますます増え、宮廷に一〇万人もの宦官がいた時期もある。

華北の貧農出身の魏忠賢は、読み書きもできず、賭博場に入りびたりのごろつきになった。結婚し、娘が生まれたが、おそらく賭博で作った借金の取り立てから逃げるために、一五八九年に自分で去勢（成人の去勢は死の危険がある）し、北京に出た。そしてまんまと宦官として宮廷に入りこんだ。一〇数年以上も最下層の宦官として働いた後、彼は皇太子の宮殿につとめるようになり、皇太子の長男の乳母と親密な関係になった。

皇帝はこの皇太子に冷たかった。また、皇太子の長男もかえりみられないまま成長したので、まともな教育を受けられず、大工仕事にこるようになった。幼い頃に生母を失ったため、この大工好きな皇子は乳母にべったり懐いていた。不運な皇太子は一六二〇年に即位後、一か月たらずのうちに急逝し、長らく無視されつづけた皇子が明の一五代皇帝として即位する。廷臣が党派に分裂して内輪もめをくりひろげるなかで、ほとんど字が読めず、大工仕事にうつつを抜かす若い皇帝が誕生したのである。魏忠賢は去勢した宦官であったにもかかわらず、皇帝の乳母が頼りにする「夫」となった。

知識人官僚のあいだで党派の争いがたえまなく続き、若い皇帝は完全に政治に無関心で乳母の言いなりという状況のなか、魏忠賢は明政府の構造的な弱点を味方につけた。とくに正式な宰相が廃止されていたこと、そして職員も長官も宦官で成り立っているふたつの秘密警察の存在が大いに役立った。

ふたつの秘密警察は法の支配を受けず、魏忠賢に反対する士大夫層を容赦なく弾圧した。犠牲になった者のなかでもっとも名高いのは、一六二五年の「六君子」と、一六二六年の「七君子」である。自殺したひとりを除いて、全員が投獄されて殺された。一六二六年の事件は華南の都市蘇州で大規模な民衆反乱に発展した。

魏忠賢の専横はとどまるところを知らなかった。たとえば魏忠賢は、「九千歳」とおだてられるのを好んだ。

「万歳」は皇帝にしか許されないから、一〇〇〇年減らしたのである。帝国で起こったあらゆる吉事（多くは捏造である）は魏忠賢の「賢明な」政治によるものとされ、宮廷の文書はすべて魏忠賢をほめたたえる言葉で書きはじめなければならなかった。

浙江省の長官は魏忠賢の機嫌をとるために、魏忠賢を生き神であり中国の救世主として祭る神社をいくつも作った。そして同じような神社が国中に建てられた。この神社の建設がピークに達した一六二七年、大工仕事の好きな皇帝が崩御した。その後に即位した新しい皇帝は毒殺をおそれ、自分がもちこんだ食べ物以外、宮廷では何も口にしなかった。

新しく「万歳」と唱えられるようになった皇帝は、はじめは慎重に「九千歳」とたたえられる独裁者への敬意を示していたが、しだいに魏忠賢を追い落としにかかった。三か月後に魏忠賢は宮廷から追放され、処罰をおそれて首をつって自殺した。

数年後、魏忠賢の故郷では地元に残る彼の痕跡を抹消しようとした。しかし魏忠賢について書かれた数百の戯曲、劇、小説が出版され、演じられていたために、その汚名は永遠にきざまれることになった。

74 馮夢龍《フォンモンロン》（一五七四―一六四六）

人気作家

馮夢龍は蘇州の生まれで、多作な人気作家である。蘇州は長江下流域の繁栄した都市で、高い文化的な生活が営まれていた。馮夢龍の家庭は豊かで知的だった。馮夢龍と、画家である兄、そして詩人の弟は、文人のあいだで「呉下三馮」［呉は現在の蘇州］として名をはせていた。

馮夢龍は科挙に失敗し、第一段階の試験に合格すれば得られる秀才の資格ももっていなかった。にもかかわらず彼が執筆した科挙の受験参考書はよく売れた。馮夢龍は大衆的な口語文学の発展に人生のほとんどをささげ、知的エネルギーの大半をそそぎこんだ。彼は「中国大衆文学の権化」と称されている。

大衆的な口語文学にはじめて知識人が目を向けたのは前王朝の元のときだ。元では儒学を学んだ知識人の地位は娼婦と乞食のあいだに置かれるほど低かった（伝記62関漢卿参照）。そのため官僚として出世が望めない知識人の熱意は大衆文学に向かったのである。明代には長江下流域の経済的発展により、文字を読める人々が増加（かなり多くの女流作家や女流詩人が出現したことからも明らかだ）し、都市生活がいっそう豊かになって、口語文学はますます発展した。

馮夢龍が大衆に受け入れられる作品を書けたのは、大衆文学の生まれる環境に実際に身を置いていたせいでもある。大人になったばかりの頃、馮夢龍は美しく教養の高い侯慧卿《ホウフゥイチン》という妓女に思いをよせた。ふたりは文学を話題にし、ときには議論を闘わせながらロマンスをはぐくんだが、この関係は侯慧卿が別の男性と結婚したために終わりを告げた。この失恋の痛手にこりて、馮夢龍は二度と「赤線地帯」に足をふみいれなかったといわれている。しかし、善良で一途な妓女が登場する感動的な物語は、悲劇もあればハッピーエンドもあるが、馮夢龍の作品の大きな部分を占めている。

馮夢龍の作品は、大衆文学のほとんどあらゆるジャンルにわたっている。科挙の受験参考書も書けば、短編集、歴史小説、民謡集、逸話集、歌曲、歌劇、笑話集、そして人気のあったカードゲームの規則集なども書いたり編纂したりした。馮夢龍の代表作とされるのは、なんといっても大評判となった三冊の短編集である。当時流布していた通俗小説のなかからおよそ一二〇編を選んでおさめた短編選集で、まとめて「三言」とよばれる。ここに収録された小説の大部分は宋や元の時代に生まれたものだが、馮夢龍はそれらに大幅に手をくわえて話をふくらませている。なかには創作小説もあり、そのなかのすくなくともひとつは明の当時の政治問題に想を得たものだ。馮夢龍の読者は主として都市で暮らす庶民で、彼の著作の多くは飛ぶように売れた。大衆の要望にこたえるように、その作品はしばしば煽情的で、性描写も多くふくまれている。あまりの人気ぶりに、馮夢龍は若者を堕落させるという批判も多かった。

　彼の短編小説や歴史小説は、仏教的な因果応報の思想にもとづいた報復の物語を中心にして、道徳的教訓を説いている。しかし地元に伝わる民謡を集めた民謡集はほとんど恋歌ばかりで、それらは儒教や新儒学の道徳とはまるで無縁だ。

とかした髪は漆塗りのお椀のように艶めいて、
娘は人前できれいな足を見せて男をたぶらかす。
昔は男が娘を誘ったもんだが、
今じゃあ男を誘惑するのは娘のほうだ。

許されない恋だからって、そんなに心配しないで。

見つかったら、みんなあたしが悪いのって言うわ。

判事さんの前で、ひざまずいて告白するわ。

顔を上げて、はっきりとね。誘惑したのはあたし、女のほうよ。あたしがあなたを誘ったの。


もっと色っぽい詞もある。

男心をそそる、若い娘の白い胸。
恋人にその胸をなでさせてやりなよ。それだけでいいのなら。
馬が石橋を走ったって、蹄の跡なんか残りゃしない。
短剣が水を切ったって、傷のひとつもできゃしない。

一六三〇年、五六歳になった馮夢龍はようやく科挙の第一段階の試験に合格し、一六三四年に都から遠く離れた福建省の知事に任命された。任地での業績として、女の子が生まれると間引きする風習をやめさせようとしたことが伝えられている。

馮夢龍が故郷の蘇州に戻ってまもなく農民反乱が起こり、満州族が明を倒した。短命に終わったとはいえ、清に抵抗して南明が建国されると、馮夢龍は南明の宮廷にくわわった。彼の大衆小説は決して儒教的な内容ではなかったが、馮夢龍自身は儒者であり、民族主義者だったのだ。清が正式に建国を宣言してから二年後の一六四六年、馮夢龍は明の忠実な臣下として傷心のまま亡くなった（おそらく殺害されたものと思われる）。

75　張献忠《ヂャンシィエンヂョン》（一六〇六—四六）

反乱軍指導者

四川住民の大虐殺の首謀者として悪名高い張献忠は、一六〇六年に陝西省延安で裕福な家庭に生まれた。十分な教育を受けるまもなく明軍に徴兵され、罪状はわからないが、軍法会議によって死刑を宣告された。その後恩赦を受けて行方をくらましている。

一六三〇年、陝西省を未曽有の干ばつが襲い、民衆が深刻な飢饉に苦しむなかで、張献忠は反乱軍を旗揚げした。華北には同様の農民反乱軍がいくつも割拠していた。黄色みをおびた顔色から黄虎とよばれた張献忠は、軍務経験を生かし、有力な反乱軍指導者のなかでもひときわ目立つ存在だった。

一六三五年、明政府は農民反乱を鎮圧するため、中国東北部の南側から数千隊の精鋭軍を派遣した。戦慣れした前線部隊はほぼすべての反乱軍を鎮圧し、一六三八年に張献忠をはじめとする反乱軍指導者を降伏に追いこんだ。しかし高まる満州族の脅威（伝記71ヌルハチ参照）を迎え撃つために明軍が主力を中国東北部に移すと、張献忠らはふたたび蜂起した。一六四一年、湖北に入った張献忠の軍団は、反乱軍のなかではじめて明の皇子を殺害した。

張献忠と李自成（伝記76呉三桂参照）は不倶戴天の敵となった。李自成は強いカリスマ性をもつ反乱軍指導者で、支持者の数はふくれあがっていた。張献忠は李自成を避けて軍を西に向け、一六四四年の春に四川に入った。一方李自成の軍は明の首都北京の攻略に向かった。数か月後、張献忠は明軍を四川で破り、この地を征服した。

一六四四年一二月、満州族は李自成の農民軍から北京を奪い、さらに華北へ侵入した。張献忠は四川に大西国を建てて帝位につき、成都を首都とした。張献忠の国家は四川の外から流入する反乱者によって支えられていたが、地元民の支持はほとんどなかった。さらに悪いことに、李自成が兵に厳しく規律を守らせたのに対し、張献忠の軍は乱暴狼藉がはなはだしく、大西国は殺戮と恐怖によって維持されていた。

建国からまもなく、張献忠は反抗する四川住民に対し、見せしめのように大量虐殺を開始した。張献忠に従わない者がひとりでもいれば、最初はその家族全員を、次には近隣の人々を、そして最後には町中の人間を虐殺した。たとえば陝西省に使いに出されたひとりの住民が、張献忠の恐怖政治から逃げ出してそのまま帰ってこなかった。すると張献忠はその都市の住民全員を殺しつくした。

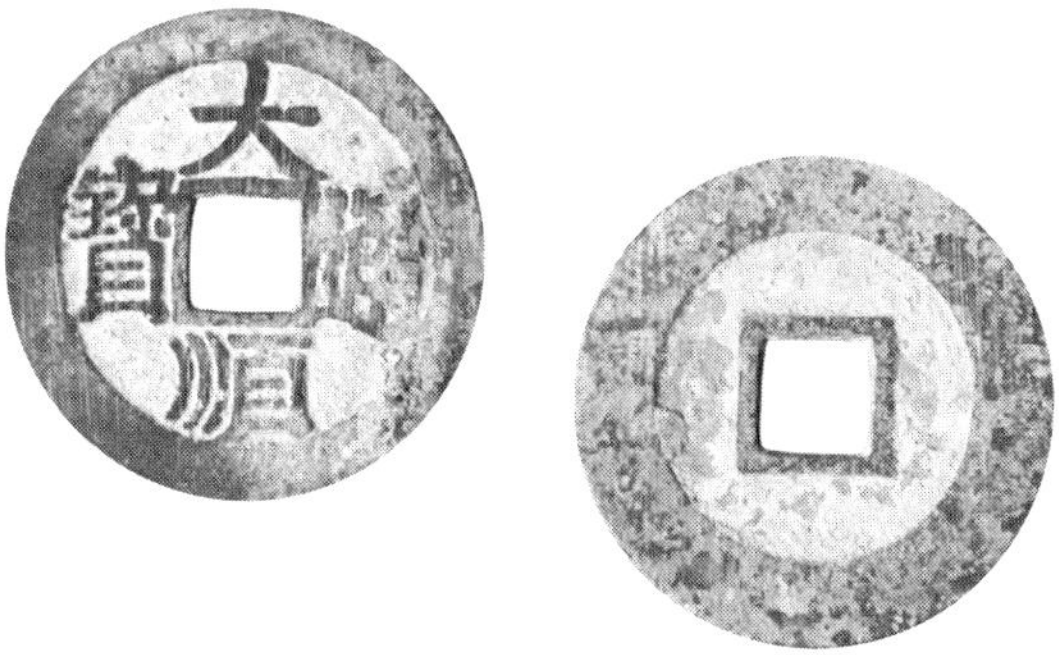

張献忠が建国した大西国で発行された貨幣

明の遺臣も李自成の支持者も張献忠の敵だった。成都でひとりの学生が李自成とひそかに通じているのが発覚すると、張献忠はにせの科挙を計画し、受験生をおびきよせた。二万人と伝えられる受験者全員が殺害され、山をなす試験用紙が残された。

張献忠はしばしば犠牲者の皮を生きながらはぐように命じた。犠牲者が途中で息絶えると、今度は処刑人が殺された。三年後、成都で張献忠が任命した役人六〇〇人のうち、くりかえされた血の粛清を生きのびた者は二〇人たらずだった。一六四五年、張献忠は四川省との省境に近い陝西省漢中市の町を陥落させられなかったという理由で、地元で徴集した一四万人の兵を殺害した。

気に入りの処刑人が病死したときは、その治療をした医者を殺した。そして死んだ処刑人に捧げるために、さらに一〇〇人の医者を殺した。張献忠は女も子どもも容赦しなかった。妊婦がいれば、胎児の性別を確かめるために殺して楽しんだ。女たちはたいてい、殺される前に手荒く凌辱された。マラリアから回復した後、張献忠は感謝を捧げるために、纏足した足を切断するという方法で大勢の女を殺した。自分の寵姫さえ例外ではなかった。

一六四六年、張献忠は清の皇子ホオゲの率いる清軍を討つために陝西省に進軍中、矢に射られたか、捕らえられて清の兵にすぐさま処刑され、ついに命を落とした。満州族による中国征服を最後まで見とどけたイタリア人のイエズス会士マルティーノ・マルティーニは、張献忠は「大勢の人々が暮らしていた四川を広大な荒野に変えた」と書いている。明代末期におよそ五〇〇万人いた四川の人口は、一割弱しか残らなかったという。清初期の政府は、南部の諸省、とくに現在の湖南、湖北、そして広東省から四川に大量の移民を導入しなければならなかった。この住民の大移動は「湖広、四川を填《み》たす」という言葉で知られ、その痕跡として四川省の僻地では広東省の古い方言がいまだに話されている。

張献忠による大虐殺があった地域には、あまりに多くの死体が町中にころがっていたので、野良犬でさえ死体に見向きもしなかったという話が伝わっている。イエズス会のふたりの宣教師、イタリア人のルドウィクス・ブーリオとポルトガル人のガブリエル・デ・マガリャンイスは張献忠の虐殺からあやういところでのがれた。イエズス会宣教師が直接見聞きした四川の惨状は、マルティーノ・マルティーニによる著書『韃靼戦記（Bellum Tartaricum）』に報告されている。この本は四川で起きた血なまぐさい事件から一〇年後の一六五四年に、アントウェルペンとロンドンで出版された。また、ほかのカトリックの資料にも同様の報告がある。

張献忠の残虐行為の記念として、成都近郊の広漢市にはいまもいまわしい「七殺碑」が残されている。張献忠自身が書いたものかどうかは別として、消えかけた碑文には簡潔で非情な「殺殺殺殺殺殺殺」の七文字が残っている。

76 呉三桂《ウーサングウイ》（一六一二—七八）

清にねがえった将軍

呉三桂は一六一二年に遼東で明の軍人の家に生まれた。父は一六三一年に地方司令官の地位にあり、二年後には副長官に任命されている。

呉三桂の死後の評判がかんばしくないのは、彼が満州族の中国侵略に手をかし、かつての明の君主を裏切ったからだ。しかもその理由は、愛妾をライバルの武将、李自成の部下に奪われたせいだという。激怒した呉三桂の姿は、「冠を衝く一怒は紅顔のためなり」［怒髪天を衝くほどの怒りは美女のためであるという意味］と言いはやされた。呉三桂が怒りにまかせて清にねがえった結果、中国はとうとう満州族に征服されたのである。

呉三桂の父が遼東で軍務についたのは、満州族がヌルハチ（伝記71）とその息子のもとで急激に勢力を拡大した時期である。満州族は明が東北地方南部にかまえる軍事拠点を突破するために、集中的な攻撃をしかけた。明はその頃、干ばつをきっかけに激化した国内の農民反乱の鎮圧に精いっぱいだった。一六三〇年、父が数千人の満州兵に包囲されると、呉三桂はおよそ二〇名の呉家の護衛とともに救援にかけつけた。一六三八年、呉三桂は最年少で東北地方の最高司令官に就任する。一六四一年に呉三桂は大敗を喫して不名誉な撤退を強いられたが、明への忠誠心は失わなかった。

一六四三年、宮廷で皇帝に拝謁するために北京に滞在中、呉三桂は華南出身の陳円円という美しい妓女を見初めた。彼はこの妓女の所有者に大金を払ってゆずり受け、自分の愛妾にした。翌年、最後の明の皇帝が呉三桂を北京に招き、首都に迫る李自成率いる農民軍から北京を防衛するように命じた。しかし呉三桂の軍が到着するより先に、農民軍は四月二四日に北京を制圧、最後の明帝は王宮の北側にある煤山《ばい》に昇り、古樹で首をつって自殺した。

はじめのうち、呉三桂は新たに支配者となった李自成に投降するつもりだった。しかし反乱軍の首領たちは金銭を奪うために多数の明の官僚を拷問した。引退して北京にいた呉三桂の父も同じ目にあわされ、さらに李自成の副官のひとりが呉三桂の愛妾を奪ったのである。

この屈辱は耐えきれるものではなかった。「女ひとり守れなくて、どうして国を守れよう」と呉三桂は嘆き、満州族に和議を願い出た。清の太宗ホンタイジの急逝後、摂政王となったドルゴン［清の六歳の幼帝を補佐した］は、いまこそ中国全土を攻略する好機と見て軍を万里の長城の最東端に向けた。それはこれまで満州族が破ろうとしても破れなかった山海関とよばれる明の軍事要塞で、呉三桂の軍が守りぬいていた。

一六四四年の初め、呉三桂とドルゴンの連合軍はすみやかに李自成の農民軍を打ち破った。以後、呉三桂は清が中国全土の征服を進めるあいだ、三〇年近く清の軍人として働いた。ついでに愛妾の陳円円との再会も果たしたということだ。

呉三桂は中国西部と南西部の平定のために遠征し、ビルマにのがれていた南明最後の皇帝［永暦帝］を捕らえて処刑した。呉三桂はこの武功によって親王の爵位をあたえられ、南西の雲南と貴州の二省の藩王に任じられ、この地の軍事・行政権をにぎった。呉三桂の息子は満州族の皇女と結婚した。

呉三桂の勢力は清にとって無視できないほど大きくなった。ついに一六七三年、清の康熙帝（伝記80）は中国南西部の呉三桂と、同じく清の中国征服に協力した明のふたりの武将にあたえた三藩の廃止を決意する。呉三桂はそれまでたくわえた財力と軍事力を背景に、今度は明の再興を掲げて挙兵した。そして国号を周と定め、「天下都招討兵馬大元帥」と称した。

呉三桂の軍は勝利を重ね、たちまち長江に迫ったが、清軍の勢いがしだいに上まわりはじめた。呉三桂は一六七八年三月に周の皇帝となるが、半年たらずのうちに病死した。南部の支配権をとりもどしたい康熙帝の断固とした決意を見誤ったこと、そして明を裏切った過去のせいで漢人知識人の支持を得られなかったことが災いして、呉三桂の支配体制はもろくもくずれた。呉氏は清によって根絶やしにされた。陳円円の運命はいまもわからないままだ。

77 顧炎武《グーイェンウー》（一六一三—八二）

明の遺臣・学者・社会思想家

顧炎武は一六一三年七月一五日、上海の北に位置する昆山《こんざん》で、有力な郷紳地主［郷紳の特権を利用して土地所有を拡大した者］の家庭に生まれた。しかし顧炎武が生まれた頃にはこの一家の勢いはおとろえ、科挙に合格して政府に出仕している者はひとりもいなかった。

顧炎武の大叔父のひとり息子は結婚前に死亡した。その許嫁の女性は、女の貞節を説く儒教の道徳規範を守り、「寡婦」として独身をつらぬいた。顧炎武の両親にはもうひとり息子がいたので、顧炎武は大叔父の養子となり、この寡婦の女性が養母となった。顧炎武は二歳のとき天然痘にかかり、片目の視力を失っている。

顧炎武は明末期に結成された最大の政治・文学団体である復社で積極的に活動した。彼は科挙に何度も落第し、第二段階の地方試験である郷試にも合格しなかったが、没落したとはいえ一家には資産があったので、金を払って一六四三年に国立大学である国子監の学生となった。

一六四四年に明が滅ぶと、顧炎武の故郷の江蘇省の住民は満州族の侵入に激しく抵抗し、顧氏の一族は全員これにくわわった。顧炎武の生母は殺され、兄弟のひとりは一六四五年に戦死した。顧炎武自身も抵抗運動にくわわり、明政府の残党が集まる南京の宮廷に迎えられ、満州族による大虐殺をかろうじてまぬがれた。養母は食を断ち、決して満州族に仕えてはならないと言い残して死んだ。

それから数年間、顧炎武は郷里で世捨て人のような暮らしをしたが、その土地にいる明の遺臣との連絡を絶やさなかった。故郷で清政府に協力していた有力者が顧家の土地をほしがっていた。彼は顧炎武が明の遺臣の軍人鄭成功《ヂォンチォンゴン》（国姓爺、一六二四—六二）と通じていると、顧家の召使にむりやり告発させた。一六五五年、顧炎武

顧炎武の肖像

は厳しい追及をのがれるために裏切り者の召使を殺害したが、殺人罪で処刑されるのはまぬがれた。

一六五七年、顧炎武は南京で明王朝の創始者、洪武帝の陵墓に礼拝し、故郷に別れを告げて華北に移り、その後はずっと華北で暮らした。あちこちへ旅をし、新しい王朝に仕えるのを拒否した明の遺臣のなかに多くの友人を作った。ふだんはもっぱら中国の歴史や地理の研究、そして執筆に没頭した。生活のために農耕や商業に従事したが、旅をするのはやめなかった。一六六八年、彼は反清思想の文集を編纂したという濡れ衣を着せられ、告発される。山東省で投獄されるが、疑いが晴れて釈放された。

著作の出版とともに、顧炎武の学者としての名声は国中に広まった。彼の三人の甥たちは清の科挙に第一位で合格し、清政府の上層部に昇っている。甥や清政府はたびたび顧炎武に仕官を勧めたが、顧炎武は養母の遺言に従い、いかなる地位であろうと政府に仕えるのを拒否した。

明の滅亡を直接経験して、顧炎武は陽明学の徹底した批判者となった。国家の危機になんら実際的な対処ができず、明の滅亡後はさっさと新しい君主に鞍替えするような知識階級を育てたのは陽明学だと考えたからだ。儒教道徳や抽象的な概念に代わって、顧炎武は経済や地理といった実際に役立つ学問を奨励した。孔子が言うように、「君子は自分の身を修め、万民を救うために学ぶ」からである。

顧炎武の『音楽五書』は、中国古代の音韻研究における画期的な成果とみなされ、彼は清代考証学［四書・五経などの解釈の根拠を古典に求める学問］の祖と考えられている。顧炎武は、言語の乱れはかならず道徳の乱れに通じると信じていた。そして道徳を高めるためには、人々が話す言語を合理化し、修正する必要があると考えた。顧炎武にとって、知的探求のうちもっとも重要なのは、知識を実際に応用することである。

一六八二年初め、顧炎武は山西省へ行く途中で数日間雪に足止めされた。帰郷したいと願うあまり、雪のなかで馬を走らせ、落馬して大けがを負った。翌日の二月一五日、顧炎武は亡くなった。

78　朱耷《ヂュダー》（一六二六頃―一七〇五頃）

鳥と魚を描いた風狂画家

朱耷は八大山人という号でも知られ、中国を代表する「風狂」画家のひとりである。卵を抱く鳥や目をむく魚などの絵がよく知られている。江西省南昌に生まれた朱耷は、明王朝の太祖洪武帝（伝記65）の一六番目の息子の子孫である。科挙の受験準備をしていた一六四五年、清が南昌を制圧した。明の皇族の末裔ということは知れわたっていたので、朱耷は侵入する清軍を避けて山岳地帯の仏教寺院に逃げこまなければならなかった。寺院にこもるのは身を隠して命を守るためだったが、憎い満州族に抵抗する手段でもあった。清は後頭部以外の髪を剃り、残した髪を長く伸ばして編む辮髪という髪形を漢人にも強制したが、僧侶になって頭をまるめれば辮髪をせ

「二羽の鳥」。朱耷画。

ずにすむからだ。一六八〇年、なんらかの悩みに耐えかねたか、おそらく禁欲生活をすてて結婚したいと思ったか、朱耷は僧服を焼きすてた。世俗の生活を送り、息子が生まれたが、その後は道教寺院に入って、そこで一生を送った。道教を信奉する道士は明代と同じく髪を伸ばして頭頂部に髷を結うので、朱耷はふたたび辮髪をしないことで、清への抵抗を示したのである。

朱耷は明の皇族の血筋だったために、社会の片すみで身を隠して生きるしかなく、ただ生きるために書画を作った。彼は自分の書は王羲之（伝記27）やその息子の王献之（三四四―三八六）、顔真卿（七〇九―七八五）や蘇軾（伝記51）に学んだと言ったが、その書風は自由奔放で独特であり、あえて穂先のすり切れた筆を使って仕上げられたものが多い。

朱耷の画はたいてい鳥や動物、あるいは魚を描いた水墨画で、筆と墨の大胆な使い方を特徴とし、平明さにおいては群を抜いている。描線の簡潔さは驚くほど近代的で、禅の思想を思わせ、二〇世紀のミニマリズムの萌芽さえ見える。彼の描く鳥の羽はたいていたい逆立ち、苦痛を秘めたまなざしはおそれや怒りを表現している。枯れ枝にとまる鳥の下にはしばしばただよう魚が描かれ、見上げる魚の目は、鳥か、姿の見えない釣り人からあたえられる苦難や危害をおそれているように見える。朱耷の水墨画は日本で非常に高く評価された。牧谿《ムーシー》（一二〇〇―七〇頃）など、日本で愛好者の多い独創的なミニマリストの画家と通じるものがあるのだろう。中国では清が末期に向かうにつれて朱耷の人気は高まった。清王朝が衰退し、民族主義的熱狂が盛り上がるなかで、満州族に抵抗した彼の生き方が見なおされたのだろう。

79

蒲松齢《プーソンリン》（一六四〇―一七一五）

幽霊譚の作家

蒲松齢は中国が深刻な飢饉にみまわれた一六四〇年に、小規模な郷紳地主で商人の家庭に生まれた。一八歳で科挙の第一段階の試験に合格して秀才の資格を得る。明代以降、科挙はしだいに形式的で固定的になっていた。とくに、四書を解釈するために定められた「八股文《はっこぶん》」という特殊な文体は、形式重視で真の思考力が生かせないという点で評判が悪い。蒲松齢は何年も科挙を受けつづけたが、どうしても第二段階の郷試に合格できず、ついに一六九〇年にそれ以上受験するのをあきらめた。

一七歳で結婚し、その数年後に両親の資産を四兄弟のあいだで分割すると、蒲松齢はひどく貧しい暮らしになった。彼はつねに教師の仕事で家を離れているか、科挙の受験準備をしているかのどちらかだったので、家庭内のことは妻まかせだった。

行政官としておよそ一年間働いた後、一六七九年から一七〇九年に引退するまで、生涯のほとんどを故郷の名士である畢《ビー》氏の家塾で教師をしてすごした。蒲松齢は畢氏の親しい友人となったばかりでなく、家族の相談相手としても信頼された。

教師としてすごしたこの時期に、蒲松齢は代表作『聊斎志異』を執筆した。これはおよそ五〇〇編の巧みに構成された物語をおさめた短編集で、人間ドラマを中心にキツネの精や幽霊などの怪異が描かれている。物語の多くはさまざまな資料から取材して書かれている。蒲松齢は一七〇七年頃までこの短編集に物語を追加しつづけた。この本は彼の死後五〇年たってようやく出版されたが、蒲松齢の生前に、まだ本が完成しないうちから、筆写した原稿が出まわりはじめた。

1880年に出版された『聊斎志異』の挿絵。「地震」と題されたこの物語には、蒲松齢が実際に体験した地震のようすが描かれている。建物のなかにいる男性のひとりが蒲松齢かもしれない。

蒲松齢は口語体の戯曲も書いている。そのひとつで『壁』と題する作品は、ほぼ同時代に活躍したイギリスの劇作家ウィリアム・シェークスピアによる『リア王』と驚くほどよく似ている。蒲松齢の戯曲は、死後三〇〇年近くたった二〇世紀末にようやく刊行された。

一七一三年に五六年間つれそった妻に先立たれ、蒲松齢は一七一五年の初めに亡くなった。

80 康熙帝《カンシーディ》（一六五四―一七二二）

清の最盛期を作った皇帝

康熙帝は名前を玄燁《シュエンイエ》といい、即位して康熙と改元したので康熙帝とよばれる。一六五四年に清の三代皇帝である順治帝の三男として生まれた。順治帝は清ではじめて北京に宮廷を開いた皇帝である。康熙帝の母はかなり前に漢化した家族の出身で、中国初のキリスト教改宗者である。父である順治帝が一六六一年に天然痘で急逝すると、康熙帝の祖母にあたる孝荘文皇后が、すでに天然痘にかかったことのある康熙帝を後継者に推した。孝荘文皇后にはドイツ人のイエズス会士で欽天監監正［天文台長］のアダム・シャールがうしろだてについていた。

一六六三年に母が亡くなった後は、玄燁はおもにモンゴル族の祖母に養育された。即位したとき、康熙帝はまだ幼かったので、満州族の貴族オボイを筆頭に、四人の摂政による集団統治が行なわれた。一六六七年からはオボイが専権をふるうようになった。

二年後の一六六九年、祖母の協力のもと、若い皇帝はオボイを投獄し、権勢を誇ったオボイ一族を滅ぼした。

一六七三年、康熙帝は有力な廷臣の反対を押しきって華南にある半独立王国化した三藩の廃止を決定し、呉三桂（伝記76）の反乱に立ち向かった。一六八一年にこの内乱を平定すると、康熙帝は明の遺臣の最後の砦となった台湾の征服を命じた。

一方、康熙帝は漢人のあいだに根強く残る反満州感情の緩和に力を入れた。とくに反感が強かった華南では、華南出身の人材を登用したり、科挙では華北より華南の受験生を優遇し、皇帝みずから科挙に臨席したりした。康熙帝は西洋人や西洋科学に対してきわめて好意的で、自分がマラリアにかかったときは、イエズス会士にキニーネを使って（何人もの廷臣で人体実験をさせてから）治療させた。また、天体現象を計算で予測する西洋の天文学の優秀さに感心し、宮廷にいるイエズス会士から幾何学や三角法などの西洋の数学を学んだ。さらに西洋の楽器や絵画にも興味を示し、専門知識をもつイエズス会士の協力によって、世界地図と中国の地図の作成を命じた。康熙帝は書をたしなみ、さまざまな文学作品を出版した。皇帝みずから作った稲作と養蚕の詩によせて、数多くの宮廷画家のひとりである焦秉貞《ジャオビンヂエン》が描いた「耕織図」はよく知られている。康熙帝の命令で編纂された書物に、唐代の詩の全集である『全唐詩』や語彙を韻ごとに分類した辞書、そして『康熙字典』

巡幸に出て長江を渡る康熙帝

（一七一〇年に着手、一七一六年に出版）などがあり、この皇帝の古典中国語への関心を物語っている。『康熙字典』は現在も古典学者の基本的な参考書として利用されている。

ロシアはシベリアに勢力を拡大し、満州族の故郷である黒竜江（アムール川）一帯に進出した。東北部に侵入したロシア軍をなんとか追いはらったのち、一六八九年に康熙帝はイエズス会士をふくむ使者を派遣して、ロシアと和平条約［ネルチンスク条約］を結んだ。

その頃、モンゴル高原西部でオイラト族が勢力を拡大し、清とのあいだにモンゴル高原の支配権をめぐる争いが生じていたため、清はロシアとの和議を急ぐ必要があった。オイラト族はもともと現在の新疆ウイグル自治区を流れるイリ川流域にいた部族である。康熙帝は一六九六年にみずから軍を率いてオイラト族を敗走させ、外モンゴルのハルハ部に清への忠誠と服従を誓わせた。また、一七二〇年にはチベットも正式に併合した。

康熙帝は中国の領土を拡大しただけでなく、国民生活にも多大な影響をあたえた。各地の天候と穀物価格を報告させ、南へ六回も巡幸して華南の知識階級を懐柔するとともに、華南に残る大規模な貯水工事の跡やその設備をしげしげと観察した。一七一二年には人口が急激に増加しているにもかかわらず、全国の人頭税を廃止した。長い治世のあいだ、康熙帝はつねに上奏書に自分で目をとおし、メモをとり、思いついたことを書きこんだ。右手をけがしているときは、左手で書いたという。

漢人と満州族の相続の習慣の違いは、後継者問題をひき起こした。漢人の原則にしたがって、康熙帝は一六七六年に、皇后が生んだ長男（康熙帝の二〇人の息子のうちの二番目）がまだ幼いうちに皇太子に指名した。しかし後継者を親族間で競いあって決定する満州族の伝統により、康熙帝の一五人の年かさの息子たちのあいだで後継者争いが起こった。決められていた皇太子は廃太子となり、ふたたび皇太子として復活し、また廃太子とされた。結局、康熙帝の四男が一七二二年に帝位を継ぎ、雍正帝として即位した。その直後から康熙帝の死と後継者争いをめぐる疑惑が浮上した。父親殺しの疑いもふくめて、今日まで真相は明らかになっていない。

81

曾静《ゾンジン》（一六七九—一七三六）

反清的知識人

清政府は反満州感情に過剰に神経をとがらせ、書物のなかに清を批判する記載があれば、著者を厳しく処罰した。しかし疑心暗鬼のあまり、無実の者が処刑されることもあった。曾静はそのような筆禍事件の数えきれない犠牲者のひとりである。曾静は一六七九年に華南の湖南省で生まれた。科挙に何度も落第し、同じ立場の何千人という知識人と同様に、教師をして生計を立てた。曾静は評判のよい科挙の参考書で勉強し、その著者で明の遺臣の呂留良《リュリィウリィアン》に心酔していた。呂留良は曾静と同じ華南の人で、一六八三年に亡くなっている。雍正帝（在位一七二二—三五）の治世の初期に、曾静は学生を使いに出して呂留良のほかの著書を集めた。それらの書物は反満州的な記述やあてこすりに満ちていた。

曾静は雍正帝を皇位簒奪者とみなし、打倒清の好機をうかがって、四川省と陝西省の総督という有力な地位にある岳鍾琪《ユエヂョンチー》と連絡をとった。岳鍾琪はおよそ六世紀前に女真族と戦った南宋の英雄岳飛（伝記55）の子孫（ツングース語を話す女真族は清の建国とともに民族名を満州族とあらためた）と考えられていたので、曾静は岳鍾琪が祖先にならって征服者の王朝を倒してくれると期待したのである。

一七二八年の秋、曾静は西安に駐屯していた岳鍾琪に匿名の手紙を書いた。その手紙は雍正帝の父親殺し、兄弟殺し、そして母に対する冷遇など、一〇か条の悪徳を批判したものだ。しかし、岳鍾琪は祖先の英雄的行為をくりかえすつもりはさらさらなかったので、手紙の内容を皇帝に密告した。

曾静は逮捕されて拷問にかけられ、たちまち耐えきれなくなって自白した。そして同じ志をもつ友人の名前を明かしたので、彼らはすぐに全員逮捕された。「書物によって反逆をくわだてた」罪で、数十年前に亡くなった

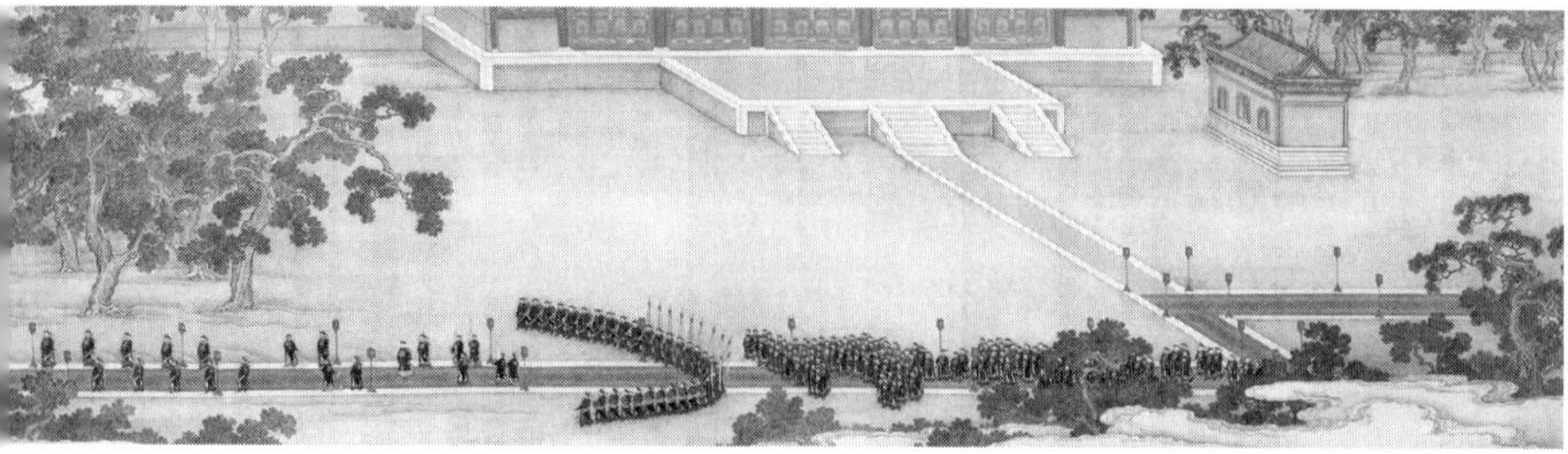

生贄を捧げる儀式を行なう雍正帝と廷臣

呂留良と死んだ息子や門人たちは墓を暴かれて首を斬られた。呂留良と関係の深かった者は処刑され、その一族の成年男子も連座させられた。女と子どもは奴隷として流刑にされた。呂氏の生き残りは全員浙江省から中国東北部に追放された。

不思議なことに、曾静は雍正帝によって罪を赦されている。雍正帝は清王朝の正統性を主張する理論と、曾静がみずからの思想的誤りを認めた「告白」を本にまとめ、一七三〇年に出版した。これが『大義覚迷録』で、曾静の事件によって表面化した反満州思想にひとつひとつ反証する形をとっている。

曾静は釈放されて故郷の湖南省に帰ったが、幸運は長続きしなかった。五年後に雍正帝が亡くなると、その息子が乾隆帝（伝記83）として即位し、『大義覚迷録』を悪書として回収し、廃棄させている。曾静はふたたび逮捕され、一七三六年に処刑された。乾隆帝は書物の検閲と反清思想の弾圧をかつてない厳しさで続行した。

82 曹雪芹《ツァオシュエチン》（一七一五／二四―六三頃）

中国最高の小説家

曹雪芹は昔から中国最高の小説家として知られ、その文学的価値はシェークスピアやホメロスにも匹敵するとうたわれてきた。過去一〇〇年のあいだにこの作家について徹底した研究がなされたが、これほど有名でわずか二世紀半前に亡くなったばかりの人物であるにもかかわらず、周到な調査をしても、その生涯は謎に包まれたままだ。誕生した年や父親の素性、本人の職業、そして北京郊外のどこで晩年をすごしたのかさえ、まったく知られていない。

曹氏はもともと中国東北部に居住する明の臣下だった。満州族は曹氏を捕虜にし、清の皇族の世襲の奴隷にした。したがって曹氏は漢人ではあるけれども、法的にも文化的にも、満州族で構成された「八旗制」の一員であった。「八旗制」には、それぞれ満州族とモンゴル族の八旗満州や八旗蒙古があり、これらのなかではたとえば漢人の習俗である女性の纏足《てんそく》は行なわれない。若くして帝位についた康熙帝（伝記80）の乳母を曹雪芹の曾祖母がつとめていたことから、曹氏は政治的に優遇された。この曾祖母の夫にはじまって、曹氏は三代およそ六〇年間、華南の大都市南京で利益の多い織造局［宮廷で使用する織物を生産する機関］の長官の地位につき、その他のポストも兼任した。

清の皇帝一族は、中国史上もっとも高い教育を受けた皇族である。教育を重視

曹雪芹『紅楼夢』の挿絵

する皇族の方針はやがて支配層全体に広がった。こうして、人口比では少数派の「旗《き》人」［八旗に所属する人。清の人口は満州族に対し漢人が圧倒的多数だった］のあいだに、満州族、モンゴル族、漢人にかかわらず、多数のすぐれた文学者が現れた。曹雪芹の祖父の曹寅《ツァオイン》（一六五八―一七一二）もそのひとりだ。傑出した詩人、書籍収集家、出版者として知られ、儒教道徳にあまりしばられない観点から演劇の批評も行なった。

康熙帝は華南に六回巡幸し、曹一家はそのうち四回南京で皇帝の接待役をつとめた。皇帝の曹家に対する寵愛ぶりがここにも表れている。気前のいい康熙帝は曹家にたっぷりとほうびをあたえ、曹寅の長女が満州族の爵位をもつ家に嫁ぐためのうしろだてとなり、この娘の生んだ息子はその爵位を受け継いだ。曹一族はぜいたくで豊かな生活を送った。そんななか、一七一五年頃に曹雪芹は生まれた。本名を霑《チャン》という。

恵まれた時代は一七二二年に終わりを告げた。この年、康熙帝が没して雍正帝が帝位を継ぐことになるのだが、後継者が決定するまでに激しい争いがあり、曹家は敗者の側についてしまったのだ。数十年間のぜいたくな暮らしと康熙帝へのたびたびの接待がたたって、曹家は政府に莫大な借金があった。曹家はたちまち宮廷内で失墜し、長いあいだ占めていた織造局長官の地位とその他のポストをすべて失った。一七二八年に宮廷はついに曹家の全財産の没収を命じた。家族は困窮し、全員で南京を出て北京に移り住んだ。一七三五年に乾隆帝（伝記83）が即位すると、失脚した官僚が借金を払えない場合は返済を免除するという恩赦が発表されたが、曹家がかつての栄光と富をとりもどすことは二度となかった。

曹雪芹は早々と官僚になる夢をすてた。昔から仕官は貧困から這い上がる唯一の方法だったが、彼は儒教道徳にしばられない西晋時代の自然な生き方にあこがれた。八旗制の構成員は旗人とよばれ、政府の基本的な配給を受けとる資格があったが、曹雪芹はときには食べ物にもこと欠く苦しい生活をした。彼は家族が住む都会の家を出て北京西郊の田舎の村に移り、水墨画を売って暮らしをたてたようだ。

一七五〇年代のなかば、曹雪芹は彼の名を不朽のものにする小説を書きはじめた。最終的に『紅楼夢』と題されたこの作品は、有力な資産家一家がしだいに没落し、最後に破滅するまでを描いている。自伝的内容だと一般に考えられており、過去一〇〇年の曹家の栄枯盛衰が映し出されている。同性愛や近親相姦、そして官吏の腐敗まで、当時の貴族の生活を生き生きと描いているのが特徴だ。数十人の主要登場人物のなかには、下女もいれば一家の家長の女性もいる。それぞれの描写が個性と生気にあふれているので、実在のモデルがいるにちがいないと考えられていた。

この小説はいくつもの脇筋が並行して進んでいくが、中心となるストーリーでは、若き日の曹雪芹と思われる主人公の賈宝玉と、そのいとこで病身の美女の林黛玉との悲恋が無邪気な子ども時代から語られていく。涙を誘うこの物語は何世紀にもわたって数百万人の読者に愛されつづけ、登場するふたりの恋人たちの名前はあまねく知れわたった。曹雪芹は古典的な詩にも才能を見せたが、この小説は主として当時の北京方言にもとづく口語体の中国語で書かれている。

『紅楼夢』の魅力は、未完成のもどかしさによっていっそう高められている。著者は最初の八〇回を書いたところで亡くなってしまい、物語は一家が没落しはじめる直前で終わっている。物語を完結させるさまざまな試みがなされたが、旗人の高鶚（一七三八頃―一八一五頃）が最後の四〇回分を書きくわえて完結させた一二〇回本がもっとも普及している。高鶚によって追加された部分が曹雪芹の考えた筋書きと同じかどうかはだれにもわからない。曹雪芹は物語を完結させていたのかもしれないが、後半部分の原稿がのちに失われてしまったという可能性も考えられる。

曹雪芹は中国暦の大晦日（一七六三年二月一二日）に亡くなったと伝えられている。その数か月前に幼い息子を亡くし、貧困のうちに世を去った。

83 乾隆帝《チィエンロンディ》（一七一一―九九）

清王朝の最盛期を築いた皇帝

乾隆帝は一七一一年に生まれた。名前を弘暦《ホンリー》といい、雍正帝の四男である。また、雍正帝は康熙帝（伝記80）の四男にあたる。一七二二年の雍正帝の即位には疑惑が多く、現在まで謎は解明されていない。

皇子だった弘暦は祖父の康熙帝に気に入られていたといわれ、幼い頃は宮廷に入りびたってすごした。一一歳のとき祖父とともに狩りに出て、手負いの熊に立ち向かってまれにみる勇気を見せた。狩りは乗馬と狩猟の腕前

馬上の乾隆帝

が試される満州族の重要な伝統のひとつである。

満州族の皇子のひとりとして、弘暦は厳しい教育を受けた。当時の記録によれば、学習は夜明け前からはじまり、中国語、満州語、モンゴル語の勉強にくわえ、武術の訓練もあったという。雍正帝は即位後すぐひそかに弘暦を皇太子に指名していたので、弘暦の教育はいっそう厳しさを増した。

雍正帝は一七三五年の夏に急逝したが、それまでの帝王教育のおかげで、皇位継承にはなんの問題もなかった。帝位についた乾隆帝は父の政策の数々をあらため、その長い治世はまぎれもなく清王朝の最盛期となった。乾隆帝の治世は継続的な領土拡大の時代である。長年の激しい軍事遠征の結果、清はモンゴル西部のジュンガルを破り、その最後のカリスマ的指導者アムルサナをロシアに追いやった。そしてイリ川渓谷の古くからの拠点にいたジュンガル部族をほとんど全滅させた。また、イスラム教徒のテュルク系民族を支配下に入れ、帝国の版図をバルハシ湖とフェルガナ盆地まで広げた。南西部ではチベットの支配を強化したばかりでなく、ネパールのグルカ王朝を討伐するために遠征軍を派遣し、グルカをカトマンズの外に撃退した。そして一七九二年にネパールの求めに応じて和議を結んだ。また、ビルマ（現ミャンマー）とベトナムにも遠征軍を送った。

乾隆帝の文化事業は、領土拡大にまさるともおとらない重要性をもっている。もっとも卓越した業績は『四庫全書』の編纂で、中国史上最大の書籍編纂事業である。一七七三年に編纂が開始され、九年かけて完了した。三六〇人を超える学者からなる編纂委員会が宮廷図書館などから一万点を超える写本を集め、そのうち『四庫全書』におさめる三四六一種の書籍を選んだ。完成した『四庫全書』は、七万九〇〇〇巻以上の書物を三万六三八一冊に編纂してある。およそ二三〇万ページ、推定八億字の大事業である。四〇〇〇人近い筆写師によって合計七セットの『四庫全書』が作成され、宮殿や離宮に配られた。そのうち二セットがいまも残っている。

乾隆帝がこの野心的な事業に取り組んだ理由は、ただ文化のためだけではなかった。根強く残る漢人知識人の反満州感情への警戒心があったのである。『四庫全書』に収録する作品を選別する過程で、「反政府的」書物が発見されれば焼きすてるか、どれほど古い本であろうと、反満州的表現があればその部分を削除した。

乾隆帝は文学や芸術に対するすぐれた感性をもつ学識豊かな君主だった。満州族の若い皇子が全員学ばなければならない三言語にくわえて、チベット語とテュルク諸語に属するウイグル語を読むことができた。また、ヨーロッパから渡来したイエズス会士の画家や手工業者を雇って宮殿で働かせ、円明園［北京に作られた離宮・庭園］に「西洋楼」［洋風建築が立ちならぶ場所。現在は廃墟になっている］とよばれる小さな区域を増設した。さらに図書館や仏教寺院のほか、引退後の住まいとして紫禁城に複合庭園を造営し、北京の北東の承徳にあった狩猟園を拡充した。乾隆帝は四万二〇〇〇編もの古典的な詩を作ったといわれているが、さすがにすべてが自作ではないかもしれない。彼は書画もたしなみ、宮廷に所蔵されている絵や美術品のコレクションを大幅に拡大した。

どこに滞在していようと、乾隆帝は毎朝六時に起床して午前中は政務をとり、大臣と話しあい、新しく任官された官僚や高官を謁見した。一七四八年に亡くなった最初の皇后と乾隆帝は非常に仲睦まじかったという。数十名の妃と寵姫を後宮に置き、一七人の息子と一〇人の娘をもうけたが、成人になるまで生きていたのは一〇人の息子と五人の娘だけだった。

乾隆帝はしだいに奢侈にふけり、権力を誇示するようになった。江南への六回の巡幸は、名目的には江南の住民に皇帝の姿を見る機会をあたえ、彼らの関心事を探る目的があったが、実際には莫大な費用のかかる物見遊山であった。不正や汚職を許さなかった若い頃の厳格な態度は老いるにしたがって影をひそめ、とりわけ打算的な大臣のヘシェン（伝記84）の専横を許した。

一七九三年の夏、乾隆帝はイギリスの大使マカートニーの訪問を受けたが、貿易港の増加を求めるイギリス側の要求を拒絶した。清は広大な土地と豊かな物資に恵まれ、外国貿易を必要としない「神聖な帝国」であるという態度を決して変えることはなかった。しかし、この方針が半世紀たってから中国に大きな打撃をあたえるのである。

乾隆帝は祖父である康熙帝の六一年の治世を超えるのをはばかって、一七九五年の中国暦の新年に正式に退位した。かねてから指名していた皇太子が嘉慶帝として即位する。しかし乾隆帝は「太上皇」となっても実権を手離さなかった。乾隆帝は一七九九年二月七日に崩御し、中国史を通じてもっとも長い治世がようやく終わった。

84 ヘシェン（一七五〇―九九）

腐敗した清の官僚

ヘシェンは一七五〇年に生まれた。満州族ニオフル氏の出身で、清の統治制度である八旗制では正紅旗に所属していた。眉目秀麗な才人で、満州族の貴族の子弟が学ぶ宮廷学校でみっちり教育を受け、有力な満州族の貴族で法務大臣をつとめる人物の孫と結婚した。

ヘシェンは一七七二年に下級の衛士としてはじめて仕官した。あるとき、乾隆帝（伝記83）が上奏文を検討しながら『論語』の一説を引用した。居あわせたほかの満州族の衛士はだれも皇帝の言葉の意味がわからなかったが、ヘシェンは同じ『論語』のなかから適切な言葉を引用して返答することができた。皇帝はこの下級官僚が示した博識に大いに喜び、これをきっかけにヘシェンは官僚の世界で出世の階段をかけ上がっていくのである。

ヘシェンは四年たらずで財務副大臣、軍機大臣［皇帝の補佐として政治の中枢を担う］、内務府大臣［皇帝の生活と事務を管理］、領侍衛内大臣［首都北京の防衛を統括］などの要職を兼任するようになった。一七八〇年に乾隆帝は末娘とヘシェンの息子を婚約させている。一七八二年、ヘシェンは清の正式な宰相職と人事担当大臣に昇り、人事、財務、朝貢を統括する部の長官もかねた。以後、ヘシェンは一七九九年に死ぬまで、中国史上もっとも強

汚職にまみれた寵臣ヘシェン

い宰相として権勢を誇った。

ヘシェンはさまざまな悪どい汚職の手口を駆使して莫大な富をたくわえた。財務と軍事を担当する部を掌握しているおかげで、政府資金を自由にできたのである。人事担当大臣という地位にあったので、とくに地方の知事からの賄賂が絶えなかった。陝西省の知事は銀二〇万両（清代の一両は六二四〇キログラム）をヘシェンに渡そうとしたが、ヘシェンの私用の納戸に賄賂を置くためには、まずヘシェンの部屋の前に立つ番人に銀五〇〇〇両を贈る必要があった。

乾隆帝の寵愛のおかげで、ヘシェンは汚職の摘発をすり抜けることができた。また、汚職がばれるのを防ぐヘシェン独特の手口があった。たとえば政務の監察をするポストが空席になったときは、かならず六〇歳以上の者で埋めるように命じた。その年になれば汚職を摘発するよりも、快適な老後を手に入れることで頭がいっぱいだからだ。

一七九三年にヘシェンは皇帝の代理として、イギリス初の訪中使節ジョージ・マカートニーを北京郊外の別荘（現在は北京大学キャンパスの一部になっている）に迎えた。ヘシェンはそこでイギリス大使に随行した医師に脱腸帯をあつらえさせている。

乾隆帝は一七九五年に名ばかりの退位をした後も実権をゆずらなかったので、帝位を継いだ嘉慶帝はヘシェンの不正を知りながらどうすることもできなかった。「太上皇」が亡くなると、ヘシェンはただちに逮捕され、私有財産は差し押さえられて監査された。ヘシェンの全財産は銀八億両という天文学的な数字（現在の金額にして一四四億ドル）で、当時の政府の年間歳入額（およそ七〇〇〇万両）の一〇倍を超えていた。一七九九年二月二二日、ヘシェンは自害を命じられた。乾隆帝の死から一四日後のことである。

85 林則徐《リンゼァシュ》（一七八五―一八五〇）

イギリスのアヘン密貿易を禁止した官僚

林則徐は一七八五年に貧しい教師の家に生まれた。生地の福建省は中国南東岸に位置し、もっとも小さく山がちな省のひとつである。一九歳のときに競争率の高い科挙の地方試験に合格するが、最終段階の試験には二回落第し、福建省の知事に要請されて職員として働きはじめた。一八一一年にようやく最終段階の試験に合格し、名誉ある翰林院のポストに任命された。

一八二一年以降、林則徐は重要な地方官の地位を歴任し、公正さと実務能力をかねそなえた官僚として認められる。道光帝は林則徐を問題解決能力にすぐれた官吏として信頼していた。不正を許さず、人民の幸福を第一に考える人として、庶民からは尊敬をこめて「林青天」とよばれた。

アヘン窟を描いた西洋の絵。1842年。

一八二四年に母が亡くなると、林則徐は儒教の定めにしたがって喪に服すために長く職を離れた。すると皇帝からよびだされ、江蘇省の供沢《こうたく》湖の堤防が決壊し、北京への穀物の出荷が止まっているため、服喪期間を切り上げて堤防の修繕を監督してほしいと要請された。こうした緊急事態が起きるたびに頼りにされるのが林則徐だった。

林則徐は一八三二年に江蘇省巡撫［長官］に任命され、農業改革に実績を上げた。一八三七年には湖北と湖南を合わせた地域の総督に就任する。ここで取り組んだのはアヘン密貿易の廃止とアヘン中毒の根絶である。

一七八〇年代以降、イギリス東インド会社はインドにおけるアヘン生産を独占し、アヘンは密輸業者によって中国に輸出された。中国のイギリスに対する大幅な貿易黒字（主として茶の販売による）は、中国へのイギリスのアヘン輸出によって巨大な赤字に転じ、さらにアヘン中毒は深刻な社会問題をひき起こした。数千万人という中国人庶民がアヘン中毒になり、宮廷や政府、軍隊など、支配層にもアヘンが広まった。一八三〇年代にはイギリスは年間推定一八二〇トンのアヘンを中国に輸出していた。すでに一七二九年に清政府はアヘンの生産、販売、使用を禁止する厳しい法律を公布していたが、ほとんど効果は見られなかった。アヘンの公然の密売は社会と政府の激しい堕落をまねいた。

林則徐はアヘンの密貿易を禁止するため、断固たる緊急措置を求めて皇帝に上奏文を次々に提出し、欽差大臣［特定の問題について皇帝から全権を委任されて対処する臨時の官］に任命されて、アヘンの禁輸を断行するため広東に派遣された。一八三九年三月一〇日、林則徐は広州条約港［外国との条約によって開港された貿易港］に到着するやいなやイギリス商人に通商停止を申しわたし、アヘンの在庫を差し出すように命じた。当時の清の役人は情けないほど世界情勢にうとかったが、林則徐はヨーロッパの国際法の手引書から、外国商人を取り締まる行為の根拠となる部分を翻訳させて読んでいた。

広州に派遣されていたイギリスの貿易監察官チャールズ・エリオットは、林則徐の要求にしたがってすべてのイギリス商人にアヘンを引き渡すように命じた。しかし、このときエリオットはイギリス王室が商人の損害を賠償すると約束している。つまりイギリス政府がアヘン貿易に関与しているのを認めたも同然であり、積み荷を奪われた報復としてイギリス軍が中国政府に軍事行動をしかけるお膳立てがここで作られたのである。

林則徐が没収したアヘンは二万箱に上った。一箱の重さはおよそ六三キログラムである。彼はそれを広州に近い海岸で処分した。塩と石灰を混ぜて麻薬成分を中和してから、海に廃棄したのである。一方で林則徐はヴィクトリア女王宛に公開状を送り、イギリス政府がアヘンの密貿易を継続する倫理的な根拠を問いただした。その公開状はアメリカのイェール大学の卒業生によって、中国語からあまりうまくない英語に翻訳された。女王からの返事はとどかなかった。

返信のかわりに、イギリスは一八四〇年六月に小砲艦を派遣した。イギリス軍の優勢は火を見るより明らかだった。林則徐がアヘンを処分した広州はおそらく中国側の守りが固かったせいだろう、イギリス艦隊は広州より北の杭州湾をめざし、湾内の島を制圧してから、首都北京の港である天津港に向かった。

道光帝はたちまちイギリス軍に降参し、林則徐をロシアとの北西の国境にあたるイリ地方に追放した。しかしイギリスの攻撃は止まず、沿岸の都市が次々に占領された。イギリス軍が長江の奥深くまで侵入すると、皇帝は和議を申し入れ、香港を割譲し、廃棄したアヘンに対する莫大な賠償金とイギリス軍の遠征費用を支払った。中国が西洋の強国に蹂躙される屈辱の世紀がこうしてはじまったのである。

一八四六年に林則徐は追放を解かれてよびもどされ、以後、いくつかの地方長官のポストについた。一八四九年に体調をくずして引退するが、翌年、ふたたびよびもどされて、今度は広西省の反清的な宗教団体「拝上帝会」の平定を目的として欽差大臣に任命された。林則徐は一八五〇年一一月二二日、任地に向かう途中に広東で亡くなった。外国商人に毒殺されたという噂もある。中国史上もっとも公正で有能な官吏の死の真相は謎のままだ。

86　汪端《ワンドゥアン》（一七九三—一八三九）

清代の女流詩人

汪端は一七九三年に杭州の知識層の家庭に生まれた。清代にはとくに江南地方で才能と教養に恵まれた女性が数多くいたが、男性至上主義の当時の中国では、この女性たちの能力が認められ、活用されることはほとんどなかった。汪端もそうした女性たちのひとりである。祖父は進士となり清政府で司法を担当する部に勤務した。父の汪瑜《ワンユー》は妻を亡くしてから、ふたりの息子とふたりの娘を教育しながら故郷で静かな学究生活を送ろうと決心した。

末娘の汪端は幼少期から特別な才能を示した。六歳で「春雪」という詩を書き、大人顔負けのできばえを称賛された。父は「掌中の珠」である娘のために家庭教師を雇った。汪端がわずか一〇歳のときの詩を紹介しよう。

「農夫一家」
梨の花を一夜の雨が濡らし、
水田に澄んだ水が満ちる。
隣人はやせた子牛に餌をやろうと
鍬をかついで生け垣を抜けていく。
若い妻は朝食の支度に忙しく、
子どもらは空が晴れてくるのを待っている。
竹林を吹きぬける風のなか、
カッコウが田を耕せとまた鳴いている。
〔カッコウを意味する中国語の「布谷《ブーグー》」が、「種をまく」という意味の「母豬《ムーヂュ》」の語呂合わせになっている。〕

当時の結婚は家同士が決めるのがあたりまえだった。汪端の父は、芸術的な才能のある娘にふさわしい配偶者を見つけたいと考えた。そして有名な士大夫の陳文述《チェンウェンシュ》に会うために蘇州におもむいた。陳文述は杭州の出身で、その息子の陳裴之《チェンペイヂー》は詩人である。汪端は一四歳で陳裴之の許嫁となった。それからまもなく汪端の父と兄が亡くなり、汪端は母方のおばに引きとられた。このおばは有力な士大夫の妻で、彼女自身も文学的な名声を誇り、汪端が教養を身につけるのを奨励した。おばの夫は汪端と中国史について議論を戦わせ、しばしば言い負かされたので、この博識な姪に「虎端」というあだ名をつけた。

汪端は一八一〇年に陳裴之に嫁いだ。舅の陳文述は有名な清の詩人袁枚《ユエンメイ》（一七一六―九八）の愛読者だった。袁枚は才能ある女流詩人を教え育てた人で、陳文述も嫁となった汪端の文学と歴史にかんする幅広い知識に感じいった。

詩を作るだけでなく、汪端は自分が選んだ明代の詩に注釈をそえた詩選集を二冊出版した。夫は官僚としては不遇で、夫婦はふたりの息子に恵まれたが、長男は幼いうちに亡くなり、次男は体も知能も弱かった。儒教的な家族の習慣にしたがって、汪端は男の子を得るために夫に妾をもつよう勧めたが、若い妾は二年後に死んでしまった。

一八二六年、汪端の夫は他省に赴任中、任地で亡くなった。続いて汪端のひとり残った息子が思い精神病を発症する。汪端は道教の信仰に打ちこみ、数か月も部屋にこもって瞑想するようになった。

男性中心の文学の世界はほとんど女性を受け入れなかったので、汪端は歴史の知識を詩にそそぎこむしかなかった。しかし汪端は『元明移行期秘話』という小説も執筆している。全八〇章からなるこの物語は、正史とはかなり異なる観点から出来事や人物を描いたものだ。しかし汪端は道教の信仰に溺れていき、この小説の原稿を燃やしてしまった。

一八三九年二月一日、汪端は四六歳の誕生日を目前にして、一一〇〇編を超える詩を残して亡くなった。汪端は親族のなかでただひとりの女流作家というわけではない。夫の遠縁の女性は陳端生という作家で、長編の物語詩『再生縁』を書いた。これは才能豊かな女性が男といつわって生き、宰相にまで上りつめるという物語で、清代の女性解放宣言ともいうべき内容である。さらに汪端のふたりのいとこの女性は、『紅楼夢』の続編の作者で、満州族の女流詩人としてもっとも名高い顧太清（一七九九―一八七七）と親しい間柄だった。

87 僧格林沁《ソングヹァリンチン》（一八一一―六五）

モンゴル族最後の猛将

僧格林沁は一八一一年生まれで、内モンゴルのホルチン部ボルジギット氏の出身である。チンギス・カンの弟のジョチ・カサルの子孫だといわれている。

僧格林沁の家族は貧しく、彼は父とともに放牧をして暮らしを立てた。しかし僧格林沁の一族はモンゴル族のなかでいちばん先に満州族に服属したので、その功により永続的な王位［ホルチン郡王］をあたえられていた。当時の王は清の道光帝の義理の兄［道光帝の姉の夫］にあたる人物だったが、一八二五年に後継者がいないまま亡くなった。僧格林沁はまれにみる武術の腕前を評価されて「バートル」（モンゴル語で「英雄」）とよばれていたので、選ばれて王位を継ぎ、北京に出て宮廷に仕えることになった。

僧格林沁はまたたくまに頭角を現した。一八三四年にはすでに、皇帝のもっとも近くで身辺警護にあたる四人の近衛兵のひとりである御前大臣に任じられた。僧格林沁はモンゴル旗（行政・軍事の単位）のひとつを統括し、続いて満州旗のひとつを統括した。

キリスト教の影響を受けた太平天国の乱（伝記88洪秀全を参照）

遠征中の僧格林沁を描いた19世紀の絵

が勃発すると、僧格林沁は一八五三年に欽差大臣として首都北京一帯の防衛をまかされた。彼は一八五五年に太平天国の北伐軍を全滅させ、ふたりの指揮官を捕虜にした。太平天国軍は二度と黄河以北に攻めこまなかった。

一八五九年六月、僧格林沁は英仏連合艦隊を破って天津を防衛する。しかし、翌年英仏軍が戦備を増強してふたたび侵入すると、僧格林沁の勇猛果敢な騎兵は、最新式の西洋の武器の前になすすべもなく虐殺された。英仏連合は北京を占領し、円明園を徹底的に破壊して火を放ち、洋館が立ちならぶ西洋楼は廃墟になった。僧格林沁は厳しく責任を問われ、降格されたうえに爵位を剥奪された。

一八六一年、清政府はさらに深刻な危機に直面した。華北の捻《ねん》軍とよばれる農民反乱の拡大である。捻軍はときには南京の太平天国と連携しながら清に対抗した。僧格林沁はもとの地位に戻され、捻軍の平定を命じられた。彼は五年にわたって全力で戦いつづけ、宮廷から厚い信頼を得た。同じ一八六一年に咸豊《かんぽう》帝が死去すると、僧格林沁はクーデターによって実権を掌握した西太后（伝記89）の味方についた。そのため彼の地位と権力はますます高まり、王位にくわえてふたつの爵位をあたえられた。

その後の捻軍との戦いで僧格林沁は多数の有能な部下を失い、厳しい戦いを続けながら華北各地を転戦した。一八六五年五月、ついに山東省で待ち伏せしていた反乱軍に包囲される。護衛する兵の半数を失い、空腹と疲労に苦しめられながら夜を徹して戦い、ついに戦死した。

宮廷は僧格林沁の死に衝撃を受け、皇帝が祖先の祭祀を行なう紫禁城内の太廟に彼を祀り、その功をたたえた。死後にこうした名誉をあたえられたモンゴル族は、僧格林沁をふくめてふたりしかいない。

88

洪秀全《ホンシウチュエン》（一八一四―六四）

太平天国の乱の指導者

洪秀全は一八一四年一月一日に広東省の客家《はっか》の農民家庭で生まれた。客家はおもに中国南部に居住する漢民族の一派で、中国北部や中原の地から南方に移住した人々の子孫であり、独自の方言や数多くの文化的特徴を何世紀も維持しつづけている。たとえば、客家の女性は纏足をしなかった。近代中国には客家出身（孫文、鄧小平、李登輝）や客家と縁続き（蔣介石の妻は客家出身であり、毛沢東の母は客家だったと考えられている）の指導者が大勢いる。

洪秀全は儒教の経典を学び、学問の才能を現したので、彼の一族は洪氏から初の科挙合格者が出るのを期待した。一八二七年から一八四三年にかけて、洪秀全は科挙の受験資格を得るための地方試験を広州で受験する。しかし三段階の試験の第二段階に四回落第し、科挙が受験できる「秀才」の資格を得ることができなかった。一八三七年に試験に落ちた後、洪秀全は失意のあまり体を壊して死にかけたという。

一八三六年、洪秀全は広州でキリスト教の教えを説く中国人と外国人のふたりづれに偶然出会った。そのとき配られたのが、プロテスタントに改宗した中国人が書いた『勧世良言』という九冊セットの布教用パンフレットである。それから七年後、いとこのひとりがそれを読み、洪秀全にも読むように勧めた。洪秀全はたちまちその内容に引きつけられた。六年前に重い病に伏していたとき、彼は夢を見たという。それは天に昇って父なる神と神の長子イエスに迎えられるというお告げのような夢だ。洪秀全は自分が神の次男（イエスの弟）であり、この世の妖魔を退治する使命をあたえられていると確信した。

洪秀全は、キリスト教の教義を自分なりに解釈し、それをまず自分の家族に説きはじめた。そして拝上帝会と

「天王」を自称した洪秀全の肖像

いう新しい宗教団体を立ち上げる。親戚で最初の入信者のひとりである馮雲山は懸命に布教につとめ、カリスマ性もあったので、隣接する広西省の山岳地帯に住む客家社会で信者を獲得した。この地域にはほかの少数民族も居住し、儒教があまり浸透していなかったことが幸いしたのである。一方広州にいた洪秀全は、若いアメリカ人のプロテスタント伝道師、アイザッチャー・ジェイコックス・ロバーツの協力で教義を練り上げた。

洪秀全が一八四七年に広西省で布教していた馮雲山に合流したとき、拝上帝会は数万人の信者を集める団体にふくれあがっていた。馮雲山は政府に逮捕され、洪秀全は一時的に広西省を離れた。

一八五〇年の夏、拝上帝会は広西省の金田村に公然と教団の本部を設置し、

太平天国の乱

洪秀全は皇帝しか身につけることを許されない龍の文様の黄色い長衣を着るようになった。信者は軍事的単位で組織され、私有財産はすべて差し出して「聖庫」におさめ、共同で使用することにした。男女は分かれて暮らした。その年の終わりに、拝上帝会の動きを警戒した政府は平定軍を派遣したが、あっというまに返り討ちにあった。

一八五一年一月一一日、清軍に対する戦勝を祝って、広西省永安で太平天国の建国が宣言された。まもなく洪秀全は天王と称した。

軍備を整える必要から、洪秀全は軍を率いて北上することにした。一八五三年一月一二日、太平天国軍は湖北省の省都を陥落させ、はじめて清の知事を殺害するにいたった。貧民や住む場所を失った流民がくわわって兵の数は膨張し、農民軍は長江を下って南京に到達した。三月一九日、太平天国軍はかつて明の首都だった南京に入城した。その一〇日後、洪秀全が到着し、都の名を天京《てんけい》とあらため、太平天国の首都とした。

それから数年かけて、太平天国は長江中流域と下流域の支配を強化し、北京攻撃のために北伐軍を送った。しかし北伐軍は初めこそ勝利をあげたものの、一八五五年に僧格林沁（伝記87）によって全滅させられた。一方、太平天国の首脳部では深刻な権力闘争が生じ、一八五六年にクーデターとその報復という血みどろの惨事をひき起こした。王号をもつふたりの幹部が殺害され、それぞれの支持者が数万人も虐殺された。同じく王号をもつもうひとりのカリスマ的副官は太平天国を離れた。洪秀全は友愛にもとづく平等主義的な支配体制をすてて独裁権をにぎり、多くの犠牲を出しながら政変に勝利した。しかし太平天国は日に見えて弱体化したのである。

科挙に落第した男が、いまや独自の科挙を実施するようになった。しかし洪秀全は華南で儒教の伝統を守る郷紳の支持を得ることはできなかった。郷紳層は太平天国討伐のために優秀な軍を組織した。洪秀全の「キリスト教」的な運動に味方する西洋人は多かったが、西洋の列強は貿易の停止をおそれて、自国民に太平天国打倒の傭兵になることを認め、奨励さえするありさまだった。太平天国を攻撃した西洋人のなかでひときわ力があったのは、イギリス人チャールズ・ジョージ・ゴードン（のちにエジプトの支配下にあったスーダンで反乱が起きた際に、首都ハルツーム防衛にあたって戦死した英雄）とアメリカ人のフレデリック・タウンゼント・ウォードである。

清軍が太平天国の首都の包囲を固めるにつれて、反儒教を掲げる「キリスト教徒」の天王は、信徒を鼓舞するために「天の言葉」と「夢のお告げ」からなる布告を次々に出した。それらのメッセージは天の父と兄のイエスから送られてきたもので、なにもかもうまくいくという知らせだと洪秀全は主張した。

天王は病に倒れ、一八六四年六月一日に亡くなった。その七週間後、清軍はついに南京を奪取した。太平天国は天王の家族もろとも完全に滅ぼされ、反乱は終わりを告げた。この乱によって二〇〇〇万人近い死者が出たといわれている。

89 西太后《シータイホウ》（一八三五―一九〇八）

清王朝の最期を彩る女帝

西太后は一八三五年に満州族エホナラ氏の中堅官僚の家に生まれた。エホナラ氏はヌルハチ（伝記71）が所属した氏族と通婚関係にあったが、このふたつの氏族の同盟は決裂し、両者に深い確執が残った。エホナラ氏の呪いによって、清王朝はいずれエホナラ氏の子孫に滅ぼされるだろうという言い伝えが残ったほどである。西太后は一八五一年に一六歳で身分の低い寵姫として後宮に入った。その翌年、西太后の父は、侵攻する太平天国軍（伝記88洪秀全参照）から逃げるために職場を放棄したという理由で、中国南部の安徽省の官吏の職を解かれ、その後まもなく亡くなっている。

一八五六年に西太后は咸豊帝の息子を生んだ。これが彼女の歴史上の運命を決定したといっていい。その頃には満州族皇室の初期の生命力はすっかりおとろえてしまったようだ。その証拠に、清王朝はこの先まだ五五年は続いたというのに、夭折したもうひとりの皇子を除けば、西太后が生んだ息子はときの皇帝に生まれた最後の子どもとなってしまったからだ。

第二次アヘン戦争のさなかに英仏連合軍が北京に迫ると、咸豊帝は熱河《ねっか》省（現在の河北省承徳市）の狩猟園に避難し、一八六一年の夏にそこで急逝してしまう。同治帝として即位した五歳の息子をつれて、西太后は咸豊帝の皇后だった東太后とともに北京に戻った。

ふたりの皇太后は、亡くなった咸豊帝が摂政として指名した八人の重臣を罷免し、そのうち三人を処刑した。野心満々で冷酷な西太后が、生きるか死ぬかのクーデターに決定的な役割を果たしたのは想像にかたくない。西太后と東太后は共同で皇帝を補佐し、「垂簾政治《すいれん》」［幼い皇帝に代わって皇太后が行なう摂政政治。皇太后は御簾の陰に座っていたのでこうよばれる］を行なったという。ときには実際に玉座の陰に隠れて座っていたらしい。ふたりの皇太后が西太后と東太后とよばれるのは、それぞれが紫禁城の西と東の宮殿に暮らしたからである。東太后は西太后に比べて政治への関心が薄かったので、中国語に堪能な西太后の力がしだいにまさっていくのを気にとめなかった。

一八七三年に同治帝が成人すると、表向き垂簾政治は終わったはずだが、西太后は政治にも皇帝の私生活にも口出しを続けた。まだ若い皇帝はどちらかというとひかえめな東太后に愛着を感じており、一八七二年に妃を選ぶにあたって東太后の勧める相手を選んだので、西太后の逆鱗にふれたといわれている。同治帝は一八七五年一月一二日に亡くなった。北京の売春宿をおしのびで足繁く訪れていたため、梅毒に感染したという説があるが、公式には天然痘で死んだとされている。

西太后は三歳の自分の甥を後継者に選んだ。東太后とふたりで摂政政治を続けるつもりだったのである。残された同治帝の妃は身ごもっていると噂されたが、自害して果てた。一八八一年、東太后はなんの前ぶれもなく急に亡くなった。これで西太后の邪魔をするものはひとりもいなくなった。

西太后の長い摂政政治のあいだに、中国の国際的な立場は悪化の一途をたどったが、国内情勢はかなり改善された。途方もない数の犠牲者を出しながら、太平天国の乱はついに平定された。その他の反乱も同様に鎮圧された。国内がふたたび安定すると、大半の国民の日常生活は改善された。とりわけ太平天国が荒らしまわった地域では、人々の暮らしはようやく落ちついた。そのため、西太后の摂政時代は清の復興期ととらえられている。もっとも、この時期の繁栄と平和は、太平天国の乱のせいで中国の人口が減少したためだという説もある。

西太后の肖像

西太后は自分の六〇歳（数え年）の誕生日を祝うためにけたはずれの出費をした。北京の北西郊外にある頤和園を大々的に改修したのもそのひとつだ。宮廷は日清戦争開戦直前の一八九四年に、海軍予算を流用して西太后の生誕祝賀会の費用を捻出しなければならなかった。これでは清の海軍が日本に海戦で大敗したのはむりもない。西太后が頤和園に大理石の船を建造させたのも皮肉な話である。

甥の光緒帝が一八八九年に成人すると、西太后は形ばかりは表舞台からしりぞいた。しかし決して政治の実権を手放すつもりはなかったのである。若い皇帝は外国勢力に中国がくりかえし蹂躙され、領土を奪われたことに衝撃を受けた。とくに一八九四年の日清戦争後に台湾を日本に割譲したことは大きな屈辱だった。皇帝は瀕死の清王朝をよみがえらせるため、抜本的な制度改革の必要を切実に感じた。西太后の支持を受けた保守派は、この皇帝の前に断固として立ちふさがったのである。

改革派は新進の漢人武将袁世凱を招き、西太后に権力の放棄を迫るよう要請した。しかし保身に長けた袁世凱はすぐさまこの計画を西太后の側近で直隷総督［北京一帯の軍事・行政を統括］の永禄に密告したといわれる。西太后は一八九八年九月に改革派に対抗するクーデターを決行し、光緒帝を幽閉、改革派を代表する六名を処刑し、重要な改革政策をことごとく廃止した。

西太后は西洋の侵略に嫌悪感をつのらせるあまり、一九〇〇年に義和団（排外的秘密結社）や清国軍による外国大使館への攻撃を容認した。これに対して八か国からなる連合軍は北京を攻撃して占領し、外国公使館の包囲を解いた。西太后は北京を脱出せざるをえなかった。

有能な廷臣李鴻章の粘り強い交渉のおかげで、清はなんとかこの危機をおさめたが、四億五〇〇〇万両という巨額の賠償金の支払いを飲まなければならなかった。もっとも、賠償金の大半はのちに免除されるか、海外の中国人学生の教育のために使われている。西太后はかすり傷ひとつ負わずに北京に戻り、それからは外国文化に対してやや寛容な態度を示すようになった。

抜け目ない政治家であった西太后は、宮廷に外国婦人を招くようになった。外交官や宣教師の妻たちは、自分たちを寝台に座らせてイギリスのロイヤルウースター製の茶器で紅茶を勧める一見気さくな老女に魅せられた。西太后は自分の思いどおりの印象をあたえられるように応接間の装飾に気を配り、仏像を一時的にかたづけて、そのかわりに西洋の時計を置いた。また、アメリカ人の女流画家キャサリン・カールを宮廷に迎え、一般に公開するための肖像画を描かせた。これはまさしく伝統破りの行為である。中国では、皇族の場合はとくに、肖像画は死んでから祖先を祀る祭壇に掲げられる場合がほとんどだったからだ。

時すでに遅しとはいえ、西太后は近代化のために数々の改革を容認した。たとえば近代的産業の導入や、科挙の廃止、纏足の禁止である。しかし、それぞれの改革は意味のあるものではあったけれども、もはや手遅れでしかなかった。知識層は次々に立憲君主制に見切りをつけ、共和主義革命にくわわった。

一九〇八年一一月一五日、ほぼ半世紀にわたって中国を支配しつづけた西太后が世を去った。一八九八年以降、実質的に幽閉の身に置かれた光緒帝の死の翌日である。エホナラ氏の昔の呪いを思い出させるように、清王朝はわずか三年後に滅亡する。

90 秋瑾《チィウジン》（一八七五頃—一九〇七）

革命に殉じた女性解放運動のヒロイン

秋瑾の家族は浙江省紹興市の出身だが、秋瑾は一八七五年頃に福建省で生まれた。父も祖父も科挙合格者であり、秋瑾も教育を受けて育った。秋瑾は詩を書き、中国古来の国民的英雄に憧れた。少女時代を海に面した福建省ですごし、西洋の列強が沿岸を侵食するのを見聞きして愛国思想をつのらせたのかもしれない。一五歳をすぎてから両親とともに郷里の浙江省に戻った。その時代の中国女性の大半がそうだったように、秋瑾も纏足をさせられた。しかしめずらしいことに、秋瑾は母方のおじやいとこといっしょに武術や乗馬を学んだ。

一八九六年五月、秋瑾は親の決めた王廷鈞という湖南の男性と結婚させられた。相手は秋瑾より四歳年下で、教養もおとり、文学をともに楽しめるような人ではなかった。この結婚に気のりしない秋瑾の心情は、結婚から数か月後に書かれた詩に表れている。数年のうちに秋瑾は息子と娘を生んだ。

一八九九年に夫が多額の「寄付」によって北京で下級の官職を買いとったのを機に、一家は北京に移り住む。結婚生活では心が満たされず、北京で改革や近代化の思想を温める若い知識人と出会ったことで、秋瑾は外国で学びたいと思うようになった。夫は猛反対し、秋瑾が家を出られないように、嫁いだときに持参金としてもってきた宝石類をとりあげた。それでも秋瑾は一九〇四年になんとか日本への留学を決行した。秋瑾はまず東京の語学学校で日本語を学び、実践女学校［現在の実践女子学園］付設師範班に入学した。秋瑾は日本で、のちに中国で重要な役割を果たす黄興（孫文の革命を補佐）や国民党［一九一九年結党の中国国民党とは別］の指導者である宋教仁、そしてのちに大作家となる魯迅（伝記92）らと親交をもった。

一九〇五年の初め、秋瑾は母と会うため、そして勉強を続ける資金を作るため、いったん中国に帰国する。秋瑾は「光復会」という革命的秘密結社にくわわり、ふたたび日本に戻って、東京で孫文（伝記91）が組織した「革命同盟会」の初期メンバーのひとりになった。

秋瑾自身は古典の中国語に通じていたが、中国初の口語体で書かれた二種類の雑誌のひとつを創刊するために助力し、「二億の女性同胞の解放」を訴える女性組織を復活させた。秋瑾の姿は、男物の洋服を着て撮影した写真でよく知られている。

中国に帰国すると、秋瑾は女性解放運動を進めるために『中国女報』という雑誌を創刊する。浙江省で反満州

秋瑾の写真

活動家の代表的存在になり、秘密結社を動員し、清の「近代的軍隊」の内情をスパイし、革命家のグループに軍事訓練をほどこした。一九〇七年二月、両親の故郷の紹興市で「光復会」のリーダーが創設した大通学堂の校長を引き受けた。これは革命家を訓練するための秘密の拠点である。秋瑾は別の省にいる仲間と同時に二か所で軍事蜂起する計画を立てた。しかし、この計画が政府に露見し、大通学堂は政府軍に囲まれてしまう。

大勢の学生を避難させてから、秋瑾は武器を隠し、さまざまな文書を焼きすてて、そのまま大通学堂に残った。女だから怪しまれにくいと思ったのかもしれない。しかし、秋瑾はすでに革命に殉じて死ぬ覚悟を決めていたのだろうと、のちに魯迅などは推測している。

浙江省の省都杭州から派遣された政府軍は、一九〇七年七月一三日に学堂を攻撃し、秋瑾らを逮捕した。供述書を書くように命じられて、秋瑾はただ、自分の姓の「秋」をくりかえし使った有名な辞世の句を残した。「秋風秋雨《しゅうふうしゅうう》、人を愁殺《しゅうさつ》す」である。死刑を宣告されて、秋瑾は最後の願いを述べた。家族に手紙を書きたい。男性の死刑囚は普通処刑の前に服を脱がされるが、自分はそうしないでほしい。斬首された後、頭部を公衆にさらさないでほしい。最後のふたつの希望は認められ、秋瑾は七月一五日の夜明け前に斬首された。秋瑾の死によって清政府は非難の嵐にさらされた。中国全土、とくに上海の租界で発行される新聞は、教養ある女性の処刑を批判し、彼女の処刑にかかわった役人は異動を願い出て、刑の執行者はのちに自殺するという騒ぎになった。革命が成就した後、秋瑾はようやく杭州の西湖のほとり、国民的英雄岳飛（伝記55）の墓のそばに、最大限の栄誉をあたえられて葬られた。皮肉なことに、半世紀たってから彼女は「ブルジョワ革命家」のレッテルを貼られ、文化大革命の直前に遺体は掘り返されて無銘の墓に移され、跡形もなくなってしまった。この革命のヒロインの墓は、一九八一年にようやく再建された。

91　孫文《スンウェン》（一八六六―一九二五）

理想主義の革命家・中華民国創立者

孫文は一八六六年一一月一二日に、広州からほど遠からぬ村で生まれた。孫家の祖先は客家だといわれている。農民の子の孫文は、子どもの頃に標準的な儒教の初等教育を受けた。商人として成功していた年の離れた兄と暮らすために一三歳でホノルルに移住する。孫文はイオラニ・スクールに入学し、すぐに英語をマスターした。この頃アメリカによるハワイ併合が進められており、孫文はアメリカ市民権を獲得した。

孫文がキリスト教に傾倒したため、保守的な兄は心配して孫文を一八八三年に中国に送り返した。しかし孫文はアメリカ人宣教師によって香港で洗礼を受けている。一八八四年五月、孫文は田舎育ちの娘と親の決めた結婚をする。ふたりのあいだには一男二女が誕生した。一八九二年、孫文は香港にある中国人のための医科大学を卒業し、医者として開業した。

西洋教育を受けているあいだも、孫文は中国語と中国史を学ぶのを忘れなかった。外国や香港で目にする西洋文化と比べて、清のあまりの後進性に衝撃を受け、孫文は中国社会の改革と近代化の必要を強く感じた。一八九四年の初め、重臣の李鴻章（伝記89西太后を参照）に改革案の提出を試みるが、返事はなかった。孫文はハワイに戻り、一八九四年一一月二四日に中国初の近代的革命組織である興中会を組織し、すぐさま香港にも組織を拡大した。

資金はとぼしく支持者もわずかだったが、興中会は一八九五年五月に広州で地元の秘密結社のネットワークを利用し、反清軍事蜂起の計画に着手する。ところがこの計画は清政府にもれてしまった。孫文はかろうじて国外に脱出し、最終的にアメリカに向かった。孫文には政府の懸賞金一〇〇〇ドルがかけられた。孫文はそれでも改革の必要を訴えつづけ、主として海外に暮らす中国人から資金を集めた。一八九六年、孫文はロンドンに到着するが、偽名で中国公使館を訪れたとき、身元がばれて拘束されてしまった。孫文はひそかに中国に送還されそうになるが、当時ロンドンで暮らしていた香港の医科大学時代の恩師になんとか急を知らせることができた。この恩師の働きかけで世論の批判が高まり、孫文は解放された。数週間たらずのうちに孫文の名は世界に知れわたり、まぎれもない指導者として大歓迎を受けた。一八九七年に訪れた日本では、反清思想をもつ大勢の中国人留学生から、孫文は多数の支持者を獲得した。

中央のふたりは孫文と妻の宋慶齢

孫文が唱えた政治思想は三民主義（民族、民権、民生）とよばれる。孫文は不屈の指導者であったが、正義を求める情熱が先走り、理想を実現するための実務的な能力が追いついていない面があったようだ。

一九〇〇—一九〇一年の義和団の乱と、それに対する外国の軍事介入が起きているあいだに、孫文はまず李鴻章に、続いて広東省と広西省の総督によびかけて、華南に非満州族の政府を設立しようとした。ふたたび武装蜂起に失敗すると、孫文は革命への支持をとりつけるためにアメリカやヨーロッパをまわった。東京ではいくつかの革命団体が連合して中国革命同盟会が結成され、孫文が総裁となった。

革命運動の流れが変わるのはここからである。武装蜂起はあいかわらず失敗続きだったが、革命運動のプロパガンダは中国の知識人層にかなり浸透し、近代化された清軍のなかにも秘密結社のネットワークがおよぶようになった。一九一一年に長江沿岸で革命が勃発したとき、孫文はアメリカにいて蜂起には直接かかわっていなかった。急きょ帰国した孫文は、広州での武装蜂起に失敗して国外に脱出して以来、一六年ぶりに祖国の土をふんだのである。国際的名声と長年の革命遂行の努力によって、孫文は満場一致で新たな国家の指導者に推され、中華民国臨時政府が樹立されると、初代臨時大総統に就任した。

しかし、組織としての結束が弱く、ほとんど華南出身者ばかりの革命家の集まりは、旧清政府で独裁権をにぎっていた袁世凱にとうていたちうちできなかった。交渉のすえ、孫文は中華民国の正式な初代大総統を袁世凱にゆずらざるをえなかった。独裁化した袁世凱に対して孫文は一九一三年に「第二革命」を起こすが失敗し、日本に亡命しなければならなかった。

孫文は日本で中華革命党を結成。かつてハワイで組織した興中会の流れをくむ政党で、この中華革命党がのちに改称して中国国民党となる。この頃、東京で宋慶齢と結婚した。孫文にとっては二度目の結婚で、相手は上海の客家の家系で有力なキリスト教徒の家庭に生まれ、孫文の息子よりも二歳年下の女性だった。

中国で軍閥が支配を強めた頃、孫文が帰国した。孫文は一九二一年に広州で広東軍政府を設立し、共産主義インターナショナル（コミンテルン）の協力を受けて、中国共産党と積極的な連合政策を進めた。孫文は新設の革命軍の仕官を養成するために陸軍軍官学校を設立し、蔣介石（伝記93）を校長とした。そして中国国民党をレーニン主義的な政党国家体制を特徴とする政党に変えた。

国共合作は、孫文の三民主義がもつ平等主義や社会主義的な性質によって推進された面があった。しかし合作は中国国民党内に深いイデオロギー上の分裂を生んだ。その結果、孫文の息子は忠実な国民党員として一九七三年に台湾で亡くなり、孫文のふたりめの妻宋慶齢は、一九八一年に北京で亡くなる直前に、「中華人民共和国名誉首席」の称号を贈られた。

中国の統一は軍事的手段でしか達成できないと確信しながらも、孫文は理想主義的な立場から、一九二四年末日、軍閥が支配する北京政府との協議におもむいた。一九二五年三月一二日、孫文は北京のロックフェラー病院で肝臓ガンで死亡した。最後の言葉は「平和、奮闘、中国を救え」だった。

92 魯迅《ルーシュン》（一八八一―一九三六）

二〇世紀最大の中国人作家

魯迅は一八八一年九月に浙江省紹興市で生まれた。本名は周樹人だが、一〇〇以上のペンネームや偽名を使い分け、魯迅という名でもっとも知られている。

祖父の周介孚は首都北京の高官だったが、一八九三年に知人の依頼で科挙の試験官に賄賂を贈ったのが発覚して逮捕された。祖父は死刑を宣告され、七年近く投獄されたのち、一九〇〇年にようやく釈放された。周家は刑の執行を遅らせるため、毎年秋になると役人に賄賂を贈ったので、その頃には家財のほとんどを失っていた。

魯迅の父は科挙を受けたが、合格したのは第一段階の秀才の資格止まりだった。祖父の逮捕によって父は出世栄達の望みをすべて断たれ、酒とアヘンに溺れたあげく、一八九七年に死亡する。父が体を壊していた数年間、魯迅はしばしば質屋へ使いに出された。自分の背丈より高いカウンター越しに店主と交渉してお金を受けとり、父のために薬を買ったのだった。

一八九八年の春、一七歳になった魯迅は伝統を重んじる母の反対を押しきって、新しく開校した近代的な学校に入学するために南京に行った。最初は江南水師学童という海軍士官学校で学び、それから江南陸師学童付属の鉄道・鉱山学校に移った。一九〇二年に卒業すると、日本の仙台で学ぶための奨学金を獲得した。

一九〇六年、魯迅の現代的な思想に反して、母は彼に親の決めた相手と結婚させた。妻となったのは魯迅より二歳年上の文盲で纏足をした女性で、向上心も社会改革の意欲ももちあわせなかった。魯迅は結婚式の数日後には妻を置いて東京に戻ったが、生涯母と妻を扶養しつづけた。

魯迅はおよそ七年にわたる日本留学で最初は医学を学んだが、途中から文学に打ちこんだ。ひとりの患者を治

魯迅の写真

療するよりも、多数の精神を改革するほうが世の中の役に立つと感じたからだ。中華民国（伝記91孫文を参照）が樹立された一九一二年の春、魯迅は教育総長の蔡元培に招かれて南京政府の教育部の役人になった。

まもなく教育部は北京に移転するが、北京はふたりの軍閥の権力争いと、清王朝復活を狙って起こされた二度の事件などで大混乱を呈していた。魯迅は一九一八年に、新文化運動の担い手としてもっとも影響力があった雑誌『新青年』に記念すべき処女作『狂人日記』を発表した。口語体で書かれたこの小説では、伝統的な中国社会の性質が、人肉食にたとえられている。主人公は自分が知らないうちに人の肉を食べ、いつかは自分も食べられるのではないかという恐怖に追いつめられていく。人々を束縛する中国古来の儒教倫理への鋭い批判がこめられた作品だ。

魯迅はよくロシアの文豪ゴーゴリ［社会風刺的な作風で知られる小説家・劇作家。一八〇九―五二］と比較される。魯迅は現代的な口語体の中国語で短編小説を書きつづけ、さまざまな形式の文学を試した。『薬』という作品では、主人公は夏瑜という革命家だが、物語には直接登場しない。夏瑜（あきらかに清末期の女性革命家の秋瑾［伝記90］をモデルにしている）は処刑され、生き血は肺病をわずらった少年の薬として使われる。ここには魯迅の父のために処方された怪しげな薬の記憶が反映しているといえるだろう。魯迅の代表作である小説『阿Q正伝』は、哀れな日雇い農夫の物語だ。主人公の阿Qは自分のみじめな境遇を直視せず、言い訳しながらなんとか自尊心を保っている人物で、中国の現状そのものを象徴している。魯迅にはほかにも秀作がいくつもある。『離婚』と『祝福』はそれぞれ封建主義と迷信のおそろしさを訴えている。『石鹸』は魯迅が好んで標的にした儒教に対する気のきいた風刺だ。『故事新編』は、中国の伝説を題材にした傑作短編集である。

魯迅は有名な短編の大半を北京にいるあいだに執筆した。一九一九年に魯迅は北京で大きな庭のある大邸宅を購入し、弟の周作人と周健人とその妻子をいっしょに住まわせた。

魯迅は北京大学と北京女子師範大学で講師をつとめ、エスペラント語の普及に尽力した。北京女子師範大学で起きた学園紛争や、軍閥の段祺瑞の腐敗した政治に抗議するデモでは学生を支持している。政府の逮捕者リストに名前がのったと知った魯迅は、一九二六年九月に北京を出て厦門大学に赴任する。厦門に招いてくれたのは、ユーモアのある随筆や評論で有名な文学者・言語学者の林語堂であった。このとき北京女子師範大学時代の教え子で一八歳年下の許広平も魯迅とともに北京を脱出している。許広平は広州へ行き、広東女子師範大学の講師となった。

魯迅は一九二七年一月に広東省に移り、許広平を助手として広州の中山大学で教鞭をとった。一九二七年九月にふたりは広東省を出て上海に移り、そこで実質的な夫婦として暮らしはじめる［魯迅は妻と離婚していなかったので、正式な結婚はできなかった］。ふたりの生活は、一九三六年に魯迅が結核で死亡するまで続いた。一九二九年九月にはひとり息子の海嬰が生まれている。

魯迅は上海で大勢の共産党員の友人ができたが、彼らの多くは国民党政府に弾圧され、殺害された。その体験や、ロシアで何年も前に起きた十月革命は魯迅の心に深い影響をあたえ、魯迅は政治的左派に傾いていった。一九三〇年に魯迅は左翼作家連盟を共同で創立し、機関誌の編集を手伝った。

魯迅は汚職や女性解放、児童福祉といった問題をとりあげ、社会正義や人間性に対する考え方を表明するために多数の雑文［論敵を攻撃し、論争するための文章］を書いたが、その大半は上海にいたときのものである。また、知識人、文学者、政治家などとおびただしい数の手紙をやりとりしている。魯迅はさまざまな対象を批判の槍玉にあげたが、検閲や国民党による白色テロル［共産党狩り］をとりわけ厳しく攻撃した。また、口語による文章表現を促進し、漢字を廃止して音標文字を採用するといった主張を唱えた。魯迅はみずから「匕首」とも「投げ槍」ともよんだ舌鋒鋭い数々の短文によって、毛沢東から「もっとも偉大で的確な思想家であり革命家、そして文筆家」と絶賛された。しかし台湾では一九八〇年代に戒厳令が解除されるまで、魯迅の作品の出版は禁止されていた。

93 蒋介石《ジィアンジェシー》（一八八七―一九七五）

国民党の指導者

蒋介石は一八八七年に浙江省の小さな港町、寧波市で塩商人の家庭に生まれ、標準的な儒教教育を受けた。一八九五年に父が亡くなると、一家の生活は苦しくなった。蒋介石の母はかつて仏教の尼僧だった女性である。息子を軍事教育のために日本に留学させるほど進歩的な面をもつ一方で、蒋介石が一四歳のときに四歳年上の地元の女性と結婚させるような古いところもあった（妻の毛福梅はたまたま毛沢東と同じ氏族の出身だった）。

蔣介石は日本で中国人留学生のための軍人養成学校で学んだのち、一九〇九年に日本陸軍に入隊する。この頃、日本に亡命していた反清革命家と深い結びつきをもったことが蔣介石の人生に大きな影響をあたえている。蔣介石は孫文（伝記91）の創設した中国革命同盟会に一九〇八年に入会し、その翌年孫文と対面している。一九一一年に辛亥革命が起きると、蔣介石は秋瑾（伝記90）の同志だった人物とともに戦い、「決死隊」を組織して上海で蜂起した。そして革命派の新軍［西洋式軍隊］の団長に任命される。

しかし一九一二年に蔣介石は上海で孫文のライバルだった革命指導者の暗殺にかかわり、日本に亡命せざるをえなかった。また、国民党創設メンバーのひとりである彼は、中華民国の初代大総統に袁世凱が就任することに反対したため、袁世凱は蔣介石を逮捕するために三〇〇〇銀ドルの懸賞金をかけた。蔣介石は上海に戻り、秘密結社「青幇《チンパン》」［アヘンの密売など、犯罪的性質もあわせもつ］から資金その他の援助を受けた。そこで何人かのいかがわしい暗黒街のボスと「義兄弟」の契りをかわしたという。

蔣介石は孫文のために忠実に働き、とくに一九二二年六月に孫文と対立した軍人が広州で孫文を攻撃したとき、ともに広州を脱出するという経験をして以来、孫文から厚く信頼された。孫文は軍閥によって分断された中国を統一するためにソ連の支援を受け入れ、蔣介石をモスクワに派遣して共産党の政治・軍事制度を視察させた。蔣介石は当時国民党の本拠地となっていた広州に戻り、一九二四年に新式の陸軍士官学校である黄埔《こうほ》軍官学校の校長に就任した。以来、黄埔軍官学校は蔣介石の勢力基盤となる。国民党の精鋭軍の中枢を占めたのは黄埔軍官学校の卒業生であり、彼らは国民党が一九二六年に軍閥を倒して中国を統一するため北伐を決行すると、主力となって働くのである。その結果、蔣介石は国民党の上層部を押しのけて権力をにぎり、ついには国民党の実質的な指導者に上りつめることになる。

蔣介石は長男（唯一の実子）蔣経国をソ連に留学させていたが、一九二七年に中国共産党とたもとを分かち、共産党員を弾圧して南京に国民政府を樹立した。同じ年、蔣介石は宋美齢と三度目の結婚をしている。最初の妻

蒋介石の写真

も二度目の妻も離婚してすて、愛人とも手を切り、キリスト教に改宗してまで手に入れたこの女性は、亡くなってまもない孫文の義理の妹［孫文の妻宋慶齢の妹］で、アメリカで教育を受けた才媛であった。蒋介石は新しい妻とともに、一九三四年二月に新生活運動を提唱する。これは儒教道徳を基本にした規律正しい生活の教育を通じて、民族復興につなげようという運動だった。

それから一〇年間、蒋介石政府は近代中国の創生に力をつくした。実質的にはこの時期の中国統一は名目的なものであり、蒋介石は中国東南岸や長江中流域と下流域の数省を掌握したにすぎなかった。しかし軍事的ライバルや共産党による反乱を鎮圧しながら、南京政府はしだいに支配領域を拡大した。

近代教育制度が整えられ、科学研究を目的とした国立の中央研究院が設立された。南京政府ははじめて漢字の簡易化に公式に取り組み、「非科学的な」中国の伝統医療を禁止しようとさえした。スポーツの全国大会が三回にわたって開催され、この時期に南京と上海に建設された運動施設は一九七〇年代まで最高水準のスタジアムとして利用されつづけた。

南京政府は初期にソ連から受けたレーニン主義体制の影響を色濃く残していた。独裁的傾向が強く、投獄や暗殺による弾圧が続いたが、この時期に中国はかつてない文化的復興をなしとげた。

蒋介石はドイツ人の軍事・経済顧問を継続して採用した。蒋介石の支配下で中国が発展した一〇年間のうち、最初はマックス・バウアーが一九二七年から二九年まで蒋介石の初代軍事顧問をつとめ、続いてアレクサンダー・フォン・ファルケンハウゼンが就任して、一九三四年に広西省の中華ソヴィエト共和国を敗走に追いやった。

中国の発展と安定化につくした蒋介石の努力は、日本軍の侵略によって危機にさらされた。蒋介石は「国外の敵を討つには、まず国内を安定させなければならない」と主張して、抗日より中国共産党の討伐を優先してきたが、一九三一年に日本が満州（中国東北部）を占領すると、この「安内攘外《あんないじょうがい》」政策への批判が高まった。

一九三六年一二月一二日に有名な西安事件が起こる。蒋介石が「中国共産党に対する最後の戦い」を進めるために西安におもむいたとき、軍司令官の張学良によって拉致監禁されたのである。張学良は蒋介石の「義兄弟」であり、蒋介石の妻宋美齢が姉妹のように信頼する女性の夫でもあった。身柄を解放する条件として、蒋介石は国民政府と中国共産党の協力による抗日民族統一戦線の実現に同意させられた。

一九三七年七月七日に起きた盧溝橋事件の後、日本軍は中国全土に戦線を拡大し、蒋介石は八月一三日に上海で徹底抗戦を開始せざるをえなかった。日中戦争が長引いているあいだに、中国共産党は「敵の陰に隠れて」成長・拡大のチャンスをものにし、国民党がおよびもつかない組織とプロパガンダ能力を育てた。戦争がもたらした想像を絶する破壊と貧困、そして中流階級を襲った経済的苦境によって、国民党の支持基盤は弱体化した。八年間の抗日戦争のあいだに国民党の党員にも深刻な堕落が生じていた。それでも連合軍がようやく第二次世界大戦に勝利をおさめたとき、中国は蒋介石によって国際連合の安全保障理事会常任理事国として五大国の仲間入りを果たし、すべての不平等条約の撤廃と、香港を除く中国内の租借地の返還を勝ちとった。

蒋介石は一九四五年秋に毛沢東（伝記95）と面会し、国民党と共産党のあいだに和平交渉が進められた。しかしまもなく和平協定は双方から破られた。日中戦争のあいだに一〇〇万の兵力を擁するまでに成長した中国共産党は、続いて起こった国共内戦でついに勝利を手にしたのである。蒋介石は一九四九年にやむなく国民政府を台湾に移した。

蒋介石は最後まで中華民国総統として一党独裁体制を維持したが、「本土主権回復」の夢はついにかなわなかった。忠実な妻の宋美齢と大勢の孫に看とられて、蒋介石は一九七五年四月五日に亡くなった。その後を追うように、わずか一年後に毛沢東も世を去った。

94 胡適《フーシー》（一八九一―一九六二）

文学革命のリーダー

胡適は一八九一年に上海で生まれた。家族は安徽省南部の績渓県出身の茶商人である。父は一八六五年に科挙の受験資格である秀才の資格を得た。そして一八八二年に仕官し、中国東北部の北部国境地帯から中国最南端の海南島まで任地を転々とした。最後の赴任地は、一八九五年に日本に割譲される前の台湾だった。

父が亡くなる少し前に、母はまだ幼かった胡適をつれて台湾から郷里の安徽省に戻った。伝統的な基礎教育を受けた後、胡適は「近代的」教育を受けるため、一九〇四年に兄のいる上海に出た。秋瑾（伝記90）が設立にたずさわった学校もふくめていくつかの学校で学んだあと、義和団の乱の賠償金をもとに設立されたアメリカの奨学金を獲得した。この奨学金制度は、一九〇〇年の義和団による外国公使館襲撃（伝記89西太后参照）に対して清から支払われた賠償金を基金として設立されたものだ。

一九一〇年八月、胡適はコーネル大学に留学する。中国には近代科学と技術の導入が必要だと感じて農学部を選んだ。しかし日本留学中の魯迅（伝記92）が、中国には医学より精神改革が必要だとある日突然悟ったように、胡適は学びはじめて一年後に哲学と文学に方向転換する。それが自分のため、そして中国のためだと信じたからだ。彼は大学生徒会にも積極的に参加し、一九一三年には国際学生会議第八回世界大会への代表者として、ワシントンDCでウッドロー・ウィルソン大統領に面会している。

コーネル大学で学士号を取得し、大学院課程の授業をいくつか受講した後、胡適はコロンビア大学に転学した。胡適はそこで出会ったジョン・デューイの実験主義と「道具主義」に強い影響を受け、デューイを生涯の師と仰いだ。胡適は一九一七年五月にデューイを議長とする試問会で博士論文「古代中国における論理学の発達」を発表した（理由は明らかでないが、博士号は一九二七年まで正式に授与されなかった）。

胡適は中国に帰国して北京大学教授に就任する。着任前から、すでに胡適の名は『新青年』に寄稿した一連の記事で知れわたっていた。『新青年』は当時の中国の近代的知識人のあいだでもっとも支持されていた雑誌だ。とくに一九一七年一月に発表した「文学改良芻議《すうぎ》」は、一〇〇〇年の伝統がある古典的な文語体に代えて、話し言葉に近い口語体による文学を提唱し、中国の文学革命の端緒を開いたといわれる。胡適が残した知的功績ははかりしれない。彼は中国文学だけでなく、この国の思考様式をも根本的に変える改革の第一人者であった。文学革命は一九一九年の五・四運動の主要なテーマとなった。

しかし私生活では、胡適は古い伝統にしばられたままだった。彼の母が息子の嫁に選んだのは、地元出身で教育程度が低く、纏足をしている古いタイプの女性だった。胡適は何年も拒否しつづけたが、とうとう一九一七年にこの女性と結婚した。妻の親戚（結婚式で花嫁のつきそいをつとめた）と情熱的な恋愛関係に落ちながらも、

胡適

胡適はついにこの決められた結婚を破棄することはできなかった。胡適の愛人となった曹誠英はのちにコーネル大学で遺伝学の修士号をとり、文化大革命の渦にまきこまれて死亡した。また、胡適はアメリカ人女性のエディス・クリフォード・ウィリアムズと長いあいだ親しい交友を続けたが、ふたりの関係はプラトニックなものだったようだ。

アメリカのアイビーリーグとよばれる名門大学の二校の学位をもち、北京大学の教授に就任した胡適は、二〇代にして全国的な名士になった。親しみやすく気さくな胡適は、社会のさまざまな階層の人々と顔を合わせた。北京大学の図書館に司書補として勤めていた毛沢東と交友があり、まだ少年だったラストエンペラー愛新覚羅溥儀とも対面している。彼は終生デューイの実験主義を信奉していた。有名な「問題と主義」論争では、胡適は中国の多種多様な問題を解決するには急進的イデオロギー(「主義」)に訴えるのではなく、「問題」を研究して現実的な解決法を見出すべきだと主張した。

胡適は寛容性こそが大切だと考え、多数の共産党員や左翼の友人、同僚と友好的な関係を保ち、支援もしたが、反マルクス主義の立場は決してくずさなかった。一九二〇年代と三〇年代は中国の知的ルネサンス期である。国民党政府は反共産主義の立場をつらぬく一方で、教育には力を入れた。学校や大学、そして近代的な研究所が次々と設立され、人文科学や中国文学が花開いた。しかし日本の侵略が勢いを増すにつれて、急進的な民族主義が高まり、胡適の地位や影響力はおとろえた。

胡適は一九三八年にアメリカ大使に任命された。日本による中国侵略が続くなかで、胡適はアメリカ政府に中国への支持を訴え、世論を味方につけるために努力したが、コロンビア大学の歴史学者はこの胡適の努力が日本を追いつめ、真珠湾攻撃にふみきらせたと批判している。胡適は駐米大使の任期終了後もなかば公的な立場でアメリカにとどまり、一九四六年に北京大学学長に任命されて中国に帰国した。一九四八年には全国で選挙が行なわれ、胡適は中華民国国民大会代表に選出された。共産党はこの選挙への参加を拒否している。急進派は胡適を「中国人の体にアメリカ人の頭脳を宿した男」と揶揄した。北京が中国共産党の人民解放軍に降伏する直前の一九四八年、胡適は蒋介石（伝記93）が手配した飛行機に乗り、北京を脱出した。

それから一〇年間、胡適は政治的難民としてニューヨークで生活した。一九五七年に国連大使をつとめた後、一九五八年にようやく台湾に移住した。子どもの頃に暮らした台湾で、胡適は中央研究院院長に就任する。胡適は台湾の科学教育向上のために尽力するが、一九六二年二月二四日に心臓発作で突然世を去った。財産のすべてを妻とふたりの息子にゆずるという遺言書を残したが、アメリカで教育を受けた次男の胡思杜《フースードゥ》が父親とたもとを分かって大陸に残った後、共産党政府に「右派」の烙印を押されて一九五七年に自殺したことは最後まで知らされていなかった。

95 毛沢東《マオゼドン》（一八九三―一九七六）

共産主義革命家

長じて急進的な革命家になる毛沢東は、一八九三年に湖南省の農村に生まれた。家は豊かで、大多数の農民には望めない教育を息子にあたえることができた。毛沢東は省都の師範学校（高校に相当）を卒業している。一九一八年に師範学校の校長の楊昌済につれられて北京に出た。楊昌済は権威ある北京大学で教授の地位をもつ人物だった。

楊教授の斡旋により、毛沢東は北京大学図書館で司書補の仕事につき、そこで西洋思想に刺激された学生たちがくりひろげる学生運動に強い感銘を受けた。毛沢東は胡適（伝記94）の講義をはじめとして多数の講義を聴講したが、正式な学生にはなれなかった。彼は郷里で一度親の決めた結婚をしている［妻は一九一〇年に病死］が、楊の娘の開慧と二度目の結婚をした。毛沢東はマルクス主義に傾倒し、一九二一年に上海で開催された中国共産党第一回大会に出席して以来、党の創設メンバーの一員として活動する。

毛沢東はコミンテルンの仲立ちで成立した中国共産党と国民党の最初の短い連合［第一次国共合作］期間に頭角を現し、国民党の政治宣伝責任者となった。その後、国民党の農民運動講習所長となり、地方で農村の状況を熱心に視察した。一九二七年に国民党が共産党を弾圧したため、国共合作は崩壊。以来、毛沢東は農民による革命という、当時はまだ急進的とみなされた思想に傾いていくのである。共産党主流派は都市部のプロレタリアに比べて農民を遅れた階級とみなし、彼の考えを相手にしなかったが、毛沢東の思想は中国史に対する鋭い理解にもとづいていた。古来中国では、新しい王朝はしばしば農民反乱をきっかけに誕生してきたのである。

一九二七年に毛沢東は故郷の湖南省で初の農民の武装蜂起を組織するが、この反乱はあっけなく鎮圧されてしまった。この経験から、毛沢東は国民党軍の手がとどきにくい遠隔地に反乱の拠点を移すことにした。そこで江西省の井岡山《せいこうざん》に本拠地を置くと、それをしだいに発展させ、一九三一年に瑞金《ずいきん》に「中華ソヴィエト共和国」を樹立した。毛沢東は共和国政府の主席に選出された。毛沢東は井岡山にいた一九二八年五月に地元の女性と結婚している。二度目の妻の楊開慧が一九三〇年の秋に湖南で国民党によって逮捕・殺害される二年前のことだった。

毛沢東の中華ソヴィエト共和国は二方向からの攻撃にさらされた。ひとつは蒋介石による国民政府軍の包囲攻撃であり、もうひとつは中国共産党中央からの批判である。共産党中央は上海の快適な環境をすてて、一九三二年に毛沢東のいる江西省南東部の瑞金へ移転を余儀なくされた。党中央は毛沢東から実権を奪い、軍指揮権は周恩来《ヂョウエンライ》が引き継いだ。ドイツ人顧問の協力のもと、国民軍は一九三四年に第五次包囲討伐戦を実行し、ついに中華ソヴィエト共和国を壊滅させた。瑞金を脱出した中国共産党の紅軍は、反撃の好機をうかがうために、のちに「長征」とよばれる大移動を開始した。

毛沢東と中国共産党指導部との不和は、長征を開始して紅軍がまず南西に下り、続いて北上するあいだも解消されなかった。一九三五年の初め、僻地の貴州に達したとき、毛沢東は党内クーデターを敢行した。党の特別会議をむりやり開催し、はじめて党全体の主導権をにぎって、ソ連で教育を受けたコミンテルン派を権力から遠ざけた。紅軍がようやく陝西省の延安にたどり着いたとき、脱出時の兵力の九割が失われていた。

毛沢東がのちに認めているとおり、日中戦争は共産党に「敵の陰に隠れて」成長・拡大する絶好のチャンスをあたえた。一九四五年に日本が降伏したとき、一〇〇万の兵力をもつ共産党軍は無敵の強さを誇り、一九四九年には台湾を除く中国全土を制圧した。中国共産党の勝利は、毛沢東率いる大規模な農民軍による「人民戦争」の勝利であると一般に考えられているが、中国共産党が唱えた平等主義的なイデオロギーが中国人知識層の支持を獲得したこともまた、勝利に大きく貢献したことを忘れてはならない。

一〇〇万人を超える地主や「反革命分子」の処刑を除けば、毛沢東が支配する「新生中国」の最初の数年間は、

毛沢東

経済復興と政治的団結という点で大体において成功したといえよう。ロシアから派遣された顧問は、技術面や科学面で重要な援助を提供した。（一九六〇年代初期に毛沢東がソ連と決裂すると、彼らは即刻追放された。）

毛沢東は党上層部の多数の反対を押しきって農業の集団化を推進した。一九五七年には「百花斉放、百家争鳴」運動を開始し、党外の知識人からの建設的な批判をよびかけた。しかし、毛沢東の支配体制が知識人から予想以上の痛烈な批判を浴びると、今度は突然「反右派闘争」が指示された。毛沢東の要請に応じて建設的な批判をよせた数百万人の「右派分子」は、そのほとんどが高い教育を受けた知識人だったが、党の内外をとわず親族もふくめて粛清された。

一九五八年に提唱された毛沢東の「大躍進」政策は、大規模な「人民公社」の設立と「急速な工業化」が特徴だが、実際には農家の庭に炉を作り、原始的な方法で鉄鋼を生産するというお粗末なものだった。むりな鉄鋼増産によって農業生産にしわよせが行き、三〇〇〇万人を超える餓死者を出す悲惨な事態となった。毛沢東は人生初の、そして一度きりの「自己批判」を行なって、一九六二年に政治の実権を劉少奇にゆずった。

一九六六年、毛沢東は共産党内での影響力を劉少奇などの現実派に奪われたと感じ、プロレタリア文化大革命にふみきって、「終わりなき階級闘争」と「永続的革命」を推進した。劉少奇とその一派は徹底的に粛清された。毛沢東はすべての中国人青年に学問をすてて農村で肉体労働をすることを奨励し、権威をまとったあらゆるものを攻撃し、「封建的、ブルジョア的、修正主義的」と名ざされたすべてのものを破壊した。こうした暴力的行為の矛先はおもに教育制度に向けられた。教授や専門家は殴打され、農村に送られて肉体労働に従事させられた。

毛沢東の文化大革命にはふたりの代表的な協力者がいた。毛沢東の新しい後継者、林彪《リンビィアオ》元帥と、毛沢東の四人目の妻で元映画女優の江青《ジィアンチン》である。毛沢東は党幹部の強硬な反対を押しきって、長征からまもなく江青と結婚している。林彪との協力関係はほどなく決裂した。林元帥は毛沢東に対するクーデターと暗殺計画を疑われ、一九七一年に逃亡をくわだてたが、乗っていた旅客機がモンゴルで謎の墜落事故を起こして死亡した。

民衆にこたえる毛沢東

「偉大なる舵取り」とよばれた孤独で年老いた毛沢東は、「永続的革命」の手をゆるめようとせず、さらなる政治運動を展開した。急進的な毛沢東に対抗できる穏健派とみなされた周恩来が亡くなった後、一九七六年の天安門事件で民衆の不満が噴出した。この年の七月、北京からそれほど離れていない地域で大地震が発生し、二五万人近い人々が亡くなった。あたかも毛沢東の天命がつきた証のようだった。それからまもない一九七六年九月九日に、毛沢東は亡くなった。

一世紀にわたる外国との戦争や侵略で打ちのめされた中国を統一し、一九五〇年代初期に経済を立てなおした毛沢東の業績は、平時としては過去に例のない大量の餓死者を出した大躍進政策と、晩年の冷酷無情な政治運動の推進によってかき消されてしまった。

毛沢東は詩人としても書家としてもかなりの腕前で、彼が執筆した政治的著述は中国の事情に合わせたマルクス・レーニン主義の彼なりの解釈を示している。しかし、文化大革命（一九六六—七六）に先だって『毛沢東語録』が編纂されているが、そこに引用された短い言葉の数々からは、毛沢東が駆使した文体の複雑さは見てとれない。数多くの儒教的伝統を修復不能なまでに破壊した毛沢東は、しばしば中国最初の皇帝（秦の始皇帝、伝記11）にたとえられ、自分でもそう語っていた。毛沢東は中華帝国の歴史と、その未来を根本的に変えたのである。

96　鄧小平《ドンシァオピン》（一九〇四―一九九七）

毛沢東後の中国を改革した指導者

中国共産党の国家中央軍事委員会主席、国務院常務副総理、そして毛沢東後の経済改革（伝記95毛沢東参照）の立役者である鄧小平は、一九〇四年に四川省東部の農村で、客家の家系の裕福な地主の家庭に生まれた。成長して小平を名のるが、幼少期は複数の違う名前を使っていた。留学準備のための短い学習期間をへて、一九二〇年の夏に鄧小平は働きながら学ぶための留学プログラムに参加してフランスに渡った。

鄧小平はフランス滞在中のほとんどをパリ郊外のルノー工場などで働いてすごした。留学後まもなくマルクス主義に魅了され、一九二二年頃に中国少年共産党にくわわり、その二年後には中国共産党（ＣＣＰ）ヨーロッパ支部に入った。フランス留学時代の仲間である周恩来とともに、鄧小平は生涯を革命に捧げる決心をした。共産主義者であるためにフランス警察に尋問されそうになり、一九二六年一月にモスクワにのがれた。鄧小平はヨーロッパでの生活をクロワッサンの味とともに終生懐かしんだという。

モスクワ中山大学で学んだのち、鄧小平は一九二六年の終わりに中国に帰国し、中国共産党の活動に参加した。

一九三四年の長征から中国共産党の最終勝利まで、共産党軍の政治委員をつとめている。一九四七年の終わりに鄧小平は劉伯承とともに黄河流域から国民党の本拠地まで大胆な侵攻を行ない、蒋介石（伝記93）を脅かした。また、鄧小平は一九四八年一一月から翌年一月までの重要な淮海《わいはい》戦役で前線司令官として共産党軍を指揮し、淮河流域に残った国民党軍を一掃した。

一九四九年に中華人民共和国が建国された後、鄧小平は一九五二年に政務院副総理に任命され、一九五六年に党中央政治局常務委員に選出される。鄧小平は、とくに中国共産党がソ連と対立して独自路線をとった際に、毛沢東の政治思想の実現のために忠実につくした。しかし毛沢東の経済政策や社会政策が悲惨な結果をひき起こすと、鄧小平はしだいに失望を深めた。一九六〇年代の初めに毛沢東の大躍進政策によって深刻な飢饉が発生し、劉少奇が対策を命じられると、鄧小平は彼と緊密に協力して農業生産の向上に努めた。鄧小平が「白い猫でも黒い猫でもネズミを獲る猫がよい猫である」という有名な発言をしたのはこの時期（一九六二年）で、政治理念より実利を重んじる鄧小平の功利主義的な面がよく表れている。

劉少奇と同様に、鄧小平は一九六六年にはじまった文化大革命中に迫害された。彼はすべての役職を解任され、北京から離れたトラクター工場で労働させられた。鄧小平の長男は紅衛兵［文化大革命中に台頭した過激な学生組織］によってビルの上から飛び降りるように強いられたか、あるいはつき落とされて、体が不自由になった。

一九七三年に鄧小平は党の活動に復帰し、ふたたび党中央委員会にくわわった。パリ留学時代の縁で、周恩来が鄧小平の復権に尽力したおかげだと一般に考えられている。しかし林彪の死後、中国共産党の古い体制のなかで不安定なナンバー2の座を占めていた周恩来に対して、対抗できる唯一の人物として鄧小平がかつぎ出されたという理由も一部にはあるかもしれない。鄧小平はすぐに党中央委員会副主席に昇進する。その立場で一九七四年にニューヨークに飛び、国連会議に出席した。鄧小平にとって初の渡米である。

周恩来と鄧小平の大きな違いは、鄧小平のほうが周恩来よりも一貫した態度で根本的な問題に対処したという

鄧小平

点だ。鄧小平は毛沢東の文化大革命がもたらした負の遺産を解消するために、短い任期のあいだに数々の政策を実施した。これらの政策によって鄧小平は党内の支持を拡大しただけでなく、毛の政治運動や経済政策の失敗に疲れはてた人々から幅広い支持を獲得した。

一九七六年一月に周恩来が亡くなると、毛沢東はもはや鄧小平を必要としなくなり、鄧小平はふたたび粛清される。一九七六年九月に毛沢東が死去すると、一〇月には毛沢東の側近に対するクーデターが発生し、鄧小平の復帰の道が開かれた。一九七八年に鄧小平は党の事実上の支配権を手に入れ、抜本的な経済改革に着手した。中国は四半世紀のうちに世界有数の経済大国の仲間入りを果たした。

外交面では、鄧小平は毛沢東の事実上の親米・反ソ路線をいっそうおしすすめた。一九七九年に突然アメリカに歴史的訪問を果たすと、両国のあいだに正式な国交を結ぶ。一方中国は東南アジアにおけるソ連の衛星国ベトナムに「懲罰的」侵攻［ベトナムがカンボジアのポル・ポト政権に侵攻したことへの懲罰と称した攻撃］を開始する。ソ連がアフガニスタンに侵攻すると、アメリカと中国は緊密に協力し、中国西部の国境地帯にアメリカの軍事的聴音哨［敵の動向を音で探知するための部署」を広範囲に設置した。

鄧小平が残した最大の功績は、市場経済への不可逆的な転換である。それに先立って、鄧小平は一九九二年に中国南部各省への視察中に、広範囲な経済自由化を推奨する講和を発表した。中国の現在の経済体制は、どんな種類の社会主義よりもアメリカの経済体制に近い。鄧小平にも権威主義的な面がなかったわけではない。一九七九年には「民主の壁」運動［北京の掲示板に民主化を求める意見が多数書きこまれ、青年らが民主化を要求した］を弾圧し、一九八九年には民主化運動を弾圧して天安門事件が起こった。

同じく重要なのは、毛沢東が作り上げた政治的な出身血統主義を鄧小平が打破したことだ。毛沢東時代には、個人の能力よりも出自［革命家の家族や貧農・労働者の地位が高く、旧富裕層や右派は差別された］によって就職や昇進など、人生のすべてが左右された。また、共産党内部では、鄧小平は役職者の任期に制限を設け、指導者が穏健に交代する制度を独力で実現した。どちらも中国にとって歴史的に重要な変化である。

鄧小平は一九九七年二月一九日に世を去った。

謝辞

原稿作成にあたって、ポーラ・ロバーツおよびテームズ・アンド・ハドソン社の担当チームにはたいへんお世話になった。おしみない助力と支援をくれたアリス・リード、編集担当のキャロリン・ジョーンズ、図版の調査と考証をしてくれたルイーズ・トマス、装丁担当のアヴニ・パテル、製作担当のレイチェル・ヒーリー、そして最初に本書の企画を提案し、初めから終わりまで貴重なアドバイスをくれたコリン・リドラーに感謝申し上げたい。

サンピン・チェンから息子のブライアンと妻のルーインへ。この本が完成するまで、長いあいだ忍耐と理解を示してくれてありがとう。ウプサラのスウェーデン学術研究所、シンガポールの東南アジア研究所ナーランダー・スリウィジャヤ・センター、北京の清華アカデミー中国研究所、北京大学の中国研究国際アカデミーは、貴重な時間と学究の場を本書の伝記の執筆のために提供していただいた。ヴィクター・メアから心よりお礼申し上げたい。

索引

太字は伝記の掲載ページ、イタリックは図版ページ。
漢字の読みは一般的な音読みを使用した。

【サ】

【タ】

【ナ】

【ハ】

【ラ】

図版出典

Maps by ML Design.

ii Seikado Bunko Art Museum, Tokyo **5** Bibliothèque Nationale, Paris/Archives Charmet/Bridgeman Art Library **8** Private Collection/Chambers Gallery, London/Bridgeman Art Library **15** National Gallery of Art, Washington, DC **19** Palace Museum, Beijing **24** Qianlong Garden, Beijing **26** Shandong Provincial Museum, Jinan **28** Private Collection/Christie's Images/Bridgeman Art Library **31** Royal Ontario Museum/Corbis **35** Museum of Qin Shi Huang's Tomb, Xi'an **39** National Palace Museum, Taipei **44** Wang Miao/Redlink/Corbis **46** from Sima Qian, *Shiji: Records of the Grand Historian*, 1525–1527 **49** Private Collection **51** from *Wan hsiao tang-Chu chuang-Hua chuan*, 1921 **53** Hebei Provincial Museum, Shijiazhuang **55** from Ren Xiong, *Liquor License of the Immortals*, 1923 **60** National Palace Museum, Taipei **66** Private Collection/Archives Charmet/Bridgeman Art Library **70** Private Collection/Bridgeman Art Library **75** Metropolitan Museum of Art, New York **77** Kizil Thousand-Buddha Caves, Aksu **79** Honolulu Academy of Arts **83** Suzanne Held/akg-images **88** Museum of Fine Arts, Boston **91** Palace Museum, Beijing **94** British Museum, London **97** Shaanxi History Museum, Xi'an **99** Robert Harding Picture Library/Alamy **101** Freer Gallery of Art, Smithsonian Institution, Washington, DC **103** VISIOARS/Alamy **108** Freer Gallery of Art, Smithsonian Institution, Washington, DC **110** British Library, London/akg-images **113** Craig Lovell/Eagle Visions Photography/Alamy **115** Bibliothèque Nationale, Paris/The Art Archive **122, 124, 126** National Palace Museum, Taipei **131** Beijing Ancient Observatory **135** Keren Su/China Span/Getty Images **139** from Fang La, *Water Margin*, *c.*15th century **141** Museum of Fine Arts, Boston **147** National Palace Museum, Taipei **149, 150** National Palace Museum, Taipei/The Art Archive **155** Palace Museum, Beijing **158** Shanghai Museum **164** National Palace Museum, Taipei **167** Erich Lessing/akg-images **169** Gravestone of Liu Yigong, Quanzhou **179** National Palace Museum, Taipei **182** Philadelphia Museum of Art **187** Tomb of Hai Rui, Haikou City **190** Wellcome Library, London/Wellcome Images **195** Palace Museum, Beijing **199** Superstock/The Art Archive **207** Private Collection **212** National Palace Museum, Taipei **214** K. Sumitomo Collection, Oiso **217** from Pu Songling, *Strange Tales from a Chinese Studio*, 1668 **219** National Palace Museum, Taipei **222-3** Palace Museum, Beijing **224** from Cao Xueqin, *Dream of the Red Chamber*, 1889 **227, 231** Palace Museum, Beijing **233** Thomas Allon, *Chinese Opium Smokers*, 1842 **238** Private Collection **241** akg-images **242** Eileen Tweedy/School of Oriental and African Studies, London/The Art Archive **246** Bibliothèque des Arts Décoratifs, Paris/Archives Charmet/Bridgeman Art Library **250** Xia Gongran/Xinhua Press/Corbis **253** Hulton Archive/Getty Images **256** Bettmann/Corbis **260** Corbis **264** British Library, London **268** Swim Ink/Corbis **270** British Museum, London **273** Ullstein Bild/akg-images.

引用文献

p.16　伝記3
「あるよそものが」 境武男『詩経全釈』、汲古書院、1984年

p.18　伝記4
「君主は君主らしく」 佐久協『一気に通読できる完訳「論語」』、祥伝社新書、2012年

p.27　伝記8
「おまえさんは郊祭」 司馬遷『史記列伝一』、野口定男訳、平凡社、2010年
「秦王が以前に病気になったとき」『荘子Ⅱ』、森三樹三郎訳、中央公論社、2001年
「いつか荘周《わたし》は」『荘子Ⅰ』、森三樹三郎訳、中央公論社、2001年

p.38　伝記12
「わが力　山を引き抜き」 一海知義『史記』、平凡社、2010年

p.58　伝記22
「悲憤の詩」『後漢書　第9冊　列伝七』、吉川忠夫訓注、岩波書店、2005年

p.78　伝記29
「五柳先生伝」『陶淵明全集・下』、松枝茂夫・和田武司訳注、岩波書店、1990年
「飲酒其後」『陶淵明全集・上』、松枝茂夫・和田武司訳注、岩波書店、1990年

p.102　伝記39・40
李白「沙邱城下にて杜甫に寄す」『世界古典文学全集27　李白』、武部利男訳、筑摩書房、1972年
杜甫「客至」『杜甫全詩訳注（二）』、下定雅弘・松原朗編、講談社、2016年

p.109　伝記42
「胡旋の女」『白楽天詩選（上）』、河合康三訳、岩波書店、2011年

p.112　伝記43
「春望」 辛島驍『漢詩大系第15巻　魚玄機・薛濤』、集英社、1964年

p.128　伝記49
「夜直」「鍾山即事」『中国詩人選集二集　第四巻　王安石』、清水茂注、岩波書店、1962年

p.133　伝記51
「臨江仙」 近藤光男『漢詩選11　蘇軾』、集英社、1996年

p.143　伝記54
「武陵春」 徐培均『李清照その人と文学』、山田侑平訳、日中出版、1997年

参考文献

全般

de Bary, W. Theodore, Irene Bloom, eds. 1999. *Sources of Chinese Tradition: From Earliest Times to 1600.* Vol 1 2nd edn. Introduction to Aslan Civilizations. New York Columbia University Press

de Bary, W. Theodore, Richard J. Lufrano, eds. 2001. *Sources of Chinese Tradition: From 1600 through the Twentieth Century*. Vol. 2, 2nd edn. Introduction to Asian Civilizations. New York: Columbia University Press

Dillon, Michael. 1979. *Dictionary of Chinese History*. London: Frank Cass

Ebrey, Patricia Buckley. 2010. *The Cambridge Illustrated History of China*. 2nd edn. Cambridge and New York: Cambridge University Press

Fenby, Jonathan. 2009. *The Penguin History of Modern China: The Fall and Rise of a Great Power 1850–2009*. London and New York: Allen Lane

Hook, Brian. Denis C. Twitchett, eds. 1991.*The Cambridge Encyclopedia of China*. Cambridge and New York: Cambridge University Press

Hucker, Charles O. 1985. *A Dictionary of Official Titles in Imperial China*. Stanford: Stanford University Press

Mair, Victor H., Nancy Steinhardt. Paul Goldin, eds. 2005. *The Hawai'i Reader in Traditional Chinese Culture*. Honolulu: University of Hawai'i Press

Theobald, Ulrich. *Chinaknowledge – a universal guide for China studies*. http://www.chinaknowledge.de/index.html

Wilkinson, Endymion. 2012. *Chinese History: A New Manual*. Cambridge, Massachusetts: Harvard University Asia Center

人類学・民族学・社会学

Abramson, Marc S. 2008. *Ethnic Identity in Tang China*. Philadelphia: University of Pennsylvania Press

Chen, Sanping. 2012. *Multicultural China in the Early Middle Ages*. Philadelphia: University of Pennsylvania Press

Wyatt, Don J. 2009. *The Blacks of Premodern China*. Philadelphia: University of Pennsylvania Press

芸術・考古学

Barnhart, Richard, Xiaoneng Yang, eds. 1999. *Chinese Art and Archaeology*. New Haven, Connecticut: Yale University Press

Barnhart, Richard *et al*., eds. 1997. *Three Thousand Years of Chinese Painting*. New Haven, Connecticut and London: Yale University Press

Clunas, Craig. 1997. *Art in China*. Oxford and New York: Oxford University Press

Fu Xinian *et al*. 2002. *Chinese Architecture*. Trans. Nancy S. Steinhardt. New Haven, Connecticut and London: Yale University Press

Sullivan, Michael. 2009. *The Arts of China*. 5th edn, rev. and enlarged Berkeley and Los Angeles: University of California Press

Yang, Xiaoneng, ed. 2004. *New Perspectives on China's Past: Chinese Archaeology in the Twentieth Century*. New Haven, Connecticut and London: Yale University Press

伝記

Boorman, Howard L., ed. 1967–79. *Biographical Dictionary of Republican China*. 5 vols. New York and London: Columbia University Press

Franke, Herbert. 1976–. *Sung Biographies*. 2 vols. Wiesbaden: Steiner

Giles, Herbert A. 1898. *A Chinese Biographical Dictionary*. London: Bernard Quaritch; Shanghai: Kelly Walsh; numerous reprints; available online

Goodrich, L. Carrington, Chaoying Fang. 1976. *Dictionary of Ming Biography, 1368–1644*. 2 vols. New York and London: Columbia University Press

Hummel, Arthur W., ed. 1943–44. *Eminent Chinese of the Ch'ing Period (1644–1912)*. Washington, DC: US Government Printing Office; various reprints

Rothschild, N. Harry. 2007. *Wu Zhao: China's Only Female Emperor*. Harlow: Longman; New York: Pearson Longman

Wood, Frances. 2007. *The First Emperor of China*. New York: St Martin's Press; London: Profile.

食物

Anderson, E[ugene] N. 1988, *The Food of China*. New Haven, Connecticut Yale University Press

Chang, K. C., ed. 1977. *Food in Chinese Culture: Anthropological and Historical Perspectives*. New Haven, Connecticut and London: Yale University Press

歴史

Adshead, S. A. M. 2000. *China in World History*. New York: St Martins Press

Adshead, S. A. M. 2004. *T'ang China: The Rise of the East in World History*. New York and Basingstoke: Palgrave Macmillan

Brook, Timothy, ed. 2009–12. *History of Imperial China*. 6 vols. Individual vols by Mark Edward Lewis (3), Dieter Kuhn, Timothy Brook and William T. Rowe. Cambridge, Massachusetts: Harvard University Press (Belknap)

Di Cosmo, Nicola. 2002. *Ancient China and Its Enemies: The Rise of Nomadic Power in East Asian History*. Cambridge and New York: Cambridge University Press

Dreyer, Edward L. 2006. *Zheng He: China and the Oceans in the Early Ming Dynasty, 1405–1433*. New York: Pearson Longman

Elman, Benjamin A. *Classical Historiography for Chinese History*. http://www.princeton.edu/~classbib/

Fairbank, John K. 1968. *The Chinese World Order: Traditional China's Foreign Relations*. Cambridge, Massachusetts: Harvard University Press

Golden, Peter B. 2011. *Central Asia in World History*. Oxford and New York: Oxford University Press

Hansen, Valerie. 2000. *The Open Empire: A History of China to 1600*. New York and London: W. W. Norton

Jenner, W. J. F. [William John Francis]. 1992. *The Tyranny of History: The Roots of China's Crisis*. London: Allen Lane; New York: Penguin Books

Loewe. Michael, Edward L. Shaughnessy, eds. 2002. *The Cambridge History of Ancient China*. Cambridge and New York: Cambridge University Press

Mair, Victor H. 2005. 'The North(west)ern Peoples and the Recurrent Origins of the "Chinese" State'. In *The Teleology of the Modern Nation-State: Japan and China*,

ed. Joshua A. Fogel. Philadelphia: University of Pennsylvania Press, pp. 46–86

Nienhauser, William H., Jr, ed. 1994–. The *Grand Scribe's Records*. Multiple vols. Bloomington, Indiana: University of Indiana Press

Sen, Tansen, Victor H. Mair. 2012. *Traditional China in Asian and World History*. Key Issues in Asian Studies. Ann Arbor, Michigan: Association for Asian Studies

Shin, Leo K. *Guide to Ming Studies*. http://www.historyubc.ca/faculty/lshin/research/ming/index.htm

Twitchett, Denis C., John K. Fairbank, eds. 1978-. *The Cambridge History of China*. 15 vols. Cambridge: Cambridge University Press

Waldron. Arthur. 1992. *The Great Wall of China: From History to Myth*. Cambridge and New York: Cambridge University Press

Waley-Cohen. Joanna. 1999. *The Sextants of Beijing: Global Currents in Chinese History*. New York and London: W. W. Norton

Wats on, Burton, trans. 1993. *Records of the Grand Historian of China*. 3 vols, rev. edn. Hong Kong and New York: The Research Centre for Translation of the Chinese University of Hong Kong and Columbia University Press; originally published 1961 by Columbia University Press

Wood, Frances. 2003, *The Silk Road: Two Thousand Years in the Heart of Asia*. Berkeley: University of California Press; London: British Library

言語

DeFrancis, John. 1984. *The Chinese Language: Fact and Fantasy*. Honolulu: University of Hawai'i Press

Norman, Jerry. 1988. *Chinese*. Cambridge and New York: Cambridge University Press

Ramsey, S. Robert. 1987. *The Languages of China*. Princeton: Princeton University Press（S・R・ラムゼイ『中国の諸言語――歴史と現況』、高田時雄ほか訳、大修館書店、1990年）

文学

Chang, Kang-I Sung, Haun Saussy, Charles Y. Kwong, eds. 1999. *Women Writers of Traditional China: An Anthology of Poetry and Criticism*. Stanford: Stanford University Press

Lau, Joseph S. M., Howard Goldblatt, eds. 1995; 2007. *The Columbia Anthology of Modern Chinese Literature*. New York: Columbia University Press

Mair, Victor H., ed. 1995. *The Columbia Anthology of Traditional Chinese Literature*. Translations from the Asian Classics. New York and Chichester: Columbia University Press

Mair. Victor H., ed. 2000. *The Shorter Columbia Anthology of Traditional Chinese Literature*. Translations from the Asian Classics. New York: Columbia University Press

Mair, Victor H., ed. 2001. *The Columbia History of Chinese Literature*. New York and Chichester: Columbia University Press

Mair, Victor H., Mark Bender, eds. 2011. *The Columbia Anthology of Chinese Folk and Popular Literature*. New York: Columbia University Press

Nienhauser, William H., Jr, ed. 1985; 1998. *The Indiana Companion to Traditional Chinese Literature*. 2 vols. Bloomington: Indiana University Press

Owen, Stephen. 1997. *Anthology of Chinese Literature: Beginnings to 1911*. New York and London: W. W. Norton

音楽

Lee, Yuan-Yuan, Sinyan Shen. 1999. *Chinese Musical Instruments*. Chinese Music Monograph Series. Naperville, Illinois: Chinese Music Society of North America

Shen, Sinyan. 2001. *Chinese Music in the 20th Century*. Chinese Music Monograph Series. Naperville Illinois Chinese Music Society of North America

宗教

Buswell, Robert E. Jr, ed. 2004. *Encyclopedia of Buddhism*. 2 vols. New York: Macmillan Reference USA/Thomson-Gale

Ch'en, Kenneth. 1964. *Buddhism in China: A Historical Survey*. Princeton: Princeton University Press

Kieschnick, John. 2002. *The Impact of Buddhism on Chinese Material Culture*. Princeton and Oxford: Princeton University Press

Kirkland, Russell. 2004. *Taoism: The Enduring Tradition*. London and New York: Routledge

Kohn, Livia, ed. 2000. *Daoism Handbook*. Leiden and Boston: Brill

Pregadio, Fabrizio, ed. 2008. *The Encyclopedia of Taoism*. 2 vols. London: Curzon

Robinet, Isabelle. 1997. *Taoism: Growth ofa Religion*. Translated by Phyllis Brooks. Stanford: Stanford University Press

Schipper, Kristofer. 1993. *The Taoist Body*. Trans. Karen C. Duval. Berkeley, Los Angeles and London: University of California Press

Sen, Tansen. 2003. *Buddhism. Diplomacy, and Trade: The Realignment of Sino-Indian Relations, 600–1400*. Honolulu: University of Hawai'i Press

科学・技術

Needham, Joseph. 1954–. *Science and Civilisation in China*. Multiple vols. Cambridge and New York: Cambridge University Press（ジョゼフ・ニーダム『中国の科学と文明』、東畑精一・薮内清監修、思索社、全11巻、1979–1991年）

Temple, Robert. 1998. *The Genius of China: 3000 Years of Science Discovery and Invention*. Abridgment of Needham 1954–. London: Prion（ロバート・テンプル『図説中国の科学と文明』、牛山照代訳、河出書房新社、2008年）

思想

Goldin, Paul R. 2005. *After Confucianism: Studies in Early Chinese Philosophy*. Honolulu: University of Hawai'i Press

Graham, A. C. 1989. *Disputers of the Tao: Philosophical Argument in Ancient China*. La Salle, Illinois: Open Court

Mair, Victor H., trans. and intro. 1990. *Tao Te Ching: The Classic Book of Integrity and the Way*. New York: Bantam

Mair. Victor H., trans. and intro. 1994. *Wandering on the Way: Early Taoist Tales and Parables of Chuang Tzu*. New York: Bantam

Mair, Victor H., trans. and intro. 2007. *The Art of War: Sun Zi's Military Methods*. New York and Chichester; Columbia University Press

Van Norden, Bryan W. 2009. *Virtue, Ethics and Consequentialism in Early Chinese Philosophy*. Cambridge and New York: Cambridge University Press

◆著者略歴

ヴィクター・H・メア（Victor H. Mair）

ペンシルヴェニア大学中国語・中国文学教授。『お茶の歴史』（忠平美幸訳、河出書房新社、2010年）、『タリム盆地のミイラ（The Tarim Mummies）』、『シルクロード前史（The Prehistory of Silk Road）』、『孫子の兵法（The Art of War: Sun Zi's Military Methods）』など、多数の著書がある。

サンピン・チェン（Sanping Chen）

「ロイヤル・アジアティック・ソサエティ」や「アメリカン・オリエンタル・ソサエティ」、「アジアン・ヒストリー」誌に中国文化や中国史にかんする記事を多数発表している。カナダ在住。

フランシス・ウッド（Frances Wood）

大英図書館中国部門の責任者をつとめる。『マルコ・ポーロは本当に中国に行ったのか』（粟野真紀子訳、草思社、1997年）、『シルクロード（The Silk Road）』、『中国の魅力――マルコ・ポーロからJ・G・バラードまでの作家たち（The Lure of China: Writers from Marco Polo to J. G. Ballard）』、『中国初の皇帝（The First Emperor of China）』などの著書がある。

◆訳者略歴

大間知 知子（おおまち・ともこ）

お茶の水女子大学英文学科卒業。訳書に、『世界の哲学50の名著』、『世界の政治思想50の名著』（以上、ディスカヴァー・トゥエンティワン）、『シャネル N°5の秘密』、『ロンドン歴史図鑑』、『ヴィジュアル版世界の巨樹・古木』、『「食」の図書館　鮭の歴史』、『「食」の図書館 ビールの歴史』、『「食」の図書館 オレンジの歴史』（以上、原書房）などがある。そのほかに翻訳協力多数。

96人《にん》の人物《じんぶつ》で知《し》る
中国《ちゅうごく》の歴史《れきし》

●

2017年3月5日　第1刷

著者………ヴィクター・H・メア
サンピン・チェン
フランシス・ウッド
訳者………大間知《おおまち》 知子《ともこ》
装幀………川島進デザイン室
本文組版・印刷………株式会社ディグ
カバー印刷………株式会社明光社
製本………小高製本工業株式会社

発行者………成瀬雅人
発行所………株式会社原書房
〒160-0022　東京都新宿区新宿1-25-13
電話・代表 03(3354)0685
http://www.harashobo.co.jp
振替・00150-6-151594
ISBN978-4-562-05376-6